大明医馆·万家

何木颜 著

山西出版传媒集团
北岳文艺出版社
BEIYUE LITERATURE & ART PUBLISHING HOUSE
·太原·

图书在版编目(CIP)数据

大明万家医馆 / 何木颜著. -- 太原:北岳文艺出版社, 2024.7

ISBN 978-7-5378-6872-3

Ⅰ. ①大… Ⅱ. ①何… Ⅲ. ①长篇小说—中国—当代 Ⅳ. ①I247.5

中国国家版本馆CIP数据核字(2024)第106275号

大明万家医馆　**何木颜 / 著**

出品人:郭文礼
策划编辑:董江波
责任编辑:赵　勤
　　　　　汪恒江
复　　审:谢　放
终　　审:刘文飞
宣传运营:刘思华
　　　　　董江波
印装监制:郭　勇
装帧设计:装幀設計

出版发行:山西出版传媒集团·北岳文艺出版社
地址:山西省太原市并州南路57号
邮编:030012
电话:0351-5628696(发行部)　0351-5628688(总编室)
传真:0351-5628680
印刷装订:山西万佳印业有限公司

开本:890 mm × 1240mm　1/16
字数:221千
印张:15.25
版次:2024年7月第1版
印次:2024年7月山西第1次印刷
书号:ISBN 978-7-5378-6872-3
定价:68.00元

目录

第一卷　诸事不宜

第一章　药引

不等卯时，凛冽的晨风下，各色商贩打开门板，将平日里做生意的家伙什往外搬，摆了整整一条街。小厮们揉着惺忪的睡眼，打着连天的哈欠，在老板的虎视眈眈下强压了阵阵袭来的睡意，开始了扫洒和规整的琐碎活儿。

面馆的小二屠安尚正擦拭着那刻着“细面”的门牌时，老板推着木驾车缓缓走来，车上摆着两扇硕大的鲜猪肉。屠安尚赶紧上前搭手欲将那两扇猪肉抬下来。

老板让伙计抬进去了一扇，又指了另一扇对屠安尚命令道：“这一扇不用卸，你跑一趟，速速送到东街的万家。”

“万家医馆的万家？得嘞。”屠安尚明白，这扇猪肉是送去万家做宴席的。

万家这场喜宴，叫县里人等了盼了许久。红事本没什么好让人猜度的，任谁也会对此献出几句恭贺之词；更何况万老爷医术了得，怀瑾握瑜，为乡民做了不少好事，乡民盼着他高兴。只是万家这喜宴非同寻常，是万老爷那个远近闻名的“病秧子”——万家大少爷万琦轩的婚宴。

万琦轩早就过了弱冠之年，按说生在这样的家庭，再羸弱的身子也该调理好了，然而三年前他在和门当户对的甘小姐订亲时突然病倒。甘家一看，这还得了，立刻退了亲，连名声和礼数也顾不得了。眼下万琦轩终于大婚在即，而新娘子竟是城里远近闻名的“天煞孤星”——方筵。

方筵已嫁过不下五六回，夫家尽是病残之人，礼成后那些男人的病也没见好转，都是没活过一年光景便辞世了。饶是如此，仍有一茬又一茬的人家想娶方姑娘过门。屠安尚初始也搞不清缘由，直到一日听说那女子并非数奇命蹇，她可是千年一遇的“活药引”。

“‘天煞孤星’哪配得上万琦轩！”这是乡民近日来最常说的话题，“除非她真是‘药引’。”

万家世代行医，在县里也是数一数二的，如今已传到第五代万守严手里，仍是名扬远近的良医，向来是手到病除。每逢春秋流转之时、霜雪飘零之际，万家医馆总会在大门口支起一口大锅，熬制强身健体的药汤，连乞丐都能分得一碗。

屠安尚推着木驾车行至东街，万家大门还未望见，他就闻到一阵苦中带涩、清香且醇厚的草药味。走过转角，他远远地看见几朵朱红的大花高高挂在万家门楣之上，使得匾上“万家医馆”四个大字少了些肃穆沉寂，多了些喜庆之色。医馆大门敞开，小厮们抱着几袋子中草药从内屋奔出，有的竟直接将草药袋放在了外堂地上。这场面甚是少见，万家的药一向放在内屋的药库里藏着不示人，免得被哪位贵人瞧上好货强要了去，怎么今日堂而皇之地放在了门外地上呢？

屠安尚正奇怪，随即瞧见门口挂着一牌子：今日万家有喜，赠诊赠药。

他恍然大悟，原来那药材是用来熏的，这不许多乡亲已经寻了好位置坐下，只等熏够了草药再饶点回去熬汤煮水喝。屠安尚轻叹一声，只有万家肯这般，换作其他医馆必会停诊三天，闭门谢客。

“送肉的？”一名家仆迎上来问。

屠安尚连忙点头：“是。”

“随我来吧。”家仆引着屠安尚走通往偏门的小道，叫他进去以后将肉放在后院膳房即可。屠安尚将猪肉搬到后院里临时搭建的木桌上，领了肉钱正要离开，却被另一个家仆塞了一包草药：“这药可强身健体，记住不可煮沸。”屠安尚心里一热，自己找来砍刀帮厨娘卸起猪腿来。

赠药也是万家医馆的惯例，虽说这药比不得万家药库里的金汤料，却也是实打实的好药材。屠安尚瞅着包草药的袋子眼熟，竟和几天前老板叫煮的那袋一样，心里更感激了。万家历来一视同仁，赠药不分三六九等，城中人人皆可得，且无贵贱差别，时间久了乡亲们更觉得万家可敬。但一模一样的药仍让屠安尚觉得不妥，动了拆了纸包再带回去的念头。

屠安尚卸完猪腿正要离开，旁边一个老妪面色焦急，四顾张望，周遭就见着个屠安尚，只好三两步跑过来拽住他，指着小炉子道："你这每天来送肉的也算个熟人，且先帮我看着药炉，我忽然肚内翻腾，得去解决一下。若一盏茶的工夫我还未回，你行行好，帮我将药倒出来端到大少爷房中。"

屠安尚憨憨地应下，却不想那炉上的小药壶咕嘟咕嘟煮了大半盏茶的工夫，老妪仍迟迟未归，反倒不断有丫鬟捂着肚子路过，眼瞅着药壶里的水快要熬干，院子里却已空无一人了。屠安尚是干粗活的，本不敢给贵人少爷打贴身的下手，可眼下又没别的法子，最终下了好大决心才敢端起药壶，倒吸着气窝起身子，缓缓将药汤倒入碗中。他忘记垫一块厚布隔着，滚烫的药壶直贴到了手上粗糙的厚茧，一股灼热让他痛苦异常。

走在万府中，屠安尚愈发感到不对劲儿，全府上下全然没有办红事时该有的喜庆之气，反倒一片沉寂，似是一片乌云笼盖在万府上空，满眼的红色也掩盖不住人们脸上的愁容。屠安尚也无暇打问，他心中有些发怵，只想送完药速速离开，于是端着药碗顶着别人狐疑的目光，问得了大少爷房间的方位，走到门口叩门三声。

门里无人应答，只有门上挂着的红布在冷风吹动下晃了晃，屠安尚加大力度再次叩门，却听见一阵铁链撞击声，他低头一瞧，门上竟拴着手指粗的铁链。他凑近门缝往里一瞅，只见房内空无一人，地上散落着杯盏盒具，榻上被褥拖在床边，雕窗大开，下方倒着一个圆凳。

谁家新婚之日将新郎锁在房内？屠安尚听着院子里乱哄哄的脚步声，心中觉得蹊跷。他正不知所措中，瞧见那老妪匆匆往这边走来，便将药碗交给老妪，转身就走。

今天这一切都和往日不同，多一事不如少一事，想到这儿，屠安尚就想赶紧离开。情急之间，屠安尚走错了方向，转到了另一间偏房。等他察觉出来，他已经站在偏房门口无路可转，他转头重新找路，奈何越急越乱，最后还是绕回了偏房门口。屠安尚抬袖抹了把额头大汗，正欲再次探寻，冷不丁听见身后传来一个细细的女人声音。

那声音像是花瓣落在水面上惊起的涟漪，是那么细不可闻。虽细，但又和那些低声细语的娘子所挤出的柔语媚调不同，带着一股坚韧一股冰冷。

“又错了。这位小生，往右去。”

屠安尚回头，见偏房门口不知何时立着一位女子。女子瘦弱，脸白得不像活人，唇上一点朱砂恰似雪中一朵落梅，朱红嫁衣和满冠翠翘似将她压制住，两扇高高的深色木门仿佛要将她的臂膀牢牢抓住。她伸出瘦骨嶙峋的手，遥遥地朝右指了一下，两只翡翠镯子在她的胳膊上晃动，发出叮当的响声。

女子太白，嫁衣太红，不禁让屠安尚想起早上的那两扇猪肉，刚宰杀的猪，殷殷鲜血在浑白的猪皮上淋漓散开，偶有几滴滴落在街道上。

“快走吧，府里乱，一会儿你便脱不了身了。”女子轻声道，随后掩上木门。

屠安尚不由自主地照着女子指的方向走去。走出几步，他回头一望，透过窗户，他见那女子侧身而坐，对着铜镜描眉贴鬓。莫非她便是万家的新娘子？怎么住在偏房之中，梳妆打扮也无人服侍？看这情景，万家是不待见她的。

府中果真如那女子所说，喧闹声愈发刺耳。屠安尚绕过奔进奔出的万府众人，快步逃出府门，推着木驾车向面馆奔去。

大少爷门外的铁链被人取下，推开房门，屋内的一片狼藉暴露在众人眼中，熬药的老妪伏在一个满头银发的老太脚边，不住请罪：“老夫人，老奴愚笨，也吃下了少爷下的药，腹痛不止，没及时发觉少爷不见了……”

那站着的老太脸色发青，两鬓的银发气得发颤，她正是万家老夫人，名医万守严的母亲。老夫人正欲开口，后面匆匆赶来一位妇人，青色纱罗裙不住迎风飘翻。丫鬟一脸愁容，紧跟在妇人身边，胳膊伸出护在妇人的前边："二夫人，莫要急！当心您肚子里的小少爷啊！"丫鬟胆战心惊地提醒道。

等二夫人袁相仪走近了，万老夫人瞅见她脚上的凤头履都跑掉了一只，脚上的白袜沾满了灰尘，就斥责起她身边的丫鬟："你们都不曾拦一拦二夫人吗？让她跑成这般！"

二夫人心下明白，老夫人这是在指桑骂槐呢。她头上渗出密密麻麻的细汗，欲哭无泪，护住隆起的肚子，连忙问："琦轩是何时翻窗跑的，可派人出去寻了？"

还未等老夫人吐出半个字，二夫人继续说道："我本知晓琦轩对这门婚事不甚满意，对我这个姨娘也颇有微词。这些我都不在意，只要那孀居之人能给琦轩治好顽疾，让我磕头拜谢天地老爷都行。谁知琦轩顽性不改，紧要关头竟翻窗跑了！现今宾客已至，鼓敲起来了，锣也打起来了，这可叫我如何是好啊？"

老夫人沉了沉气，脸色略略舒缓，眉毛一皱，亲自上前扶住二夫人，宽慰道："相仪，莫要生气，你现在体虚，况且腹中怀有孩子，气急是大忌。"

二夫人反握住老夫人的手，道："娘，您放心。琦轩常去的那些个茶楼酒馆，我马上派人去寻。您老人家先出去看看还有什么缺的、少的，我好快去张罗。"

万老夫人点头，老妪急忙起身，将万老夫人往厅堂里扶去。二夫人望着万老夫人缓慢离去的背影，顾不得掏出手帕，直接用袖子抹了把汗。她又从袖子里掏出刚才跑落的那只凤头履，让丫鬟服侍她穿上，转头去了偏房。

推开偏房的门，一股沉积已久的混合了尘土和朽木的味道扑面而来。二夫人捂住口鼻，望向对镜梳妆的女子道："新婚之日，新郎抛下新娘子翻窗出逃，方筵，你就不怕这事传出去被人议论？”

二夫人不喜房内异味，远远地站在门口，望着梳妆台前的女子说道。

稳坐在春凳上的方筵扶稳头上的金冠，不紧不慢地拿起口脂抿了抿，望着镜子里的自己回道：“二夫人多虑了。要是我在乎旁人的口舌，早就不知道寻过几回死了。”言毕，她偏头去看二夫人，白面红唇刺得二夫人袁相仪眼睛疼。

二夫人被反刺一句，也不恼，继续问道：“我不想与你多费口舌。说吧，大少爷躲在何处了？”

方筵道：“我还未过门，尚且不是你们万家的少夫人，找人也找不到我这儿来吧？”她起身披上外衫，低眉敛目道：“再者，万老爷去何处，去做甚，可曾和你这个二夫人一桩桩一件件地说过？”

二夫人心里一痛。她不傻，听明白了方筵这是暗讽自己并非正室夫人。她眉毛一抖，没说什么，只是向身后丫鬟招了招手，丫鬟立即递上来几张包药的纸。

“番泻叶、木香、芒硝，都是些泻下攻积、清热泻火的药材。这几包药，是你投到府中饭菜里的吧？”

这些包药纸都是府中下人在万琦轩的房间找到的，袁相仪刚派人去探问过，包药的手法和万家医馆不一样，是李家医馆惯用的包法，况且近日来买过这几种药材的只有方筵。

二夫人直视着方筵的眼睛，继续说道：“我不知为何你要助琦轩出逃，但同为女子，我怎么能不知你的苦——一嫁再嫁，从未遇到称心如意的郎君。可是若你治好了琦轩的病，我万家定不弃你，叫你继续做万家少夫人，下半辈子你便高枕无忧了。”

方筵看了看二夫人，脸上又堆起了笑，道：“你万家？罢了，二夫人也不必大费口舌、费尽心思地想从我这儿套大少爷的藏身之地。我只按照他的吩咐下了药，别的一概不知。况且你说的这番话，我在那些我嫁过的商贾富人或是衙门官府内听过无数次了，他们最后如何，二夫人不会不知吧？”

二夫人脸色一变，她万万没想到方筵竟是如此尖牙利嘴的货色。她收敛笑容，厉色道：“难怪都说你方筵缺乏教养，不知礼数。无妨，进了万家门，自有人教你规矩。”

方筵打断她：“二夫人不必出言威胁，我无父无母，也见惯威逼利诱，本就贱命一条，若你万家肯出一口好棺，折了我埋掉便是——能埋在万家的风水宝地也算幸事，我乐得如此。”接着，她指指门外的日头，“时候不早了，二夫人要么送一口楠木棺，要么快去别处寻你家大少爷吧。”语毕，方筵又坐在了春凳上继续抹口脂。

二夫人虽不是大家闺秀，却也是老夫人一手调教出来的，即使恼极了也顾及身份，时时端着二夫人的架子，此时见方筵一副不卑不亢、气定神闲的模样，她倒渐渐没了脾气，待将方筵的话琢磨明白，她竟生出些喜欢。二夫人七岁时被父母扮作男孩卖进万家为奴，本做的是喂马、倒夜壶的活儿，发现她是女孩之身后，老夫人并未过多指责，只让她改去捏脚揉肩了。捏脚都是贴身的活计，她自然由此见多了老夫人气到暗地里捏碎了扳指，明面上仍笑盈盈的样子，也因此对老夫人敬佩不已，于是规行矩步处处仿着行事，终得老夫人指引飞上枝头。她自知并非贪恋荣华，嫁与万守严只为报恩，但全院上下包括老夫人都深以为她为求富贵才唯命是从，这是她最苦恼的事。

反观眼前这方筵，一言一行像极了梦中的自己，由此便知她绝非贪图荣华之人。于是，二夫人开口道：“方姑娘，即使你不将万家放在眼里，也该懂得长幼有序。若你留在万家我便是姨娘，若不留于万家我亦虚长几岁，还是多学学说话的规矩，免得以后真怪罪于口舌，怕连卷草席都无人肯为你铺。”

方筵见二夫人渐渐走远，转身走到角落的木柜前面，轻轻拉开木门。柜子里不是衣衫头巾之类，反是靠着一名男子，他穿一身奴仆的衣裳，身形消瘦，正闭目养神，似是睡着了一般。听到声音，他睫毛轻颤，缓缓睁眼，双眸清亮。

“多谢姑娘。”此人不是别人，正是闹得万家上下鸡犬不宁的大少爷——万琦轩。

万琦轩从木柜里出来，方筵见他身形乏力伸手想搀扶，但又忍住了。

“少爷怎知二夫人不会查房?”方筵问。

万琦轩抚平衣衫上的褶皱，笑着答道：“暂时不会罢了，一来我爹乃儒医，见不得动辄搜物翻柜折辱他人的下三烂；二来，姨娘出身小，尚摸不清大户人家该有的作为，只得仿着爹的想法做事。但也只是暂时的，待她急了，必定要来摸索一番。方姑娘还是收好了物件，免得招来烦扰。”说罢，他将方筵偷偷藏好的蒙汗药递过去，想必方筵嫁了几次仍一副冰清玉洁的高傲模样，便是得益于这些不入眼的东西。

方筵接过药，轻笑出声：“我刚想大少爷也算儒雅，怎能说出下三烂这样的粗俗字眼，原是明里头摆正家风，暗里头讥讽我呢！我常用这下三烂的手段，饶不过因为有些像您一样看似身强体健的人，偏说是病入膏肓诓我入府，净想做些不入流的烂事。怎么，我就该受着？再者，少爷不也是靠下药才得脱身吗？你我二人，彼此彼此。”

万琦轩听闻此言眼睛一亮，不自觉地拉住方筵的手腕说：“想不到方姑娘竟有如此心思。你既有男儿的气度，何不与我一起逃了?”

“逃?”方筵眼睛里的光彩霎时消了大半。

“为何不逃？莫非你认同这门婚事?”

方筵看看铜镜中梳妆好的自己，道：“我的认同与否，掀不起任何波澜。”

万琦轩放开方筵的手，脸上有些不快：“堂堂男儿怎能任由他人摆布!”

方筵望着万琦轩脸上倔强的神情忍俊不禁。方筵的面容算不上出众，但却是令人看得舒心顺眼。这一笑，倒显出几分明媚来。她含笑道：“我祝少爷得偿所愿。至于我嘛，再是豪杰也不过是女流豪杰，不像男儿生来便敢勇敢为。王家虽待我不公，好歹养育了我这么些年，万家的聘礼牵着王家的人命，我若走了，岂不是要王家家破人亡？我兹当报恩，于情于理也走不得。”

万琦轩轻叹着点点头，暗自佩服方筵的重情重义，走出房门时又忍不住多问了一句："我走了，你有何打算？"

方筵见万琦轩眼神中似有不舍，怕他像曾经的许家少爷一样只顾感动，误了和女子私奔的时辰，最终临死也未能见上一面，于是立即心上生狠，道："少爷都不知自己去往何处，何必再挂心我。我多句嘴，你身体这病似比先前重了，万万不可往潮寒地域去，朝东边走吧。"

"你会看病？"

方筵未回，默默地关上了房门。

第二章　结缡

万琦轩装扮成家仆离开万府后，方筵一言不发地坐着出了神。

“堂堂男儿怎能任由他人摆布！”——终究是未经世事的少爷，那般天真的话！若是放在几年前，还未及笄的小方筵对这话或许能深信不疑。当时的方筵无父无母，跟着一帮野孩子到处讨吃的，日子过得也算是自由快意。

三年前，县里迁来了一位外乡郎中叫王之堂，他办了件让人惊掉下巴的事：从街上捡了个乞丐带回家，给多病多灾的儿子做童养媳。那乞丐便是丧失双亲后流落街头八载有余的方筵。王之堂将方筵带回家中梳洗干净，让她做了医铺的侍从，打杂扫地、迎客送客什么都干，唯独不让她在明面里抓药，因为当地有句老话——“药不沾阴”。药材只能晒在日头下，日落前要放进黄纸里包好，女人是沾不得的。

王之堂本是外乡人，不顾忌这些，只是见过几个病人宁肯活活痛死，也不肯喝方筵端来的汤药，便叫方筵趁着月色躲在地窖里偷偷抓药磨药。方筵也懂事，只乖乖听话，从不多言语。一年过后，王之堂的儿子病重，王之堂便安排方筵嫁给了自己那卧床不起的儿子。

百姓都十分不解，冲喜这件事再平常不过，只是待嫁闺中的女子那么多，王之堂却偏偏选了个小乞丐。一日夜半酒醉，王之堂才道破其中缘由：方筵是千年难得一遇的“活药引”，拿来冲喜再合适不过。

“活药引”一语，县里的人都没听过，大约是那王之堂的土法子。只是那王之堂的儿子成婚半年后身体竟真的渐渐好转，甚至能够下地走路了。只是他病刚好一点便容不下方筵，背着王之堂立下休书。说来也巧，方筵被休不足一个月，王家儿子便暴毙于睡梦中。

所以，自王之堂家高悬白布那日起，将整件事看在眼中的乡亲们便对“活药引”一说深信不疑。于是，开始不断有病重男子来求娶方筵，但方筵却再未显奇效，这些男子皆抵不住病魔，长辞于世。关于方筵的传说由此生出道道：只有半路上生的病才能用“活药引”，命该如此的人则反而会引火烧身。这说道原是能救方筵于水火的，然而人人存了侥幸心，不闻其二只呼其一，“活药引”之说就传得越发玄乎。

几次丧夫坐实了方筵“孤星”的名号，旁人说得多了，方筵有时也会恍惚觉得，可能自己确实命数不好，专克郎君。当她看出万琦轩抗婚的意愿时，反而长舒一口气，所以提出可以帮万琦轩逃走，一如袁相仪推测的那样，方筵借泻药支开了看守万琦轩的家仆，好让万琦轩有可逃之机。

方筵捡起袁相仪留下的药纸，叠好放在桌台上，坐在窗边望着院子里的树影。万府宾客早已汇聚一堂，良辰近了。

老夫人由家仆扶着，在院子里与那些来送礼的客人谈笑。有人问起万守严万老爷为何不在家中，万老夫人只道万老爷出门寻方，宾客虽面有犹疑之色，却不再多言。

一个月前，万老爷前往龙门石窟研究唐代药方，万老夫人便立即着手安排婚事，并严令：禁传此事，若有多言者，万家必定追究。

见下人们缩头缩脚，见老夫人冷眼笑颜，来客们便约略品出其中奥义，大家纷纷赞叹万守严心怀天下，不愧“在世华佗”。

万老夫人笑着谦虚了几句，心下却慌起来，便说：“老身先去催看下其他事宜，各位乡亲不必拘束。”万老夫人说完转身，掏出怀里的手绢，擦了擦手心的汗，往袁相仪的房中走去。

还没到袁相仪的房门口，袁相仪的贴身侍女已是匆匆赶来低声禀告道：“老夫人，大少爷找到了！”

万琦轩也是走了霉运，好不容易出了府门，本打算走水路南下，到念书时的同堂师兄处躲避几日，谁知还没上船便感不适，他这才想起自己的汤药不能断，但药方中一味金汤料恰恰只有休宁县才有，于是只好返回。没承想刚好有万家的仆人来寻人，和他撞个正着。结果自然是，他被人架回了府里，喝罢汤药，三五个男仆开始为他更衣。

万老夫人一见万琦轩，伸手便挥出巴掌打在万琦轩脸上。半躺在梨花长椅上的袁相仪一惊，扶着腰身要起来，身子太重又倒了下去，周围的丫鬟吓得赶紧扶住她。有丫鬟对老夫人道："老夫人，您先看看二夫人吧，她隐有腹痛，持续了半个时辰了。"

老夫人问："临盆之期到了吗？"

丫鬟正要回话，万老夫人望着万琦轩不禁怒气上涌，又指着万琦轩的鼻子，厉声道："你说，为何逃婚？"

万琦轩仍旧自顾自愤愤不平："不就是逃婚吗？何至于派姨娘亲自到中药铺子里去抓我？"

铺子里人杂，慌乱中不知道谁推了袁相仪一把，千钧一发之际，万琦轩挣脱几个家仆的束缚，眼疾手快地将自己垫在了袁相仪身下，这才没出大乱子，可自己也因此被家仆们抓实了。

老夫人见万琦轩不肯认错，两眼一黑，右手颤抖，又想给万琦轩来一巴掌，袁相仪在一旁劝道："老夫人，息怒啊，客人不能再等了！"

老夫人压下怒气，对周围家仆吩咐道："速速给大少爷穿戴好，带往前厅。"她转身和另一位妇人撞在一起，看清来人，不悦道："大夫人最守规矩，府上闹了一早，你才听到风声，当真守得好妇道！真该叫你去守几年祖坟，好叫列祖列宗看看我万家媳妇的德行多么出众。"

"老夫人！"大夫人恳切地唤道。

"不必再多言。我昨日叫你擦祖宗牌位，也不知是重了还是轻了。若说重了，你早些不来，想必昨日累了，管不得家事；若说轻了，怎的现在有力气再找我说教？"老夫人脚刚迈出门槛，又回身高声道，"伺候大夫人的重重有赏，都是老实的家丁，不说三道四地到处传谣。既然主子不问，你们做下人的不多言语便是乖巧了，拿了赏钱都回家去吧。大夫人以后常居祖祠，用不着人伺候，找个马厮看门便是了。”

大夫人蒋善是万守严的正室，无病无灾本该管府上的一切琐事，如今却脸上一阵红一阵白，和下人一起退步让路，请老夫人先走，也请二夫人袁相仪回到正厅休息。她习惯了老夫人的态度，不怎么计较，只快步走到长椅前，拉出袁相仪的手腕，把脉问询了好一会儿：“二夫人可还好，身上还有何处不适？”

二夫人缓缓收回手，低声道：“蒋姐姐，你这表情是什么意思？”

大夫人道：“二夫人，你的脉象不太稳，快去歇着吧。”

二夫人眉头一挑，说：“今日我还得等琦轩拜了堂再走。”

“二夫人！我看着琦轩，你快去歇息吧！”大夫人心急道。

“你看？你不把他放走就好了！姐姐，你还是继续埋头念书去吧！”二夫人说罢，示意丫鬟将蒋善请出去。

万琦轩将这一切都看在眼中，道：“姨娘，我娘从未断错过脉，您还是去歇着吧。”

“琦轩，大夫人是你名义上的母亲，虽有养育之恩，但毕竟不是亲生的。”二夫人道。

“是。”万琦轩颔首，“姨娘入府晚，未能养育我们兄弟几人，却对我们有再造之恩。”

二夫人眉头一皱，忍不住摆摆手：“罢了罢了，倒不是想听些客套话，我只担心你的身子，如此折腾一番，可别伤了元气！”

万琦轩沉默不语，却挺起胸膛高昂起头。二夫人见他肩膀似有起伏，叹了口气自言自语道：“忠言逆耳。汝非小儿，要懂得逐益忘欲，情自益中取，亦自欲中弃。”

或是今日奔劳辛苦动了胎气，不一会儿她自觉腹中剧痛，胯下濡湿。见过别人生孩子的她明白，自己是让大夫人说中了。丫鬟们见此情景都慌了神，立刻就要去叫人，被她忍着痛阻止了。她着人赶紧去请接生婆，并顾不得面子叫小厮们抬了自己往房里走，路上还不忘忍着剧痛下令不许拿她的事去打扰大少爷的婚事。进了厢房，二夫人早就疼得脑中一片空白，连床榻都爬不上去。丫鬟们被吓得不敢动，有的甚至急哭了。

大夫人诊得不错，二夫人确有早产的迹象，但若不是心力交瘁，好好静养即可避免，怪只怪昨日她在连廊偶然听到大夫人与老夫人的对话。

“老夫人，老爷向来鄙夷‘活药引’这类法子，更别说叫琦轩娶那方姓女子，她可是多嫁女！您瞒着老爷哄骗二夫人做这事，老爷回来了必定大怒，到时候又成了二夫人的不是！我不怕叫您知道，我已派人给老爷传书将此事一五一十说清道明，他亦回信说礼成之前必定赶到，叫我务必拦住这荒唐事……您大可责怪我，但我怎能叫那女子进门折了琦轩的寿，再眼看老爷责罚二夫人，伤了她腹中孩儿的命。这关乎我们万家的骨肉啊！”

老夫人一杖打在大夫人头上，骂道：“婚事成了，我孙子的病便好了，我儿哪会嗔怪？我找人算过，相仪肚中是个女娃，这孩子命数已定，怨不得人！”

大夫人捂着流血的头，跪在老夫人面前哭求：“老夫人！相仪自幼服侍您，您对她就毫无怜悯之心吗？您诓骗她主持大局订下婚约，您心知肚明老爷对‘活药引’忌讳太深，即便是您也难息老爷盛怒！您叫相仪做这事，不过因她尊您信您，您怎能不顾她的安危……”

不等大夫人说完，气极的老夫人又一杖打在她胸口间，厉声呵斥道：“住嘴！袁相仪没我养育就活不到成人呢！她还我一命又如何？你嫁为万家妇就得为本家着想！若不看在你是正室……今日不许你再进内院，到祖祠擦祖宗牌位去，叫祖宗好好教教你如何做个好媳妇儿！”

二夫人听完这对话后便恍惚了，她明白自己真是自身难保了。原来老爷对为大少爷冲喜这一事甚为反感，老夫人却诓骗她说老爷走之前下了死令，必要将“活药引”娶进万家。老夫人竟还说，这事要是二夫人办成了，老爷一定对她更加疼惜，即使真生出女儿也会受重视。当年她本是卖身的丫头，还清卖身契便可自寻出路，若不是为了报答老夫人的养育之恩，怎会嫁给万守严做妾？这肚子更是老夫人哄着大起来的，亦是为了报恩。如今，老夫人竟视她为棋子，真叫人心寒意冷。

“来人！”袁相仪扶着卧榻，含泪喊道，“去叫最好的产婆，等老爷回来，你们一定求他容我先产子再做打算。我要好好生下这孩子。若我有不测，无论何时立即叫大夫人来诊脉，就说我求她！”

那边吵闹着，偏房的方筵却清闲。她望着窗外疏影，用金钗修着手指尖的老药茧。不知过了多久，有丫鬟来引方筵出去行礼。

“大少爷回来了？”

那丫鬟回道：“是。”

方筵心中一惊，被金钗扎破了手指。喜事将近，见红可不是好兆头，好在方筵对这些门道并不在意，淡然一笑，跟在了丫鬟身后。到了厅堂之中，她从红盖头下果真见到万琦轩的双脚立在那儿，旁边还站了两位大汉。两双巨足看似有劲，却被中间那人晃得左摇右摆。方筵忍俊不禁，看来大少爷是被押着成亲呢。

“青鸾对舞千秋会，鸾凤和鸣百世昌……”老傧相声音洪亮，非得叫后院的祖宗牌位都听得清楚才罢。

空气中似飘来茉莉花香，方筵暗自感叹万家好大的阵仗，若在内堂只能闻见药味，只有外堂才能飘进街面上的茉莉香。她刚入府时虽不允许走正门，却也远远看了那外堂一眼，那时便觉得甚是敞亮。好一座大宅院，好一个声名远扬的万家，目下竟招来如此多观礼的人，把原本清凉的堂中弄得热气烘烘。

傧相的声音戛然而止，方筵不明所以侧头聆听，立即被人掰正脑袋。

“呃——一拜天地！”

偌大的外堂竟毫无异响，好似进堂喊礼本就该从拜堂开始。方筵身上一动不动，眼睛却直瞟老夫人的方向，想必那老太太稍一挥手，该有的便没有了，连给方筵反应的时间都没有了，反倒叫人紧张。方筵忽觉红盖头也灼热起来，烫得双颊像被红鸡蛋滚过，令人既无措又舒爽。她不自觉地捏紧衣襟，含着羞被丫头领着转身跪在老夫人脚前，浑身热乎乎地磕上一头。

“夫妻对拜！”

方筵身子软软的，顺从丫头的指引跪在地上。堂中仍是静穆祥和，只是她眼下那两双巨足不断打着趔趄，仿佛用尽全力按着一头牛，而他们夹着的那双脚竟岿然不动。老夫人忍不住咳了一声，又多了一双巨足在那头“牛”旁，而“牛”仍岿然不动。

堂内的温度似乎降了些，盖头不那么热了。方筵静静地跪着，仔细听宾客的声音，万家大喜之日没人敢造次，他们看见什么都不会丢了礼数，仍静悄悄地等着；再听家眷的声音，也安静极了，若非说有什么声响，怕只有汗珠顺额头滴下的声音。她认真听万琦轩，听出他口中塞了东西、身上绑了绳，再仔细听，还能听见一身傲骨，听见誓死不从。

一阵风吹来，方筵闻见茉莉花败谢的味道，那是一种夹杂着苦涩枯叶味道的甜。她猛地想站起来，却有两双手刹那间于她肩膀上狠狠按下去，那不留情面的力度令她想起搬石工来。万琦轩身边的脚越来越多，终于被迫弯下了一条腿，跪在了方筵面前，然而他仍不肯就范，干脆平躺在地上，与盖头下的方筵四目相对。

“他果然被捂着嘴呢。”方筵隔着清冷的泪花平静地看着万琦轩。万琦轩与之对视那一刻唇线微动，身子软了下来，随即被人架起跪下，按住头便要行礼。

“老夫人，二夫人要生了!”

没等方筵想好是否要拜，丫鬟惊慌失措地扑进厅堂，哭叫起来。堂中惊呼声四起，转瞬间便又静下来。方筵心中大惊，二夫人怀胎不足八个月，怎么今日要生？只怕情形艰险。

傧相再高呼一声“夫妻对拜”，万琦轩蓦地被四双大手压在地上。方筵瞄向老夫人的金丝鞋面，一下子就明白了老夫人的心思，她便与新郎行了最后一拜。

“礼……礼成!”

第二卷　女子入医堂

第三章　祸门

等老夫人携众人赶到的时候，袁相仪几乎昏厥过去，接生婆迟迟未到，万老爷也未能守诺准时回来，现在只能按照袁相仪的要求让大夫人接生了。

“我帮你。”方筵麻利地摘下头上的冠饰，将婚服褪去，塞到旁人手中，两步跃上石阶便要跟着蒋善进去。

万老夫人挡住她：“你凑什么乱！”

万琦轩挡在万老夫人面前，欲将方筵推进去，道：“祖母，别无他法了！”

“不可！”

厢房门复又紧闭，哭号声不断突破窗纸，听得门外众人双手发凉。所幸接生婆被三少爷用马驮来了，那老婆婆被颠得分不清东南西北，爬下马还没站稳就被丫鬟拽进厢房。

又过了一会儿，接生婆满手是血，退了出来。

“如何了？”老夫人问。接生婆却只顾抖着上下牙，吓得什么话也说不出来。方筵见状立即推开房门打算进去，老夫人却用拐杖拦住了她，说：“接生婆来了，这儿没你的事。琦轩，带着你的夫人回去行礼吧。”

万琦轩深知不能冲撞老夫人，正不知该怎样解围，未料方筵先开口了：“呵，这就是万家的家风吗？”此话一出，众人皆惊。方筵高高站立在台阶上，向下瞥着众人继续说道：“二夫人在房里渡生死关，大少爷在外与他人谈笑交杯，真是尽显医家风范——对家眷尚且如此，对病患想必更守‘规矩’吧？”

众人鸦雀无声，面面相觑。当初见这“天煞孤星”的时候，只瞅着她瘦瘦小小少与人交谈，没想到今日一改文静，语出惊人。老夫人没料到新孙媳竟敢当众顶撞自己，便对万琦轩道：“孙儿，你夫人如此说话行事，现在不管教，以后可就管不住了！”

或许因为有方筵反抗在先，万琦轩竟也不自觉地说出一句：“夫人无错，先救姨娘！”说罢，他猛地吐出一口鲜血，好似被自己的话狠狠地伤了。

老夫人捂着胸口大口喘气，一边喃喃地喊着万琦轩的名字，一边高声呵斥：“她，方筵！我替琦轩好好管管！都听好了，这灾星若敢进厢房半步，无论二夫人生下什么，都给我丢出去，永远不准进万家的门！我们万家容不得灾星接生的孩子……”

方筵呆愣地看着一盆又一盆热水端进厢房，一盆又一盆血水端出大院，心里竟没了主张。老夫人回房休息去了，新郎刚刚吐了血，当家的二夫人正危在旦夕，大夫人又成了接生婆，而自己这刚进门的新娘，现在却只能傻站在院里看门。

锣鼓声渐渐掩盖了袁相仪的哀号，一盘盘色香味俱全的佳肴被端去外堂。方筵猛地拉住丫头：“堂前的礼还走着？”

“是呀！少夫人，您快回去吧，别在这儿添乱了！”

方筵捡起凤冠霞帔，仔细端详起来，上千颗玉珠和嵌在凤褂里的金丝，一丝一缕、一针一线尽显万家的威严。她既帮不上忙，却也不能让万家颜面扫地，于是她立即戴好凤冠，着好霞帔跑向外堂。

内院的叫声一声渐比一声低，前厅的宾客一人更比一人醉。

方筵手上的酒杯饮了又续，续了又饮，心中却一直空落落的。明明面前这幅喜庆祥和的景致她早已习以为常，可今日却又隐隐生出了一些另样情愫，那是些在这三年内被无数棍棒所打散的情愫，那是一种望眼欲穿苦等有人能救她于水火之中的盼望，她亦曾妄图用自己的瘦弱之躯反抗婚服加身。后院里隐隐传来的痛苦的叫声也仿佛一直在提醒她，她今后所处的是怎样一个境地。但方筵早已不会像以前那般天真，那时她认为反抗一桩她不乐意的婚事会和反抗大孩子来抢她捡到的窝头那样简单。

夜幕降临，方筵笑着，送走一桌又一桌人，却有一桌人迟迟不肯离去。方筵已经敬过三巡，那带着女儿的商贾仍坐在桌前，姑娘梨花带雨地自斟自饮，眼里满是凄冷。方筵对于万琦轩的事略有耳闻，那姑娘想必就是曾与之有过婚约的甘家小姐，想来也是有情的一对，却被硬生生拆开，任谁也会难过的。

在偏房坐了一晚上，方筵望了一晚上月亮，到后半夜才沉沉睡去。第二日早晨，她心中仍挂念着早已悄无声息的后院，却被家仆拦在袁相仪的厢房门外。

“少夫人，老夫人吩咐了，您不能进去。”家仆道。

“为何?”她现在已是万家的少夫人，怎么还不能进去?

家仆啰嗦了半天，吐不出具体缘由。

方筵见他说不出个所以然，正要硬闯，却被人拉住。她转身一瞧，是万琦轩。

万琦轩拉她走到偏房中，道：“你且宽心，袁姨娘已诞下一女，现下身子正虚，却也无碍。”

“为何不让我进?”方筵问道。

万琦轩无奈：“老太太的执念罢了，觉着大喜之日见血腥乃不祥之兆，怕冲了喜气。”

方筵冷笑：“堂堂名医世家，还有这说法，今日我倒见识了。”

万琦轩对方筵说的这话也不恼，只是道：“事已至此，方姑娘也不必再抵触，你我二人相敬如宾，好过互相置气闹得鸡犬不宁。”

“大少爷，场面话不必多说。你也不必如此为难，想见谁自去见吧。我只一条要求，你莫将人带到我面前，若是带到我面前了，我叫你万府的人都不好过。”方筵心中仍念着甘家小姐与万琦轩的故交。

万琦轩耳根一红，怒道：“你这是何意?”

方筵见惯了这种装傻的男人，正想离开，却被丫鬟喊住：“少夫人，大夫人叫你去一趟。”

“何事?”

“新诞下的女婴生病了，已高烧了几个时辰。”

丫鬟话音刚落，便传来婴儿的啼哭声，方筵立刻随丫鬟而去。

“昨晚大夫人抱着那个女婴去沐洗，却见女婴有些不寻常。女婴遍体发黄，额上发黑，细微出汗，手足发热。大夫人善针灸、推拿，也略懂医术，瞧着像是黄疸之症；但细细一瞧，又并非典型的疸症。大夫人本也会看些小儿病症，也曾见老爷看过疸症，却没见过小病患有额头发黑的症状。”

“没请郎中吗?”方筵问。

“请了，但这可是万家的孩子，郎中不敢看，皆以各种理由推辞呢。”

方筵刚进门，便被大夫人拉进内室。

“王之堂可是你师父?”大夫人谨慎地问。

“不是。”方筵答道，“我唤他义父。”

“我昨日在屋里听得不真切，可是你在外头教丫鬟们如何接生？莫非王之堂曾教过你医术?”大夫人焦急地问。

方筵注意到大夫人一双杏仁眼已胀成核桃，抱女婴的手在发颤。方筵虽被王家当成“活药引”，却也不想给恩人徒增麻烦，于是不做回答，伸手进了女婴的被褥中，摸得背上又湿又烫。女婴烧得难受，睡醒了就哭，小脸又黄又红又黑，占了三个色，看得二人十分揪心。

“几时烧的?”方筵不敢多摸，探了温度就立刻将手抽走。

“从昨晚子时便开始了。”大夫人怅然答道。

方筵一算，烧了五个时辰。她盯着女婴的脸看了看，把了脉，才说道：“确是黄疸，因伴肾气亏损才出了其他的症状，早产儿得黄疸并不奇怪，烧了一夜，就算是治好了也免不了有后遗症。”

大夫人见方筵一看便知，心中大喜，道：“我昨晚就用了些体外的法子降温，皆不管事，想来是必须要把身上的疸症除了，高热才退得下去，只是……”

“如何？”

“只是老爷不准我行医。”蒋善说道。

方筵闻之惊奇，她曾听说过地位低下的女子不可习医的规矩，更甚者，女子不被允许入医馆药房内——若是污染了药材，减损了药效，轻者治罪，重者杀头。但蒋善乃医学世家万家的大夫人，怎么会固守这些旧时教条？

见蒋善低头不再言语，方筵明白这其中必有不能为外人所道的苦楚心酸，便说：“县里其他郎中呢？可去请过了？”

“万家经常施派汤药，县里人少有寒热感冒或头疼脑热，郎中少了挣钱的来路，都记恨我万家，此时不乘虚而入陷害这女娃就算仁义了。”蒋善道。

“大少爷呢？莫非他也不会？”方筵一边问，一边检查婴儿是否有其他伴生病，所幸除了女劳疸暂未发现其他病症。

“琦轩……因昨日逃婚之事，刚被老夫人罚去祖祠思过。”蒋善接过丫鬟递过的热帕子，盖在肿胀的双眼上，刚好挡住方筵锐利的眼神。

方筵心中冷笑，好一个思过的借口。

方筵挥手叫丫鬟过来换下女婴汗湿的被褥，又吩咐丫鬟继续用温水不停给女婴擦拭身子。

按理说，接下来她应立马去抓药，只是她出身卑微，断然不能去碰万家药馆中的药材，但眼前女婴正烧得不省人事。她计算着，如果自己将药方子拿给别人去抓药，这女婴是否等得起。不等方筵打好算盘，就听蒋善道：“若是我得老爷允准，这孩子也不至于受苦至此。”

方筵见大夫人手掌粗糙，知道她在府中吃尽苦头，却不想她自轻至此，竟将人命置于规矩之下，遂反驳道：“关于大夫人的往事，我倒也听过一二，虽说您过去是府中丫鬟，可好歹也是老太爷选中的续弦，不该妄自菲薄。何况现在是老爷当家，老太太既是遗孀就该规行矩步，何以出些轻贱人命的谋策？您是大夫人，当正门庭。”

蒋善听着方筵的话，先是难堪闪躲，继而低头以示赞同，最后却惊恐地关上房门，拉住方筵的胳膊道：“你莫无理胡说，我既是丫鬟出身，府中下人不尊我亦可原谅；老夫人更不必说，她教训家眷是本分。老太爷不过看重我为人老实，且办事有分寸才委以重任，我本就无心担家，更无力服众，二夫人既担得起家，我便主动让贤。”

方筵静静地听完这席话，正色道：“夫人，您的医术既是得于老太爷，那么相比万老爷如何？”

蒋善静下心来思量片刻，缓缓道：“老太爷精益于小儿科，我为人生母又做养母，自然不差，只是……”

方筵霍地抓起蒋善的手，厉色道：“若老太爷还在，面对这婴孩，他当如何？”

日头正高，万府却门庭深冷，万家大院里有数十道门，将炎炎夏日挡在堂外，免得惊扰院中亲贵，也不叫亲贵们扰了街面的热闹。从厢房房顶上掉落颗石子，几个丫鬟探头去望，一个说：“今日可是怪了，大夫人好大的架子，竟叫我们守门。”

另一个说：“二夫人病着，随她胡闹去。待老夫人来了，我们定告她一状，看她再敢逞威风。”

大夫人续房近二十年了，和她一起入府的丫鬟们都成了老妈子，新丫鬟一拨一拨地进来，听的却是同一批老嘴巴子讲的同一个故事——“偏她摸上老爷卧榻去了……”她们不提这事是老太爷定夺的，也不提蒋善人如其名，既本分又善良，只说野鸡变凤凰，道尽他人隐秘之事却只当笑谈。而今，为了二房刚出生的孩子，蒋善也发狠了一次，不顾老太太的命令和旁人的目光，随方筵翻了墙头出去。

翻出万家庭院后，二人走得飞快，任谁也想不到步伐如此不雅的女人，会是万家的两位夫人。她们停在万家医馆不远处，看到了万家那块“杏林春暖”的牌子。方筵喘着粗气再次询问万夫人：“夫人，您可想好了，一旦那门推开，您可就难当这万家夫人了。”

蒋善看着那牌子，眼神逐渐坚定，最后郑重地点点头：“老太爷于我有恩，万家的孩子不能断送在我手里。”说罢，她推开方筵，一个人径直跑向医馆。

方筵着实吃了一惊。放在昨日，她绝对不信那个低眉顺眼的大夫人敢做出如此举动。只见蒋善立于医馆门外，低一低头再一抬眼，眼中柔情再无，她抬起腿一脚踹开木门。

“咣当”一声，两扇木门狠狠砸在两边的墙上，震得屋内人瞪着眼睛看过来。

忽见门里伸出一根根木棍挡在蒋善面前，方筵赶紧奔向医馆。持木棍的原是昨日押着万琦轩拜堂的大汉们，他们齐声道：“夫人，老夫人有令，今日医馆无医无方。”

“大夫人止步，莫忘了规矩。”掌柜长着倒八眉，一副不通人情的冷漠样。

蒋善抵住木棍道：“今日并不该轮你们兄弟值守……”她歪头瞥了一眼方筵。

“今日是老夫人专门叫你们过来把守的吧？”方筵问道。

蒋善心中暗自叹气。果然，从问起琦轩的时候，这姑娘就明晓了老夫人的目的。她本不想让方筵了解内情，以免她对万家失望，可方筵聪慧，不需明说她也能猜到。

“老夫人是怎么说的？她是否说：‘你们快去吓吓夫人，告诉她若是进了药库，弄脏了药材，老爷肯定要怪罪下来。’”方筵继续说，“只怕老夫人还未告诉你们，二夫人的孩子命在旦夕，你们拦着夫人和我，若将来这孩子死了，你们猜猜老爷会怪罪谁呢？”

彪形大汉们显然不知晓这一层，愣神间，方筵早就弯腰从木棍底下钻了进去，站在了药柜前。望着眼前成墙的药柜，她倒吸一口凉气。

休宁县自古便有“皇家药房”之称。县里名扬千里的两大药材库，其一为经方派的李家所开，其二便是时方派的万家所开。周边几县乃至其他州府的药材都出自这两家，只因这两家的种类齐全、品质上乘。相较之下，两家也各有特色：万家多珍奇名贵之材，尽收南北好药，传说两百年前朝廷都稀罕万家的好些药材；而李家则以量取胜，天下药材无所不有，光储药仓就租了几十间，供应得上整个应天府。

一墙的药柜直抵房顶，左右排开，此时的方筵好似蝼蚁乱入高林，但这还仅仅是些常用的药材，据坊间传言，万家最珍贵的药材藏在机关后面，不轻易示人。

蒋善给方筵递上纸笔，谦逊地道："你我各拟一道方子来看！"

方筵正如痴如醉地望着如山般巍峨的药柜，听了蒋善的提议，摆了摆手，低声道："那并非我的方子，也不便外传。"

蒋善再不提写方子的事，只催促道："那就我来写，你来断！"

方筵回过神来，从旁边取来木梯子，两下爬上去，蒋善这才发现方筵身上的衣裳早就换成了利于攀爬的裤装。方筵从上面依次取下药材，用长杆吊着送下去，让蒋善量出克重。

栀子十四枚、大黄一两、枳实五枚、豉一升……

最初取拿的药材都是些治疗疸疾的常用药，都是依蒋善的药方所拿，最多斤两上略有不同，不过后面这几味，却是万家从来不开的。蒋善捏着自己的药方，再比对方筵取下的药材，寻思着她不想方子外传定会在用药斤两上有所隐瞒，这倒也不必深究，但那药材……

第四章　离逖

“方姑娘，你可确信你这药方是对的?”见药材越来越眼生，蒋善心下颇为不安。

头上无人回答，蒋善抬头一看，最前面这一排药柜前，早已不见方筵的身影，她身材娇小行动灵便，早已将那大概有三人高的梯子搬到后排，又取得了几味药材。

“方姑娘，你有不便我也不多问，只烦你如实答我一句，这些药是否都要用在婴儿身上?”蒋善问道。她自幼跟在老太爷身边，对万家医馆了如指掌，药库里前排的药材对症常见疾病，便是为了拿取方便，医不可欺、患不可待，这也是万家扬名的缘由，而越往后的药材便越奇，用好了药到病除，用不好则分秒间要人性命，就连万家老爷也不敢轻易来取用。

“既知不便就莫问，信我便是。我还需两味药，应天的郎中不擅用，只北方的郎中惯用，用对了可有四两拨千斤的奇效。”方筵一边气喘一边说道。

蒋善还想问她这药方是从谁那儿学来的，却又想起刚刚方筵对药方讳莫如深的样子，便不再追问，转口说：“老夫人的意思，你已猜到了?”

方筵边爬上梯子边道：“老夫人是故意支开大少爷的吧?她心里觉得我走了，灾气要再度降临，不如拿个刚生的婴儿来替万琦轩挡灾，若是救活了婴儿，还怎么挡灾?”

蒋善哑然，方筵果然猜到了。

方筵也突然气息局促起来，轻声问了一句：“万琦轩可知这事?”

蒋善叹了口气，道：“万府并非一向如此。老爷在的时候，老夫人不会如此，她也是续弦，也忌惮老爷，恐老爷哪日不念旧情。其实，也没什么旧情好念，老夫人年轻时的际遇还不如我呢。”蒋善声音压得极低，只有方筵听得见。见方筵盯着她看，她立即说：“她亦不敢叫琦轩知道，琦轩是我养大的，这种事他不肯做的。他孝敬老夫人只在规矩上，心里不见得当她是祖母，你回想成亲经过便可知一二。琦轩若真敬服老夫人，怎会当着满门宾客拂她的面子。”

“万府如何我并不关心。”方筵又吊下一味药，语气里满是固执。她倒不觉得万琦轩拂了老夫人的面子，却像是折了她的面子。

蒋善看着一盒又一盒不搭界的药材被吊下来，心里琢磨出一二，随即打量起方筵来。“王之堂虽是外乡郎中，倒也称得上名医，若他真肯收你为义女，你的出身便不难启齿，可惜啊……”蒋善说。

“可惜什么?”方筵立即厉声道，“你可问过我是否想认他?他医术了得不假，却心术不正，否则怎会落得家破人散的下场。”

撂下最后一盒药材，方筵从梯子上跃下，继续说道：“我知道你的心思，夫人大可放心，我与大少爷身份悬殊，缘分浅薄，只要万家给足好处，我定不纠缠他。”见蒋善在听闻王之堂下场后一脸惊愕，方筵浅浅一笑，继而又道：“你们万家也真怪，存下这么多名贵药材却不肯卖掉，莫非真如传闻中一样，万家的好药只卖给达官贵人，我们平民百姓无福消受?若真如此，那万家可要好好打点我——将这药库送给我吧。”说罢，方筵抱起药材往门外走去，全然不顾一脸震惊的蒋善，“齐了，我去煎药，谁都别跟来。”

万琦轩推开门，见屋内一片昏暗，只余几点从窗棂中透出的冷光，一片轻飘飘的既清白又方正的光影刚好落在细如削葱根的指尖上。指尖的主人正是方筵，她枕在女婴的木床边缘，正闭眼小憩。

那白指尖抖了抖，扰乱了一屋的光影。

万琦轩再看去，方筵已睁开双眼幽幽地望着他，眼底盛满疲惫之色。从昨日和大夫人翻墙出万家大院，直到闯药材库去抓药，方筵事事亲为，回府后更是不曾离开女婴半步。两碗药下去，女婴身上的高热便逐渐消散，方筵便又去了一次药库，拣了另一服药，伺候着女婴喝了三道，第四道正在炉上煮着，方筵实在挨不住，便歇息了一刻。

万琦轩倒好汤药端给方筵，方筵接过来，一点一点喂给女婴。

“方姑娘可亲自去找过老夫人，说了些好话?”万琦轩悄声问。

方筵道：“不需我说话。我只消往老夫人那儿一站，禀告了自己对万家的忠诚心意，老夫人自然开心，就将你放出来了。”

万琦轩点点头，一脸恭敬，抱拳道：“方姑娘仁厚，救我万家女婴，多谢了。”

方筵喂完女婴药，放下碗匙，正色道：“并非是我救这女婴一命，你该谢大夫人。”

万琦轩不解：“这我就不明白了，听说两服药皆出自方姑娘之手，何来我娘的功劳?”

这声娘叫得分外亲切，方筵也不禁温柔起来：“我从未向人透露我会治病之事，但大夫人一眼便看了出来，背着老夫人悄悄叫丫鬟将我找去。我虽医术不精，但正好懂些小儿金科，这才救了女婴一命。”

万琦轩点点头，附和道：“我娘的确是个聪慧的人。”万琦轩总记得今晨方筵那没头没尾的一句话，但又害怕自己的心思暴露，不敢多问，便转身告辞。正要迈步出去时，却听身后方筵说道：“大少爷，您请多保重身体。”

万琦轩停住，转头瞥见方筵坐在一片黑暗中，低着眉目，看不出悲喜。

方筵淡淡道：“我盼你天官赐福、平安顺遂，万不要似往日那些男子。”

方筵低着头，不知是在看女婴还是睡着了。万琦轩一阵心酸，他知晓方筵的话中之意。现今木已成舟，婚事已成，他多活些时日，方筵便能少嫁几次。

“少夫人，待我离开前定劝得娘同意你留于府中，不再颠沛流离，受那些屈辱。”

府中的日子安逸悠然，似乎除了吃饭、睡觉再无事可做，每天哄哄婴孩，坐在窗前听听风声，赏观细雨，一天的光景也就过了。难怪满院子的人都红光满面，哪怕是倒夜壶的婆子也生得红润白皙。方筵独坐轩窗，凭栏而望，窗外桃树上头黏着星星点点粉红色的花苞，微风拂过竟露出一丝嫩黄，仿佛花儿都比院里的日子过得快，也比院里的人活得欢。

“明明是夏季，万家院里的花苞怎么才入春呢？”方筵心想。

或是半刻钟，又或是一个时辰，方筵难得沉静下来，脑中无所想，心中无所盼。大约是这样的光景难得，方筵也没注意到拿着药方的丫鬟迟迟未归。这种空无一物的感觉随即被匆匆赶来的人打破。万琦轩忽然出现在桃树下，着急忙慌地奔过来，长袍上那面抓药所用的灰围布还没解，此刻像是一朵飘得极快的阴沉沉的乌云。

“方姑娘，昨日你可进了药库？”万琦轩站在窗前堵住方筵的视线，让方筵平添闷塞之感。

方筵心中不满这声“方姑娘”，便目中无人般地点了点头。她早等着有人来兴师问罪，这人或许是万家老夫人，或许是万家其他的儿女，却怎么也没预料到会是万琦轩：“责难之词你不必多说，该怎么罚，大少爷，请便吧。”

“我看谁敢责难少夫人！”

万琦轩还未开口，却听得一记锐利又娇俏的声音。方筵望去，只见满身桃红的袁相仪被人扶着往这边慢慢地挪来，只是身上鲜艳的衣裳掩盖不了她脸上的苍白。

“少夫人，你看着挺聪明，怎么也干蠢事？你将药方写了让药仆去抓便可，何必要闯禁地？”袁相仪挪过来了，身子软得整个人都倚在丫鬟身上，但嘴上的狠劲仍不减半分。

“大少爷，还有你，何必再来责难？有这工夫，不如多想想如何应付门口的歹人!”袁相仪骂得爽快，丝毫不像刚从鬼门关走了一遭的人。

万琦轩回道：“姨娘多心了，我并非要责难方姑娘，只是来叫方姑娘出门躲躲。”

方筵听出了些端倪：“门口有谁？我又何须躲？”

那日蒋善带着她闯入药材库，库中只有万府的药仆，并无府外人。但如今听二夫人和万琦轩这口气，似是有人来闹事了。方筵心中猜了个七七八八，将外裳一披，道：“我方筵无须躲，自去请罪。”说罢走出房门，反手将门锁合上，随即走向府外医馆，任由二夫人和万琦轩在后面痴喊。她平静得很，深知自己在众人面前是“天煞孤星”“人肉药引”，断然不能行医治病，但若真问起罪来，想必万家不会要了她的命，左右不过是再被赶出门去，这也刚好可以断了自己想留下的念头，也断了和万琦轩的关系。

原来真是有人在闹事。事情是这样的，按照惯例，每年的节气万家医馆要施放汤药。而这事归蒋善管。恰好女婴的病也好了些，蒋善便抽了时间来发放药汤。这天，蒋善早早来到医馆前，按照等候的人数备下三到五倍的汤药。二夫人袁相仪是老夫人调教的，自然掌管府中琐事，府外的事，尤其施药一类费力的活儿自然落在蒋善头上。她倒也乐在其中，顶着掌事的虚名受着和下人一般的辛苦——想那医馆的账本还在袁相仪房里锁着，一副里外当家的样子——但蒋善不妒不怒。这不，她按照老爷先前写的药方，誊抄了好几份，让小厮早早地抓好药熬成汤药，盛在一口大木桶内，搬到医馆门外候着乡民来取。她还细心地叫人用白松山的木头煎药，因为这种木头烧起来无烟无味，伤不了药性。

蒋善的这一逾矩之举是万老爷默许的，老夫人也就不好再说什么，于是万夫人施药的规矩也就立下了。

万家的药汤桶放得高高的，被两根木棍和一根粗绳架在石阶上，凭空比平地上的人还要高出两三个头，而掌勺者就站在台阶上挥舞大勺。蒋善每每施药时，都只瞧得见乡亲们的头顶或者帽巾。乡亲们还总是要道两句感谢之辞，一扬起头就咧开嘴笑，看得蒋善心中有些不是滋味。

蒋善曾提议将药汤桶放在石阶下的平地上，却被万老夫人劈头盖脸一顿痛骂，老爷对这类细微之事也不放在心上，二夫人又对老夫人马首是瞻，无人赞同，这事也就不了了之。只是后来每每施药之时，蒋善便站在比汤药桶还矮的石阶上。尽管要高抬起胳膊才舀得出汤药，她也不想站在高处，显出一副施舍模样。于是，往往在药汤桶见底时，蒋善的胳膊也会肿起。

今日与往日不同，领药的队伍刚刚排起来，几个县衙的捕快便大步走来了。

等方筵人赶到时，大夫人蒋善已被捕快锁拿，但他们似乎并不急着走，反而纵容乡亲们辱骂泄愤。方筵心里的鼓打得越来越快，不由得跑了起来，还没跑到前方去，身后就有人拽住她。她扭身一看，是万琦轩。这时被轿子抬过来的袁相仪也骂道："是哪个嘴快的报了官？"

方筵见捕快将蒋善围在中间，恍若吃人不吐骨头的凶兽，便低吼道："放开我！我一人所为，一人担责！"

万琦轩紧紧地抱住她，见方筵又挣扎起来，袁相仪从轿子里伸出手一巴掌扇在方筵脸上，道："你如今有了万家少夫人的名号，就要懂得顾及万家的颜面！快，把她塞进我轿子里，可千万别叫人看见！"

一向羸弱的万琦轩猛地抱起方筵，顾不得忌讳礼数，将她塞进轿子。袁相仪也立即捂住方筵的嘴，使个眼色让她看看轿子外。外面咒骂声连绵不断，方筵循声望去，只见取了药的乡民纷纷将汤药砸在蒋善脚下，叫骂着：

"难怪时常施药，原来是女人碰过的污秽物。"

"都道那万守严心善，怎的诓我们来领污药，还费得我买来竹碗，莫不是你们和卖家商定好的，以赠药之名诓我们去买这破竹碗？"

"我早就怀疑了！万家一直让这女人抓药，害我们久病不愈，他们好赚尽银钱逍遥快活！不能放过他们，打啊！"

……

毕竟在一个地界住着，方筵也曾见过万家施药的场面，当时乡民一个个感恩戴德，恨不得磕头谢恩，怎么如今全然换了嘴脸，好似要将万夫人生吞活剥。“他们……”方筵气得不能言语，只见蒋善平静地低着头任人辱骂任人捶打，竟失了往日的勇气，不知该如何是好。

“不怪你。”万琦轩柔声道，“药有五味也分阴阳，辛、甘、淡属阳，酸、苦、咸属阴，休宁县内人人皆知。应天府属地各县自有规矩，休宁县自古为‘皇家药库’，不知遵得哪一朝规矩，非说抓药人必是跳出阴阳的中和之人才好，尤其女人属大阴，万万不可碰药材，否则药就失了药性。大家都知是药三分毒，以为若没了药性，那便仅剩三分毒性，成了毒药，他们自然不肯罢休。”

“可是……”

“大夫人抛头露面地施药早就失了分寸，那些人从不将她放在眼里，平日里敬着不过是看万家的面子，你若去救她便不得脱身。若你成了那样，叫琦轩以后如何做人，如何掌家管铺？”袁相仪虚弱却恳切地说，“少夫人，凭一股子热心办不成大事，要懂得审时度势、量力而行！”

方筵不得不放下救人的念头，临扣上轿子的葱管儿之前，她忍不住又看了一眼大夫人，却也仅能看一眼，便回过头去不敢多瞧了。

虽然知道方筵这次会听自己的，但袁相仪仍命人将她锁在厢房，还留下万琦轩安抚她。

可方筵坐立难安，眼前尽是大夫人被咒骂、痛打的样子：“他们把竹碗丢在夫人身上，夫人……她流血了，不用带金疮药去医治吗？我瞧她瘫在地上，手不住地抖着，是害怕还是伤了筋骨？我隐约看见她捂着头，脸上鲜血横流，万一伤在百会或神庭如何是好？那可都是要命的穴位！”

万琦轩按住方筵让其坐下，心中自是焦急嘴上却说：“你且安心，姨娘自有办法。”

“什么办法？大夫人何时能回来？”

万琦轩皱眉思索片刻，含糊道：“娘出门施药是爹同意的，何况，她略懂医术，对针灸更是无师自通，知道如何保护自己。倒是你，怎么你竟未瞧出来，他们皆是冲着你来的？”

方筵恍然大悟，她被蒋善哄骗了。那日闯药材库之前，蒋善所言那番狠话竟是一番交代，她早已做好进药材库的打算。蒋善虽在府中不受器重，好歹也是万家正房夫人，多少有些脸面的，若擅闯药材库污染药材的事追究起来，她或许能找到个理由，而方筵则会断了生路。

“不！”方筵说，“你可听清他们的咒骂了？眼下不是大夫人一人受难，而是整个万家都受了牵连！”

万琦轩点点头，道：“是。但流言蜚语岂可当真？关于万家的谣传不止于此，还有更甚者，等爹回来自会主持公道。”

“等到何时？”方筵紧紧抓着万琦轩的衣襟问道。

万琦轩轻轻握住方筵的手，摇了摇头。

第五章　抗辞

房门外忽地传来一阵嘈杂声，方筵透过窗户瞧见捕快已经来到院子里了，心想与其等着被瓮中捉鳖，不如自己走出去，再将大夫人的事讲讲清楚，好歹不叫她蒙冤受苦。奈何门窗都被锁着，她一时间不知该如何是好了。

“呵，刚才还叫嚷着要给大夫人洗刷冤屈，怎么见了官爷连气都不敢喘呀!”有个小丫鬟倚着院里的老松，不客气地说着。

“放肆!”二夫人虽刚生产完，却已然恢复了往日的盛气凌人，扶着腰趾高气扬地踏进院子，以近乎蔑视的语气道，“官爷来了，怎不见你倒些茶水伺候?”有外人在，她不好随意处置那丫头，但也绝容不下有谁敢不守规矩。如何既能处罚了丫头，又不叫外人以为自家待下人严苛，一向令各宅院的夫人们头痛，而袁相仪恰恰深谙此道。

“罢了，想来你爹爹守着马厩实在辛苦，偏赶上老爷不在，大夫人又遭了难，我还病着，旁人只三两天教不上你什么，难免失了分寸以下犯上。好在你没曾给谁上过夹板，否则可真是狐假虎威狗仗人势了。”

二夫人说这些话时，全然没看任何人一眼。捕快们听了略觉难堪，低头揉捏手里的把件，全当没听见。二夫人态度虽坚决，语气却十分柔和，继续道：“你爹爹年龄也大了，我听闻后院的石子路上结了厚厚的马粪痂，你去尽尽孝心吧，不必在内院干粗活了。”

小丫鬟第一次见二夫人如此气势，吓得脸惨白，灰溜溜地跑出去了。

此时捕快才敢插上一句嘴："二夫人……"未待他讲完，二夫人对另一个小丫鬟厉声道："你竟这般无理！官爷来拿人，如此辛苦，你还不速去取些名贵汤药敬上！"

"不必了，我们有差在身实在不便，何况……"吃了冷言冷语，捕头终是忍无可忍，刚想拿出些官威来，又被二夫人顶了回去："也好，万家的东西一向名贵，平常人均是不敢沾的，何况在这个节骨眼上，想必您也不想落个收受贿赂、假公济私的名头。"说罢，二夫人看看挂在门上的锁头，继续道，"昨日我病着，听闻大夫人受难还当讹传呢，又没见文书，如何抓人呢？今日官爷可是来送文书的？"

捕头听二夫人这么说，心里犯了难，按理说抓人确实要拿出捕令，但以万家的势力上下打点一番自是可以让此事不了了之。思索片刻，他豁然笑答道："是，少夫人的捕令在此。不过事发突然，大夫人那里先拿人再补文书的情况也不算罕见。万家家大业大，随便给人点什么都够跑出百里了，我们也是秉公办事。"

"说的是。"二夫人笑着，这一笑起来，她脸色比刚才红润了许多，"万家谢官爷多年照顾了！可是，今日除了您几位气势汹汹地闯进万家，并未见有哪个事突然啊！您瞧好了，少夫人房门上的锁可是我亲自挂上的，若人丢了您拿我是问，但她好歹是万家的新夫人，总要让她略收拾一下再随您去吧？"

见捕头似有所动，二夫人上前一步，轻声恳求道："我虽做不了什么，但也要顾及万家的脸面。如您所说，万家家大业大的，我跑不了，只望别叫那丫头丢了万家的颜面。"捕快微微点头，二夫人继续说："只需一刻钟，我给那丫头收拾妥当。我知道您不方便，那便什么都不说了，去外堂喝杯甜茶吧。"

这边二夫人刚将官差说服，一行人正要往外堂去，只听轰隆一声，从方筵的窗户里竟飞出个人来。这人灰头土脸地趴在地上，脸上摔出个大大的黑印。只见此人头发凌乱、衣衫不整，龇牙咧嘴地大喊："等等！我跟你们走！"

此人正是方筵。

突如其来的响动让捕快们瞪大了双眼，习惯性地伸手去握腰间的长刀；二夫人更是半个字也吐不出，只有捂着肚子白着脸的份了。方筵清清嗓子正要骂出来，却见家仆捧着木质托盘，行色匆匆地赶过来。家仆跑得飞快，“扑通”跪在袁相仪的面前，道：“二夫人，老爷的书信已到!”

二夫人一听此话，脸色又着实红润了些，挥舞着手绢道：“快去叫大少爷来拆信!”随后，她满面春风地转向捕头，用明亮的眼睛望着对方，道：“抱歉了，万家规矩大，老爷的信只能大少爷拆。倒不是别的，万一这信里给出交代，也免得少夫人走这一遭。您不知道大院里女人的苦：公公在，便以公公马首是瞻；若公公不在，婆婆便是头顶的天，叫下雨就得下雨，叫打雷就得打雷，少夫人也是无可奈何。”

捕头正摸不准二夫人后面的话，万琦轩已忙不迭地赶来念信了：“修书……”

念至此，万琦轩忽然闭了嘴，瞪大眼睛将信快速浏览了一遍，脸色一沉，就要将信收进怀中。一名捕快眼疾手快，将信件夺过，在领头人的示意下，将信上内容一字一句念出：“将天煞孤星方筵纳入府中，荒诞至极，为一罪；又将出身寒苦的人带入药材库中，为二罪。两罪同犯，罪孽深重!”

字字如刀剜着方筵，方筵满腔仇怨，替大夫人也替自己，那句罪孽深重，想来说的便是自己。远在龙门石窟的老爷还专门修书一封，将她的罪名定得实实在在，这让她心如死灰，如坠冰窟。

“大胆方筵，衙门收到击鼓状，告你无故学医，无良行医，无德毁药，特此缉拿，带回探查!”

方筵将自己被压下的肩膀往上耸了耸，余光中见有两把长刀闪出两道寒光——是以此震慑她莫要负隅顽抗。方筵不再动作，闭上眼睛，任由捕快抓着她走出了万府。

“麻利点，快脱!”

搜身的妇人左手挥舞着一根粗壮的木棒，棒子上有星星点点的暗红色血迹；右手也不闲着，弯成鹰爪的模样去将方筵头上仅有的一根木钗揪下来，手腕一转，插在了自己头上。妇人不知从哪儿学来的盘发样式，硬生生在人的头上盘了个狗头形状的发髻，现下狗头上又竖直插了根木钗，虽滑稽却更显可怖。

方筵将身上的衣服脱了，只留里衣。她感到妇人又宽又厚的手掌，在她身上攻城略地，到了腰间和小腿处还恶狠狠地掐了一把。搜完了，妇人扔给方筵一件粗布衣裳，那衣裳和平日里那些办白事的人家披麻戴孝时所穿的孝衣并无两样。

方筵不接那衣裳，伸手去拿自己的，妇人将方筵的胳膊一别，将方筵的衣裙裹成一包塞在腰间，腆着大肚子走了。方筵往狱卒那边看了一眼，狱卒不为所动，还痴痴笑着，显然是见惯了妇人这强盗般的行为。

牢狱潮湿，甲虫横行，身上的粗布衣透过里衣，扎在方筵的皮肉上，令她浑身刺挠。她表面上一动不动，心中却翻腾不止。她万万没想到，自己的最后归宿竟是县牢。

方筵细细想着，她往日里似乎给一家偷偷抓过药。那家的小姑娘因死了父亲，伤心过度，幸而被方筵救了回去。问及她父亲是如何死的，小姑娘道："我爹是被冤枉的，被判了株连九族的重罪！他为证清白，在堂审之时，以头撞地，当场丧命。这事惊动了知府，重查此案，才替我父亲洗刷了冤屈，我们一家人的活路，也是我爹以命换来的。"

想到这儿，她暗暗决定，万万不可认罪！自己频频改嫁，一条命尚在；如今进了县牢，谁知道他们将会如何处置自己。她掐指一算，知府每月十五下县，那不正是明日？她何不效仿那位小姑娘的亲爹，说不定还能博来活路。

一只小虫咬了方筵一口，方筵将那只虫子从身上抖下去，伸脚将其碾死。若要做，她方筵索性就来个一鸣惊人。决心一下，方筵又大声唤来了刚刚那位搜身的妇人。

"我家中颇有钱财，你若帮我一忙，我必有重谢。"

妇人贼眯眯地笑着，刚要说些什么，被方筵一嗓顶了回去："我可是万家的少夫人，想必往日你也受过万家恩惠吧？我只是想要笔墨。"

妇人思索片刻，咬着牙将垂下的发髻重新盘成鹤髻，与狱卒低语了几句，便给方筵拿来了笔墨。

方筵铺开纸，借着从高窗透下来的月光，洋洋洒洒写了满满一张纸。写罢，她将纸递给妇人："你替我将此粘在城门口，我便再给你些钱。"

第二日，方筵被抓去堂审。在被那两位狱卒粗暴地押走之前，方筵瞥见妇人朝着自己点了点头，以示事已办成。

堂审是在衙门临街的房中进行的，不少人都来看热闹。

"堂下所跪何人？"知县高高在上，严肃地问道。

"万家少夫人，方筵。"

"你身份低微，且没有得到任何人的授意，私自行医，擅闯万氏药材库，我所说桩桩件件，是否属实？"

方筵双手被缚，跪在地上，大声道："属实。"

"好！那便……"

"且慢，知县大人！民妇该当何罪，任由您处置。您这高堂之上挂的是'明察秋毫'，外面门楣之上写的是'明镜高悬'，民妇也有满腹冤屈，知县大人能否一视同仁，也来帮我申冤？"

知县被人截了话头，胡子一抖，又一瞧门外乌泱泱的人，便耐下脾气道："罪妇有何冤屈？"

方筵跪在地上，腰板直挺。

"我这第一冤屈便是被用作'活药引'，任人处置！外乡郎中王家、肉铺刘家、县西蒋家、东门张家，还有李进士家，都将我看作'活药引'，娶我进门，割我头发去烧，放我热血去喝，还对我棍棒相加逼我号哭，将泪水收集起来熬汤药！"

此话一出，不仅知县，门外观望之人，无不惊叹。百姓只知方筵是做冲喜的新娘嫁到别人家去的，而其中的曲折，还是第一次听说。

"知县大人，你且看民妇的手臂与脖颈处，手臂上累累伤痕是他们放血割下的，脖颈处累累伤痕是长鞭蘸着凉水打下的！”方筵继续道。

知县一个示意，周围的捕快将方筵的宽袖挽上去，干瘦苍白的手臂上果真现出八九道新旧不一的刀痕。再一拨弄她的衣领，鞭痕横贯脖颈，没入衣衫中，纤细的脖子仿佛随时会折断。

门外的人发出一声声惊叹，尤其是个别女子，捂住嘴，皱着眉，仿佛已经尝到了刀割鞭打的痛楚。

方筵昂首挺胸，继续道：“我这第二冤屈，便是好心没好报！民妇自知身份低微，没资格给人看病抓药。但那女婴烧得满脸通红，不省人事，县里其他郎中只顾同行竞争无一人前来，而万家会治病的人又不在府中，在府中的人又不会治病。休宁县偌大的县城，却找不到给女婴治病的郎中！我冒如此大的风险去救活女婴，反被人报了官府，说我行事不端！我一番心意喂了狗，为救他人反将自己淹死！”

方筵说完这番话，门外已是一片声援声。

“是啊！救人一命，却遇到了过河拆桥，天理何在！”

方筵听了出来，这话是县北边的那位鳏夫说的，方筵曾救过他的独子。

方筵顺着那位鳏夫的话道：“我知自己罪孽深重，不求减罪，但求民妇之冤屈，能大白于天下，而非到死都烂在肚中！”接着，她挺直腰板，大声道：“民妇求与所诉之人当堂对质！”

众人正觉有理，方筵却又添上一句惊人的诉求：“此外，民妇方筵以命相请，休亲夫万琦轩！”

方筵话音刚落，门里门外一片哗然。即将被治罪的人不求网开一面，却要当堂休夫，围观的人觉得应是自己听错了，抑或是前面跪着的那人疯了。

“大胆方筵！你乃女子，夫君待你如何皆是命数，你竟怨声载道、出言不逊！”知县大人从未听闻如此过分的要求，他觉得方筵说的定是胡话。

“好！”

叫好者，正是万家医馆的大少爷万琦轩。

万琦轩喘着粗气，面颊绯红，似是刚赶过来。他脸上满是喜色，仿佛被休的万琦轩是另一个同名同姓的人，与他毫无干系。他拨开人群往前走，高声吼道：“方姑娘所言极是！我万家对方姑娘多有亏欠，迎娶的礼数也并不周全。我也自知疾病缠身，配不上胆识过人的方姑娘。方姑娘提出休夫，我万琦轩绝无怨言！”

人们看着堂内的方筵，与破开人群站在了最前方的万琦轩，啧啧称奇，纷纷感叹此乃百年难得一闻的怪事。还有人猜度，那万琦轩会不会是幼时的疾病将他脑子烧傻了，时至今日还跟着傻女人方筵一起胡闹。

知县见万琦轩身体虚弱，容他坐下听判。万琦轩正襟危坐，抱拳道：“只是有一事尚需分明，既然方姑娘已不是我万家人，大家告我万家便是无理；方姑娘妨了我家的药，便该由万家提告，现下万家无人责她，她便无罪！”

万琦轩这一席话令堂下众人愕然，纷纷咒骂起来。知县瞧着越来越乱的堂审，大手一挥：“将她带下去，明日再审！”

方筵被押着转身，正好对上万琦轩发亮的双眸，她猜不透这位大少爷的心思。

万琦轩这时又开口了，一改刚刚的慷慨，忽然变得愤恨不平，面向知县跪下道：“万琦轩并非有意扰乱公堂，更无意偏袒夫人！反之，我万琦轩今日为匡扶正义而来，更为了知县大人的清名！大人，方筵休夫不为过，我应许也在情理之中。但若以世道论，确实难被允许！”

此话一出，大家纷纷不笑了，知县也眉头一皱，等候万琦轩的下言。

方筵呆愣在那儿，身边押着她的人将她又带回来，与万琦轩跪在一起。她满含狐疑地望向万琦轩，万琦轩恍若不见。

“世道上符合此情此景的又有几个？若今日我娘子将我休了，这桩事在日后便会成为那些不守三从四德的女子的话柄。那些女子做不到如我娘子这般义举，又怎能借着我与我娘子的事，为自己的休夫之举做一个歪曲的辩解。若真是如此，我与我娘子倒愧对世人了，只怕是要吃斋念佛十年整才能赎清我二人的过错。”

说着，万琦轩忽地伸手过来，要将方筵散乱的头发抚顺，被方筵一个偏头躲过了。原本方筵已想好脱身的对策，偏叫这愣头少爷搅了局。方筵明白，万琦轩想借万家保她，前面一番话便是将罪责揽在万家身上，他自以为万家得人敬重，却不知敬重的前提是护住一方百姓，如今万家的药出了差错，“敬重”一词便不过是在口中念念罢了。果然，众人纷纷叫嚣，叫万琦轩好好管教自己的女人，甚至下流之言也冒了出来。

万琦轩微微一皱眉，很快又面色如常，他继续说道：“万琦轩此番前来，并非仅为劝退我娘子的休夫之举，还有一事，恳请知县做主。”

“你有何事，若符合实情，我便做主！”知县苦着一张脸说道。

万琦轩道：“少夫人被告发她的身份不配学医，此事本就不成立。方筵并非出身于大富大贵之家，但她的师爷乃是当朝御医焦良。此等身份，也不足以学医吗？”

方筵一愣。围观之人都安静了下来。

知县也顿了半天，面容似较之前更苦，问道：“万琦轩，你可不能为了助人脱罪而胡乱言语！快回家去！”

知县与万家关系匪浅，本有意护着万家，遂将所有罪责怪在方筵一人身上，却不想万琦轩一头撞进来，先说万家在此事中难逃责任，再当堂护妻，实在叫他难以偏袒。他心下正怪罪万琦轩平日足不出户，不懂官家规矩，不知该如何收场，却只见万琦轩面不改色道：“我并无虚言。休宁县人人都知，焦御医的弟子之一李仲显乃是休宁县有名的经方派郎中，他昨日就将方姑娘收为弟子了。”

方筵等万琦轩解释完了，这才敢抬头，却见知县一脸不信服的样子。他问道：“李仲显会收万老爷的儿媳做弟子？呵，来人，万少爷病重胡言乱语，赶紧送他回去！”

万琦轩轻轻一笑，从怀中掏出一封信，高举过头：“此乃李郎中的亲笔信，请知县明鉴。”

那封信被呈了上去，方筵转头，眼神复杂地望着万琦轩。万琦轩却错开眼神，目光追随着知县手中的那封信。

第六章　和离

“这……”

信中除了李仲显的陈情，还附有其家传玉葫芦，绝非伪造。知县望向笃定的万琦轩，再看看不明所以的方筵，一时间竟不知该如何判决。他倒想草草判方筵无罪，却不想堂下百姓不依不饶闹哄哄嚷道：“如此说来，万家不仅出了个丧门星，这人还是个叛徒、贼人！”

“此言差矣！”万琦轩突然站起身，大声说，“此事乃罪妇一人所为，本无碍我万家，然而她休夫不妥，我万家只得与之共赴鸿蒙。若说她是贼人，我万家又该如何？何况如今万家遭罪的何止她一人，大夫人仍在监下，难道万家赠药数十余载，容不得闪失半次？”

知县不由得瞪着万琦轩，本来赔进个方筵便能救出万夫人，谁知万琦轩为救妻竟连整个万家都搭了进去，他只得一边暗叹万家家门不幸，一边想着暂且让所有人都满意的法子。

“若知县大人不敢定夺，不如……”未等方筵语毕，万琦轩狠狠抓住她的手，用力抳了两下，示意她安静。方筵还想继续说，被知县大声打断：“知府大人因病未能前来，我是本县父母官，理应遵着百姓的心思重处方筵。但是，万琦轩身为万家长子又疾病缠身，如此言之凿凿又以万家做注，本官倒想帮百姓还了万家的人情，以后再有此类事，必重罚不待！”

方筵此时才回过神来，原本她想借往日冤案引知府亲审，知府不懂乡民风俗定按律审判，但她却未料到知府因病未能成行，想必知县已看破她的心思，所以故意提醒她知府不在，若由他这个知县审案，必得顾及百姓的心愿。而万琦轩也知此缘由，才豁出万家保她。想来也是，若知府前来，何须她借往日冤情为己申冤，万家一封诉状便能洗刷此次冤屈。

衙门外，万家的马车静静停在石狮子旁。车上布帘掀起一角，万琦轩那双清亮的眸子又黑又亮。

“上车吧。”

身后捕快已重重将大门关上，门扇合上时产生的风吹到方筵身上，将极不情愿的方筵又推了一把。

马夫安好脚凳，万琦轩正向方筵伸手。

方筵并未将自己的手搁在万琦轩的手心中。她自己提起衣裙，踏上去，往里一瞧，马车内并不算宽，若是两人都进去，免不了肢体触碰。她又下了脚凳，低头道：“我不上去了，身上脏，怕弄到少爷身上。”

万琦轩皱眉道：“就算不情愿，你也是万家的少夫人，怎可跟在马车后独行？”

方筵不管这些，扭头就走，万琦轩急忙跳下马车，两步跑到方筵身边，递来一条披风，道：“先披着吧，我与你同行。”

冷风乍来，被万琦轩挡住一大半。

方筵走快，万琦轩便走快；方筵走慢，万琦轩便走慢。万琦轩也并未行至方筵前方，两人并行，中间隔了半尺距离。

方筵拢了拢披风，道：“万老爷一纸书信将我送进牢中，你又编谎话来救我，万家到底要如何？”

万琦轩叹了口气，缓缓道：“救你自是我的责任。至于爹的那封信，是因为他被人蒙蔽了。姨娘说她快马送出的，是一封恳求老爷为你求情的信，信纸却被人偷梁换柱了，换成了对你的控诉状。诉状中歪曲事实，将你救活新生儿的事全然不提。我爹见了那封添油加醋的诉状，这才传回一封袁姨娘意料之外的斥责之书。”

方筵望着空空如也的街道，往前迈了几步，离了万琦轩的庇护，阵阵凉风猛扑在她身上，激起一层鸡皮疙瘩，方筵忙退回去，重新躲在万琦轩身边。

“方姑娘，我还是那番话，事已至此，你我二人不如安分守己，让万老夫人放心，且万家少夫人的身份也会给你带来许多便利之处，就当是委屈你的报偿了。”万琦轩忽地停步，转向方筵，淡然说道。

方筵问：“你顺从了，不逃了？”

万琦轩点点头。

方筵闭上眼睛，深吸一口气，再睁眼时瞧见眼神澄澈的万琦轩正望着自己，似乎已将自己的内心望得一清二楚。她点头，道：“好。至少从世道上来说，你孝敬长辈，大抵也是位不错的郎婿。但从情理上，我方筵也只是你万琦轩名义上的夫人罢了。”

万琦轩见方筵用白日里自己在过堂时评休夫一事的句子来说这番话，不禁大声笑起来。方筵被他感染，嘴角刚上扬起来，前方的马夫便停了马车，将一封信递给万琦轩：“大少爷，这是前方酒馆的小厮送来的。”

万琦轩的笑容忽地收敛了，他接过信，似乎是躲着方筵，往旁边走了两步，这才打开信封。他一行一行地看完，又一行一行地再看一遍。他微垂眼眸，嘴角向下弯去，原先那副少年郎的样子，似乎已经消失了。

方筵见万琦轩脸色变得凄然，往那家酒肆一瞧，忽地明白了。

那家酒肆前高悬的牌匾上，苍劲洒脱地写着“甘氏”二字。木门上，有小厮正贴着刚裁剪好的鲜红的双喜字。

似是察觉到方筵的目光，万琦轩将信收回怀中，但仍站在那边，一动不动。方筵适时地离远了些，走向马车。

马夫正抚摸着棕马，方筵似无意地问道：“这条路好像不是回万家最近的路啊？”

马夫随口答道：“回少夫人，大少爷走惯了这条路。”

方筵用脚踢了踢路面，哂笑道：“这条路崎岖不平，你们少爷还爱走，真稀奇。”

马夫骇然，急忙道：“少夫人莫要多想，是老夫多嘴了！”

方筵没说什么，忽地笑了，转身上了马车，稳稳当当地坐在里面。

不消一会儿，万琦轩也弯腰进了马车。

方筵移坐到另一边，缓缓道："甘家小姐与少爷也算是情深，非要看着你结了婚才肯死心。你也算是个有担当的，害怕咱俩真的一拍两散，搅乱了甘小姐的婚事，好一招一箭双雕。"

万琦轩皱眉道："你如何知道?"

方筵一边解着自己身上的披风，一边道："简单啊！我们新婚之日，甘家老爷携千金来贺喜，送礼是次要的，主要是为让他那千金亲眼瞧见你的婚事，好叫她死心，心甘情愿答应吴家少爷。那日你大婚，吴家少爷可是守在甘小姐身边喝了好几杯。"

方筵将脱下的披风叠好，小心地放在一边，继续道："以前走这条路，你是为了见上甘小姐一眼；今日走这条路，就是叫甘小姐瞧见你我二人同行，好让她彻底死心。如你的愿，甘小姐真的看见了，还差小厮送来了诀别信。"

万琦轩坐在另一边，不否认，也不点头，只道："你放心，我将老夫人安抚好后会找机会与方姑娘和离的。"

方筵渐渐觉出没了披风后的丝丝凉意，又听见万琦轩道："和离的打算我已经告诉了下人，你在府中也不必不自在。"

方筵冷笑道："万大少爷还真是周到，难怪昨日那丫头敢如此顶撞我。"

二人说着话，马车已行至城门外，朱红大门的右侧，被人群围得水泄不通，此乃这一角的寻常景色。只是此时二人各自都有心事，并未对此加以理会，吆喝开人群，马车直驶入城内而去。

其时，每每官府出了新告示，或是县里有了什么大事件，都要往城门这儿贴上一张告示，告示上将要告知广大百姓之事写得清清楚楚。人们挤在此处，便能了解很多与自己生活有关或无关的大小事宜。

只是今日的这告示，与往日的大有不同。白纸黑字，右起大大的"休书"二字，笔走龙蛇，潇洒不羁，尽显书写者心中无尽的愤怒与悲慨。

认字的人提一盏红灯，将纸上的字给大家念出，围在四周的人先是错愕，你望望我，我瞅瞅你，像是听到了什么不得了的事情，随即大家开始哄笑一团，笑声杂乱，有嘲弄讽刺之笑，有敬佩赞许之笑，也有同情悲悯之笑。有的人本不想笑，见周围人都笑了，生怕自己不合群，便也笑了，笑得大声，笑得刻意，像是要掩盖自己对书写告示之人的同病相怜之感。

那日前往万家送肉的屠安尚也在这人群中，他早就将这布告上的内容看得一清二楚。他是笑不出来的，就算周围的笑声再大，他也难以附和。那日偏房中面色惨白的指路女子现在时不时地就飘在他的面前，他耳边也似乎总回荡着女子手腕上玉镯碰撞的叮当声。他无法想象如此一个瘦弱的女子被押入牢中严刑拷问的情景。他心中生出来怜悯之情，于是不满地说道："有何处可笑？各家都有不如意之事，各位可真会借他人苦楚抚慰自己。"

屠安尚身边的人慢慢不笑了，看怪物一样看着他。

"怎么，小子，我们笑一下都不行？"人群中有人发问。

屠安尚一昂头，道："告示中的女子救活一条生命，反被诬告，你们为何要笑？"

有人继续道："女子休夫，我们不该笑？这些娘们本只有被休的份，如今倒休起夫君来了，我们不笑她，笑你啊？"

有人附和："你不笑，莫不是为显得你高尚？"

屠安尚正欲再斥责，却又听见另一人口无遮拦地说道："哦，我晓得你为何不笑了。你是这娘们的情夫吧？她休夫自由了，你们这对野鸳鸯便可双宿双飞了！"

周围人哄笑起来，屠安尚忽然觉得很难过，但不是难过这群人如此猜度，而是难过那女子在牢中，恐怕也如他今日这般被人嘲弄、耻笑吧。

思及此，屠安尚义愤填膺，挥起拳头道："我从未见过你们这般满嘴喷粪之人！"

周围人都不服了，将屠安尚围在中间，素昧平生的他们忽然变得异常团结，对着屠安尚拳打脚踢。屠安尚被推倒在地，无数拳脚落在他身上……他已瞧不见任何东西了，微弱红灯的残光打在他面庞上，光影晃晃，随即又消失了。

那些人抓着领子将屠安尚拎起来：“笑啊！你笑了，我们就放你走。”

屠安尚眯着眼睛，咬紧嘴唇，嘴巴成了一个大大的向下的弧形，任凭周围的人如何说，他就是不笑一下。

那些人又将屠安尚推倒，这回落在屠安尚身上的，是灯笼杆、草鞋底、地上的石头子……

城门的一小半都让这群人堵住了，进城的马车被堵在门外，气得马夫嘴里不停地高声喝骂，这才骂得这群人让出了道路。

马车刚驶进去，人们又围过来，将门道占了一半。

一辆马车又晃晃悠悠地过来了，车夫扭头向车内道：“老爷，你且坐稳，前方被看告示的人堵了路，我往边挪些。”

车上帷帘被拉开一角，露出一双凹陷的眼睛，眼睛的主人对车夫道：“你去看看是何事。”

车夫领了命令，将马车停在边上，费劲挤进人群，又费劲挤出来，略带兴奋地对车内的人道：“老爷，是之前万家夫人提及的事，万家的少夫人写了一封休书贴在城门口，许是推搡的人太多，里头打起来了。”

车内人眉头一皱：“且先候着，万一打伤了，叫徒弟去瞧瞧。”

车夫应了一声，将马车停在一旁，静悄悄地注视着城门这边。

许是宵禁时刻要到了，那群人渐渐散开，城门前的黄土地上，躺着一个半死不活的戴着瓜皮帽的男子。

车内人见状，正要叫马车后的弟子前去看看，却瞧见一个身形消瘦的奴仆模样的人往那男子处跑去。那人先是跑到布告栏前，撕了那张休书，然后蹲到躺在地上的那男子身边。

那奴仆装扮的人，正是方筵。方筵虽随万琦轩回了府，本该好生歇息，但她忽地想起自己托人张贴在城门口的那封休书。既然已经答应了万琦轩在老夫人面前做样子，那她就必须得去将这一纸休书扯下来，免得这封休书被好事之人直接送到老夫人面前。万府之内没有可靠的人，她只能找了一身家仆的衣裳换上，然后从万府翻墙而出，又尾随在一头拉着粮草的毛驴身后来在城门口。

夜色朦胧，她直奔城门口的布告栏而去，利索地撕下那一纸休书，三两下撕得粉碎。

远处宵禁前半个时辰的鼓声悠然响起，方筵转身正要往回走，却听见不远处传来一阵呻吟声。那声音极其微弱，仿佛马上……

方筵四处看看，进城的人几乎没了，远处停了一辆马车，似乎也没有往这边走的打算。她捡起脚边滚落的一只灯笼，壮着胆子，慢慢地往呻吟处走去。

眼前是一个浑身是血的男子，闭眼仰卧在地上。他似乎在哭，嘴角委屈地向下弯着，脸上沾染的鲜血让他看起来更为凄凉。

方筵一惊，急忙提灯凑过去，问道："这位兄台，你还好吗？"

屠安尚思绪正飘忽着，身上的疼痛使他思维越来越迷糊，渐渐觉得灵魂出窍了……一道细细的声音却忽地将他拽了回来，他奋力睁开眼皮，瞧见一个又瘦又白的面孔。

"你是……万家少夫人？"

方筵也认出此人，正是那新婚之日乱入万府的送货郎！

"被人打的？你动动，看四肢可还好？"

方筵的轻柔话语给屠安尚注入了力气，他轻轻挪动了下四肢，道："还好，不很疼，并无大碍。"

方筵松了一口气："那便没伤到骨头。只是你再在这儿躺着，没失血过多而死，也要在晚上冻死了。快，我扶你起来！"

方筵仿佛天生神力，她毫不费力就将屠安尚扶了起来，一直扶进城门内，靠在一边。她又道："你先等着，我去弄些止血的药来。"

屠安尚不想烦扰方筵，他见如此衣着的方筵，猜想到她应是偷跑出来的。但方筵早就跑了，只留给他一个小小的背影。

方筵重新跑出城门，挨着城墙根走着。她搜寻着一类八爪形的叶子，若将此叶碾碎，提取出翠绿的汁水，敷在伤口处，可起到止血的功效。这是她跟随王之堂时偶然学到的，此方子只在平民百姓中口口相传，并未明确地写在哪一册医书中。屠安尚身上伤口比较多，只能先靠着这偏方将血止住。

方筵抱着一捧绿叶归来，从自己外衫下摆上撕下几根长长的布条，将叶子放在上面捣碎了，然后直接将布条裹在屠安尚较重的几道伤口处。

屠安尚颤颤巍巍地道了谢，方筵摆摆手，轻声道："可还能走？马上到宵禁时分了，你我都得速速归家。"

屠安尚胳膊反撑着，身子往上拱了几下，最后还是放弃了，他愧疚地摇了摇头。

方筵四处瞅了瞅，不见有运货的驴车经过。方筵索性转身，拉起屠安尚的一只胳膊，要将屠安尚拉起压在自己的一边肩膀上，屠安尚却扯回手，虚弱地说："少夫人，万万不可，城内人多眼杂，瞧见我们，会嚼舌根的。"

方筵也犹豫了。她知晓那些口舌的厉害，但若是不及时将这人送到医馆去治，伤口恶化，也能要了他的命。

正踌躇间，方才停在城门外的那辆马车缓缓驶了过来。这马车看起来做工精良，定然是县里大户人家的。方筵如此想着，却并没有上前求救，只是转过头去搜寻其他的驴车。

可那辆马车却正好停在方筵与屠安尚的跟前，车夫对马车后跟随的一众年轻后生道："快过来帮忙。"

那些后生纷纷奔过来，万般小心地抬起屠安尚，将其放在板车上。

方筵大喜，拱手道："多谢，敢问你家老爷尊姓？"

车夫爽朗一笑，道："少夫人，我家老爷请你去医馆一叙。去了，你便知道我家老爷姓什么了。"

第三卷　方派之争

第七章　闻人

听了车夫的话，方筵一愣，她并未答应，先抬头看了看天。

车夫承诺道："老爷已经安排我在宵禁前送你回去，少夫人，你便安心去吧。"

方筵也挂念着屠安尚的伤势，索性上了马车。马车三绕两绕，来到一家医馆门前。这家医馆和万家医馆只隔着一条街。门口旗子上，洋洋洒洒地飘着一个"李"字。

方筵下了马车。

"万少夫人光临我李家医馆，真是蓬荜生辉啊！"

一道慢悠悠的沧桑沙哑的声音响起，方筵应声望去，瞧见医馆院内竟建有一座四方红亭，亭下露出半张小桌，一位老人正凭栏而立。从下方看，那老人脸庞瘦削。老人拿着茶杯，向方筵举了举。

车夫引路道："万少夫人，请跟我来。"

车夫带着方筵进了医馆正门，方筵却在门口定住脚步，踌躇着没进去。

车夫回头，笑道："我家老爷看重的是夫人的才学，身份最是不值一提，也不在乎什么女子会污染药材的说法。"方筵听了此话，才迈步跟了进去。

房内正中间也只留了一条窄道，通往前方螺旋而上的木梯。窄道两侧用宽大的油布帘笼着，不透光也不透风，瞧不见里头有什么药材。

沿木梯而上，视野霎时间开阔起来。整个小亭子没多少东西，仅一张茶桌、两个圆凳。其中一个圆凳上，坐着那位从高处敬茶的老人。

“方筵见过老爷。可否请教老爷尊姓？”方筵拱手作揖道。

那位老人爽朗一笑，道：“怎么，我的弟子还不认得我？”

方筵哑然，忽地记起今日万琦轩在堂上所说的，当朝御医焦良的弟子，也就是休宁县经方派郎中李仲显将自己收为弟子的说法。

方筵立刻恭敬地跪下，真情实意地给面前这位拜了三拜：“多谢李郎中及时相救，助方筵脱去罪名。”

李仲显将方筵扶起，他面目慈善，慢悠悠道：“方姑娘，我先前听说你救了女婴，今日又瞧见你拿野草止血，看来你在医术上别有天地。”

方筵回道：“李老爷高看我了。我只会瞧些简单的病症，并没有什么真才实学。”

李仲显笑道：“我不会看错。听闻王之堂并不愿意教你医学之术，只叫你研磨药粉，干些脏活累活。你在一旁偷学，竟学到了现在看病的手艺！我带了如此多的学生，可从未见如你这般聪慧之人。”

方筵一听“王之堂”三个字，明白李仲显定与自己的义父有过交情。一个蒋善，一个李仲显，她那闲散随性的义父何时结识了这两位人物，她全然不知。

“不仅如此，你还治好了女婴的疸症，这并不是件易事。那女婴在疸症之上，还有肾虚的症状，但并不严重，若是叫他人来诊，单看症状，定会断为女劳疸。但肾虚症状为房事过度的人所常得，一个早产儿得此病极少见。想到此点，其他郎中定然会保守治疗，那女婴也不会好得如此迅速。你治病，不是一般的胆大心细，是做郎中的好苗子。”

李仲显说的这番话，让方筵有种得遇知己之感。万府众人只瞧得见她救活了女婴，却不知道这其中的艰辛所在。

李仲显指了指另一个圆凳：“坐吧，万少夫人，尝尝今年的新茶。”

方筵也不扭捏推辞，欣然落座，道：“李先生唤我姓名即可。”

李仲显笑了笑，没说话。

"李先生，县里人皆在意我的身份，您却好似不关心。敢问其中缘故?"方筵问道。

李仲显不答，只是脸上的笑更灿然了些："我的弟子皆没什么尊贵的身份。例如你大师兄，爹去世得早，娘只能接些女工活补贴家用。如此身份，也能进我李家学医。别无他因，只因他和你一样，有做郎中的天分。李家药库中的药材，他只要在里面待上一天，便能将所有的功效记得一清二楚。"

李仲显倒了一杯茶，放在方筵的面前："小徒儿，你乃少见的人才，我李仲显恰好惜才。今后我望姑娘多多来访，与老朽共谈医术。"

方筵低头一瞧，那杯茶澄澈透净，茶香四溢。

方筵脸上现出淡淡的笑意，她端起茶杯，小酌一口，道："师父的茶，的确好。"

李家的车夫如约将方筵送回了万家，但并未停在正门口，而是在侧面墙边停住。

车夫道："望万少夫人见谅，李家的马车是不能停在万家门口的，只能烦请少夫人多走几步了。"

方筵也不恼，恰巧这处正是她翻墙出来的地方。她也不好意思明说，只道声无妨。她想了想，还是决定问一下那个问题："李家与万家有什么过节吗?"

车夫瞅了瞅四处无人，这才凑到方筵身边耳语道："万少夫人，你是个心善的人，我便告诉你吧。这两家啊，是休宁县的一对冤家。两家在行医方面互不相让，你追我赶。就连我们仆从在路上都要因为谁挡了谁的路、谁遮了谁的光吵上几句，更别说万郎中与李老爷之间的暗自较量了。万郎中今日看了八十人，李郎中就要看满百人；李郎中去了漠北雪山上寻药，万郎中就要去蛮夷之地抢药草。"

车夫透露了几句，悄然走了，生怕叫万家的人看见惹来一身腥。

方筵倒有些想笑。她瞧见车夫赶着马车走远了，这才搬来几块大石头，垫在脚下往上爬。等骑在了墙头上，方筵俯下身子，去看庭院里可有人走动。

这一看可吓了方筵一大跳。院中一人正坐在石凳上，手捧着一卷书册，微弱的烛光正照着他那张惊讶、错愕的脸。

方筵头皮发麻，手脚一软，差点从墙上掉下去，她赶忙紧紧扒拉住粗糙的墙皮，将自己稳在上面。

若是方筵没记错，下面读书的，是万家的三少爷，万琦志。这下可糟了，自己翻墙回来，叫这少爷看了个完整，要是告到老夫人与大夫人那儿去，她方筵又要被明里暗里算计一通了。

罢了，既然都看见了，她也不能再翻出去吧！她定了定心神，准备先下去再说。但先前出去时拿来垫脚的石凳现在正被三少爷坐着，方筵只好左看右看，想再寻个下脚的地方。墙下倒是有一排高高的花瓶，方筵往花瓶那边挪了挪，想踏着花瓶而下。

方筵还没挪过去，那三少爷反而站了起来，推着石凳往方筵这边走。他极其小心，先将前方的石子踢开再推。万琦志将石凳子直推到了方筵所在位置的正下方。

万琦志轻声说："大嫂，那花瓶会晃，还是踩石凳稳妥些。"

方筵一愣，她望着万琦志的脸，天真无邪、眼神纯净，心中生出了强烈的信任感，便真的踩了万琦志推过来的石凳下了墙。

万琦志颇为机灵，将方筵扶下来后，又将石凳子推了回去。

忽地，有人从长廊那边走过来，高声叫着："三少爷，夫人交代必读的那些文章，你可读完了？"

方筵身子一抖，万琦志慌忙捧起书卷，答道："读了，读了，还有些不会的字，正请教嫂子呢。"

方筵瞧见来人正是蒋善身边的丫鬟，忙顺着万琦志的话说下去："三少爷聪明，这几篇文章看得极快。"

那丫鬟见方筵还督促着，也想偷懒，便走了。

万琦志眼神还留在书卷上，低声说道："嫂子，你该换个地方，我每晚都会在此读书，我娘会派人来督促的。”

方筵仔细瞧瞧万琦志，对方脸上还细细密密地冒着汗，握书的手都在颤抖着。

“为何帮我隐瞒？”方筵直截了当地问。

万琦志瞥了瞥四周看是否还有人，随后将书卷一扔，狡黠地笑：“嫂子，我可不白帮你，你也得帮我。”

“帮你何事？”

“帮我出府游玩。”

方筵愣住了，她记起了自己大婚那日，万琦志并未出现，听万琦轩的妹妹说，那日乡学里有他处的老师来讲学，蒋善要万琦志必须去听。蒋善还叫万琦志每晚都要念书，可见平日里对万琦志的看管之严。

“你母亲不叫你出去，是叫你多读些圣贤书，将来考取功名。你怎可贪恋享乐、不学无术？”

万琦志冷哼一声：“书我是读了的，每日读上七个时辰之久，一月却出不了府三次。那次同其他人去赶考，我这才发现我除了会读书，什么也不会，还叫人好好笑话了一番。嫂子，你说做个只会读书的书呆子好吗？”

方筵不予置评，却又想到了李仲显说的话。李师父说，他那里有全县唯一能与万家相媲美的医馆，还叫方筵常去，共商医术。但现今看来，李家与万家是这种关系，方筵光明正大地前往李家是不可能的，不过眼前这位向往自由的三少爷，大概能为她提供一个好法子。

万琦志见方筵迟迟不答，转而威胁道：“你若不答应，我就将你今晚翻墙出去的事告诉老夫人。”

方筵将书卷捡拾回来，重新放在万琦志手中：“那我便答应你。三日之后，我带你出府玩。”

万琦志喜笑颜开，摩挲着书卷，甚至还拍拍石凳让方筵坐下歇会儿。

三日之后，方筵果真按照约定，在傍晚时分将万琦志带了出去。万琦志见了外面的事物感觉十分新鲜，左奔右跑，一个弱冠之人看起来倒像个十来岁的孩子。方筵忙跟在后面，生怕万家的三少爷有个什么好歹。但万琦志觉得她烦，总是默不作声地跑走，又突然蹿出来吓方筵一跳，最后索性又威胁方筵不准跟着自己，与方筵约定了半个时辰后会合的地点，便自顾自跑走了。

这样方筵也乐意，她偷跑出来的本意也是去李家医馆。第一次二人分开后，方筵曾跟着万琦志走了一段路，发现他真的只是四处闲逛，这才放下心来，自去了李家医馆。

在李家医馆的凉亭之上，方筵与李仲显以茶代酒，相谈甚欢。李仲显年轻时曾拜宫里的名御医为师，学的是最正统的医术，而方筵从曾游历四方的王之堂处偷学，会了不少偏方。二人就一例病症各自提出不同的治疗法子，取长补短，互为老师。明面上方筵是李仲显的弟子，但私下里两人却是忘年之交，并不刻意讲究尊卑长序。

一杯浓茶见底，方筵就匆匆拜别，到一家面馆门口去等候万琦志，然后二人再翻墙回府。自此，二人常常相伴出府游玩。

这日，方筵在面馆门口等了许久，贪玩的万琦志才姗姗来迟。二人急忙往回赶。

“这回糟了，马上就到我娘派丫鬟来检查的时间了！”万琦志边跑边哀叹道。

方筵叮咛：“三少爷，回去若被撞见，就说你我出来买特质的纸墨，你可记住了？”

万琦志不屑：“嫂子，放心吧，我一人担责，我娘打我几杖就消气了。”

二人紧赶慢赶，回到万府，只见庭院里并未有人来过，石桌上的书页被风吹得翻了几页。

方筵连喘带咳地将万琦志推到石凳上，又将书翻了几页塞在他手上，再点燃烛灯。

万琦志往后看了看还没人来，又将烛灯吹灭，掰了一截，重新拿火折子燎了燎断口，将其燎得光滑圆润后才又重新点燃。

但一直等到方筵回了自己的房间，那个常常来查的丫鬟还迟迟未来。

直到万琦志的气息平稳了好一会儿，一个丫鬟才慢慢地迈着碎步过来。但这并不是蒋善的贴身丫鬟，而是万家家主万守严身边的。

万琦志一瞧，心里有了数，起身问道：“爹可有吩咐?”

丫鬟行了个礼，回答道：“回三少爷，并未吩咐，只是叫奴婢来瞧瞧三少爷可在用功。”

“往日里来的不都是春玉吗?她又偷懒了?”

“春玉跟着大夫人领罚去了。打扰三少爷了，奴婢先行告退。”

万琦志呼出一口气。果然，亲爹万守严从龙门石窟回来了。只是怎么要罚大夫人呢?纵使心中有万般疑惑，万琦志也不敢前去观望，他在庭院中坐满时辰后，悄然回了房中。

方筵回房后，也从丫鬟口中探听到了蒋善受罚的消息。原来今日她与万琦志出府后不久，万守严便携医卷归来。家主一归，先处置了家中先前惹出乱子的事主们。

首先处罚的是擅自给大少爷安排婚事的侧房袁相仪。万老爷倒还考虑着她的身子，只罚了月钱，并未体罚。但大房蒋善则不轻饶了。蒋善带方筵进药材库抓药，污染药材，丢尽脸面，这让一向心高气傲的万守严大为震怒。他不顾府中其他人说情，罚蒋善去正厅外长跪整整一日。

万守严下了令，无人敢反抗，蒋善便去认罚。她褪去了所有的珠钗，将发髻弯成最简单的样式，换了身最素净的衣衫，端直地跪在正厅外的石板上。

方筵回来时，蒋善已跪了一个时辰。

万琦轩从医馆中归来，见了受罚的蒋善，到万守严面前说了许多好话，万守严不理不睬；别的子女去劝，万守严直接赏了巴掌。等到了亥时，府中再无人敢去求情。

万琦轩曾试图去将蒋善扶起，但蒋善却坚持跪着。

又过了一个时辰，更深露重，许是冷了，蒋善的脊背不再挺直，而是慢慢地俯身下去。尽管如此，万家子女们不管是去万守严处求情，还是去蒋善那儿说服她，都不管用。

方筵已经搬到了万琦轩房中，房间刚好就在正厅旁。她从未见过如此严苛、如此毫不留情的家法，直到子时方筵仍迟迟闭不上眼睛，睡不着觉。她总觉得这般家法对人损伤极大，但自己却没有出去劝的勇气。

万琦轩在一旁也观望着门外的情况，忽地出声道："为何爹只罚娘，不罚你？"

方筵淡淡道："你爹罚你娘，用家法。他不承认我是你万家的人，如何罚我？"如此一想，方筵心中越不是滋味。先别管那些故意设计还是巧合使然，蒋善将自己带入药材库中，归根结底还是要救那女婴的命。那是个不被老夫人看好的女婴，但蒋善却义无反顾地去救了。她也并未放自己一人进去，而是与自己同去，给自己打下手。

蒋善依旧在外跪着，她整个人已经伏在地面上，好似在拜着什么。寒意不断侵蚀着她。

忽地，地上啪嗒啪嗒地落了一两滴水，随即更大的水滴落了下来，像是天上有人在为蒋善哭泣一般。春日里的第一场雨，不适时地来了。这雨淅淅沥沥，如万千银针般从天而泻，尽数扎在蒋善的身上，扎得她凄冷、冰凉。

听着雨声，方筵了无睡意，起身走到门口，推门一瞧，蒋善倒在雨中，一动不动。雨滴掉落，在她身上溅起数不尽的水花。

"还要我说几次？不准给夫人用药！尚有五个时辰未跪完，你们几个，架着夫人继续出去跪！"第二日辰时，从梦中醒来的万守严见着躺在房中的蒋善，怒气冲冲地指着身边一众仆从吼道。

身边几位子女纷纷扑上前去，将万守严抱住，哭着喊着叫他饶了蒋善。

"还不动？再不动，一人杖责二十！"万守严被几位子女箍住双脚，动弹不得，只能抬起手威逼那些仆从按照他的命令行事。

万琦轩在蒋善榻边服侍着，他抚着蒋善的手腕，心中暗叫不好。蒋善本就有些旧疾，昨晚又淋了许久的雨，现下愈发虚弱了。他身边的方筵眯着眼瞧着面前这混乱的一片，不禁觉得胆寒。

家仆都明白老爷说杖责，那便是真的会打。他们只好转向床榻上昏迷不醒的蒋善。四五双手伸向蒋善，却被万琦轩一一挡开。

“把大少爷按住！”万老爷下令道。

万琦轩被按住，无人再敢阻拦，蒋善被人从床上架了起来，向门口抬去。殊不知，门口又有人挡住了他们的去路。

方筵靠在门框上，冷眼扫视着这一干奴仆，最后落在万守严的身上。

“万老爷，你是郎中，怎么干害人的事情？”方筵一手撑在门框上，就是不叫那几人出去。

万守严一指方筵：“你不过是个讨饭的，莫要觉得做了我万守严的儿媳妇便能无法无天。违背家法者就是这个下场！”

万守严这一番话说得方筵有些背后生寒，忍不住颤抖起来。她紧紧靠在门框上，以防被万老爷看出她的心虚来。

“万老爷，你不会罚我。你并未当我是万家的人。”方筵说道。她又指着蒋善道：“夫人现下发着烧，恐怕还有旧疾，她已不省人事，你还要她去跪，人不死也残废了。在场的人，也就你与万琦轩会治病，但你却押住万琦轩，逼着大夫人出去罚跪，我可否认为，万老爷是在……”方筵顿住了，没说下一句，她瞧见蒋善动了动眼皮，眼睛却没睁开。

“是在什么？”

方筵口齿清晰地吐出两个字：“杀人。”

万守严一愣。未等他开口，万琦轩随即附和道：“夫人所言极是，若娘出事，医馆中的针灸之术便无人继承了！”

方筵继续道：“此事传出去，保不齐就成了私行家法谋害良妇。万老爷想必已经听说了我被状告之事，当时夫人带我进医馆时，馆内尽是万家人。外面的说辞是来看病之人瞧见的，这才将我告了，但药材库内不许客人入内，那说辞也不过是万家的一块遮羞布罢了。状告我的，是万家的人。他醉翁之意不在酒，把我告了，便能毁了你万家的名声。这一点，我不信万老爷看不出来。”

万守严迟疑了，他叫那些仆从先将蒋善放下。

方筵衣裙下抖动的双腿这才放松下来，她继续道："如今有人暗中要算计万家，万老爷还如此做，这不是授人以柄？"

万守严将双手背在身后，踢开蜷伏在自己脚边的众人，忽地笑了："昨日我听相仪说你非同一般。如今看来，还真是聪慧过人，将这前因后果看得一清二楚。既如此，那便不罚她。"

屋内人都松了一口气。

"你既然聪慧，据说还会治病，我夫人的病，就交给你诊治了。若是治不好，我就继续告你，告你私自行医，开的药吃伤了人！"万老爷眉毛一抖，又指向万琦轩："琦轩，你不可插手，任何万家的人若是给大夫人诊了病开了药，大夫人好后，再跪三日！"

方筵紧咬住牙齿，深吸一口气，纤细的手指紧紧抓着门框，指肚都抓得泛白。她察觉到万琦轩正凄凄地望着自己。

"还有一点，治病的期限为五个时辰，若治不好，便由你陪大夫人跪上三日！"

"不可……"蒋善弱弱地睁开眼，气若游丝般说道。

方筵低头，余光瞥见蒋善一双脚浮肿起来，几乎要将那两只绣花鞋撑破。

方筵猛地抬头，道："好，我答应。若我在万老爷所提的这些要求下将大夫人治好，大夫人未行完的家法作废！"

万老爷道："不错，有胆魄！我也答应你！"

方筵走出府门时，感觉后面跟了一个"小尾巴"。她走过拐弯处，一个急转身，将这个"尾巴"抓了个正着。

"怎么是你？"方筵惊讶道。

万琦志挥一挥衣袖，道："我自是来帮你的。"

方筵冷眼相对："你会医术？你怎么逃出来的？"

万琦志道："我爹此时气得闭门不出，没人管我，我自然想去哪儿便去哪儿。这些你不用管。嫂子，此行我定能增长不少知识，也定能帮上你，快走吧。”

方筵步履加快，走过一条又一条街。路上遇到数个药材铺，方筵都不曾停留，一直到李家医馆，方筵稍作停留，却也转身走了。

“嫂子，为何不去刚刚那些药材铺取药？”万琦志问道。

方筵道：“这些药材铺的上家，要么是万家，要么就是李家。万家不许，李家不能。”

“为何不许，为何不能？”万琦志刚问出口，便悟出其中道理。万家刚因放女子进药材库引发众怒，这些药材铺的人断然不允许方筵进去抓药，大家都怕坏了自己的生意。而万家的事若是在李家医馆传开，那只怕是丢了大脸。方筵要是去李家药材铺抓药，其结果只怕是要与蒋善一样长跪不起。

方筵猜测得不错，那些从万家拿货的药材铺一见这方筵，纷纷闭门谢客。

万琦志细细一思索，道：“那便没有其他可抓药的地方了。”

方筵脚步一停：“县里的药材铺，都与万李两家有关？”

万琦志点了点头。怪不得蒋善宁可病死也要受罚，不许方筵答应万老爷——几经分析，看来这就是一个死局。方筵呆站在那儿，冷着脸不知在想些什么。这番寻找已耗费了她一个时辰，时间宝贵，蒋善等不起。

方筵转向万琦志道：“你可会骑马？”

万琦志一愣，随即回答道：“会的。我的骑术数一数二，嫂嫂要骑马去何处？”

“去休宁县外的康洼村。”

“康洼村的草药一向不零卖，只进货给商人啊！”

“我何时说过我要去买？”

第八章　流毒

康洼村是休宁县境内的一大药材村，此地气候湿润，村内有一山峰高耸入云，峻峭奇丽，林草繁茂，被当地人唤作清凉峰。清凉峰上草药众多。王之堂之前就带方筵上山采过草药。

万守严心高气傲，不了解方筵，他以为，这死局任谁都解不了却忽略了方筵跟外乡郎中偷学过几年的事实，对方筵而言，还是有一条路可走。万守严以为方筵最多只会些皮毛，没想到方筵竟连辨识草药、采摘研磨都十分在行。

万琦志弄来一匹马，二人不到半个时辰便到了清凉峰。方筵眼毒，总能在一片翠绿中找到自己要用的那方草药。二人一同找到大汗淋漓、双腿发软，才将药材集齐了。

下了山，万琦志去牵马，方筵在一旁等候，怀中绿油油一片，白色衣衫上染出一幅绿色水墨画。

二人快马加鞭，不久便赶回了休宁县城内。进了城门，路过一处田地时，方筵却忽地叫万琦志停一下。

“嫂嫂，可是草药掉了？”万琦志问道。

方筵摇头，指向远处的田间，道：“我们去时，那两个人便在那个位置，如今我们已是回转，他们竟还在那里。”

万琦志顺着方筵所指看去，也发现了不对劲。此时正是农忙时节，若是能抓紧时间播种下去，再在后面的雨水时节好好浇上一浇，今年的收成就稳了。但这田里的景象却是奇怪，放眼望去，除了两个人外，不见一个人影，再看地里，杂草丛生，也不像早已栽种完成的样子。而那两个人，也并非青壮年，而是古稀老人与垂髫孩童：一个手脚不利索，一个使不出力气。

方筵二人走近了，在旁边观看，这婆孙二人半天了连一行都没种下。

方筵耐不住好奇，问正颤颤巍巍撒着种子的老人："老人家，怎么不让家里的男人来干活？"

那是个土都快要埋到脖子上的老妇人，布满黑斑的耳朵并没有将方筵的问话听清楚。她不需弯腰，那副腰背常年就是弯曲的模样。

扛着比自己还高的锄头的孩童倒是听见了方筵的问话，他抬头，将锄头靠在自己的肩上，愣愣地望着方筵，鼻子下还挂着清鼻涕，小孩猛地一吸，那鼻涕又缩回了鼻孔。他一直那么站着，黑乎乎的眼睛呆呆地看着方筵。

方筵又拽了拽老妇人的胳膊，老人这才慢慢转过身来，可不等方筵重新问，老人就将双手搭在方筵的胳膊上，缓缓地跪在了地上。

方筵吓了一跳，急忙试图将老人扶起来，却不料老人整个身子都往下坠。方筵急忙也跪下了，和老妇人面对着面。老妇人的脸色令方筵吓了一跳。她面骨凸出，面色灰白，仿若行将就木之人。

老妇人一开口，好似被人掐住了喉咙，发出的声音嘶哑逼仄："好人啊！救救我们！救救我们！"她几近用了全身力气来说出这句话，眉毛眼睛和鼻子都向嘴巴那儿歪去，仿佛五官都在为说出这句求救的话而努力。她推搡着小孩，哭天抢地道："快去！快去！将她带到你爹娘死不瞑目的地方！"

小孩带着方筵二人，没有走大路，而是从房子背后的狭窄小道穿来穿去，犹如老鼠一般窜到了人烟稀少的地方。又走了一段路，出了村子，上了山坡，小孩还不停歇，一直向前走，直到将方筵二人带入一所破庙中。

破庙的顶部不知在哪次天灾人祸中被削平，只留下木质的房架，房架间用泥巴糊起来，有的地方糊得厚，像是一大团泥巴从天而降砸在了上面，有的地方又薄薄一层，从远处来看，比那透风的窗户纸强不了多少。

破庙中，方筵见到了令她震惊的事。她从破庙中出来时，手脚发软，差点摔在地上。她将怀中的药方掏出来，连同那些草药一同捧给万琦志，道："我在此守着，你速速回去，给你娘把药喂上，再叫万老爷过来！"

万琦志木讷地点了点头。方筵回头望了望荒山中的破庙，深吸好几口气，又一次往里走去。

万琦志快马加鞭赶回时，时间刚好还剩半个时辰。他将草药叫家仆煮了，接着便疯了似的寻找万守严。

"这么急匆匆做甚！"袁相仪尚躺在房内休养，她见万琦志从自己窗前过了几回。

万琦志行的礼都不规整了："姨娘，你可见我爹了？"

袁相仪道："你爹去邻县出诊了。"

万琦志脸色难看，道："袁姨娘，此事很紧急，速速叫人请我爹回来，去往城西！"话毕，他跑去寻大哥万琦轩。

万琦轩被万琦志领着进了破庙时，那反应比方筵好不了多少。推开庙门，首先映入眼中的是一尊灰头土脸的泥塑佛像，佛像头蒙灰尘，低眉敛目，仿佛看不见躺在他脚下的那几个不断呻吟的人。那几人并非有意冒犯，只是先前被送来的病人已将禅房占满，他们是后被送进来的，没有躺的地方了，便被人放在了佛像的脚下，头枕香炉，大失敬意。等地上的人有些被抬出去了，他们却没了力气爬下来，也就念着"阿弥陀佛""多有得罪"之类的话，继续躺在佛像脚下。

再往佛像左边走，地上全是咳嗽、气喘的人，或坐或躺，有的人因剧烈的咳喘而前后颤抖，咳着咳着就倒在了地上。这些人颧骨发红，眼下发黑，好似觉得这阳春三月里比寒冬腊月还要寒冷，拼命缩成一团，或三五个抱在一起。有的揉腰，有的捶背，有的按腿，身上疼得忍不住了，便发出阵阵低沉的呻吟声。

方筵见万琦轩来了，立刻将自己问到的事说了出来："城西村中出现了疫病，是哪家先患了病，他们并不知，死了多少人，他们也不知道，只晓得人快死了村里就派人将其抬出去，去到哪儿，大家都不知道！而患病未死的，就在这庙中熬着。"

破庙内弥漫着恶臭味，万琦志立刻交代跟过来的家仆点燃苍术用烟四处熏燎。

"万老爷何时过来？"方筵问。

万琦志回答道："姨娘已经差人去叫了。"

方筵点点头，忽地推了万琦志一把："你先出去，回万府，这里你帮不上忙。"

万琦轩也转过来，催促万琦志速速归家："你先回去，娘还得你照顾着。"

万琦志万般不情愿，却也懂事，知道自己留在这里只会添乱，遂转身走了。但一小会儿，他又返了回来，将来时提的一只笼子交给方筵，笼子里是一只青头鸽子。

"嫂嫂，这鸽子是筛选军鸽时淘汰的，我在府中养了几只，飞起来快得很，你就拿这个与府中通信。"

万琦轩笑道："平日里你宝贝得很，如今倒肯借出来了？"

万琦志反驳道："你们皆是粗人，保不齐对我的鸽子如何。嫂嫂心细，我的鸽子也愿亲近她。"

留下鸽子，万琦志便走了。这时，有个病患强撑病体说有话要交代，方筵与万琦轩立刻走了过去。

那人说，这病来得悄无声息又铺天盖地，先是个别人有闷热盗汗之感，白日里刚起时，脚底发凉，浑身发抖，到了夜里则烦躁不安，无法入睡。渐渐地许多人都有了类似症状，寝食难安，细喘无力，两足逆冷，手心常热；最严重的几个，每日咳喘不止，咳血几日后，村子里便开始死人了。

初始之时，里长还尽职尽责地管着，从旁边村子里请了郎中过来看，却都无济于事，这个开个方子，那个献点偏方，奇奇怪怪的法子提了许多，却无一管用，病情得不到控制不说，反而有越来越多的人染上病。里长最后请来了道士。道士在村头村尾倒了五坛子黄酒，又做了场没日没夜的法事，说是将村中邪祟已除尽，患病者很快便会痊愈。可此话说出没有两月，道士死于同样的病症。道士的死讯让里长惶恐起来，他告知县里疫病已除，又吞了县里先前拨下来的治疗疫病的钱，将染病的人丢在破庙中，自己却到处花天酒地，听人说瞧见他在一个出名的暗娼家里躺着，哈喇子流在成箱的白花花的银子上。不仅如此，里长不知从何处找来了武士，将村民囚禁在家中，以防这些人跑出去泄露消息。

方筵之前路过村庄时，各家村民都躲在窗户后眼巴巴地望着。他们心里明白，若是向这采药人开口了，破庙中的人可能得救，自己却要被活活打死。而那对在田里耕种的婆孙二人，他们的家人早就生生被这病拖死了。老妇人本是前任里长的夫人，她不忍见郎君生前所殚精竭虑的村子变成人间地狱，遂带着自己的孙儿在村庄附近的田里假意耕种，就是试图引起外面人的注意，给他们指出破庙的位置。

短短几个月，破庙后，土坑内的尸体不知垒了几层。

那位村民泪水如决堤的洪水："救救我们吧！"

万琦轩在一旁宽慰道："你放心，我们会的。"

方筵心中酸涩。往日里乞讨时她早见过许多悲喜苦乐，却从未见过几十个病患苟且在一个小破庙中，求生不得，求死不能。

"那对婆孙竟能不畏生死，还真是值得敬佩。"万琦轩感叹道。

方筵忽地想起那个老妇人，脑中"嗡"的一声，拔腿就跑。

半炷香过后，万琦轩从破窗中瞥见方筵归来的身影。方筵垂着头，脚步缓慢，像是一白衣女鬼魂缓缓向破庙飘来。

万琦轩急忙出了庙门，问方筵发生了何事。原来，方筵忽地记起那对婆孙，回去寻时，还未跑到田里，就见老妇人还保持着方筵离开时的姿势，跪在田里，不见肩膀，只有圆圆的背部。茫茫大地，一片荒芜，老人僵硬的身子犹如一块石碑立在田地上，岿然不动。走近了，方筵瞧见老妇人的双眼早已紧闭，阵阵春风吹动根根银丝，老人皱着眉头，弯起嘴角，跪向破庙，长登极乐。

方筵红了眼，道："你放心去吧！我定不负你！"

"是，我们定不负她。"万琦轩抓住方筵的手，替她抹去手上的泥土。

方筵瞥见远处枯草里钻出一个小孩，正是老妇人的孙儿。小孩弯着腰走过来，钻进方筵的怀里，用额头蹭蹭方筵的额头，小手替方筵擦拭眼泪。

"不哭，不哭。"

小孩眨巴着他那无比明亮的黑眼珠子，道："我祖母与我说过，她有预感，今日会去；但还没等到郎中来，她不敢离去。你们会救我们，对吗？"

方筵茫然地点点头，忽地抬头冲万琦轩吼道："万老爷呢？万家那几十位药仆呢？为何只来了这几人？"

万琦轩忽地低下头，低语道："你外出寻药后，几位药材铺的人与十几个乡亲寻上门来，哄闹着说万家不成体统，将你放出去继续玷污药材，逼得我爹暂时关了医馆，并做出一月不开张的承诺。我爹将医馆与药材库的钥匙交给了管家的姨娘，不许姨娘以外的人去碰，否则家法伺候。"

方筵恨恨地道："好一个有规矩的万家！我以为万家声名大振是因医术高明，原来只因乖巧。"

"放肆！"万琦轩罕见地摆出少爷架子，背着手盛气凌人道，"我万家的医术，怎能任由你来评说？"

方筵委屈地咬住嘴唇，既懒得与之分辩，又急着治病救人。权衡片刻后，她写了一封短信，绑在鸽子腿上送了出去。

"你送信去何处？"万琦轩问道。

方筵一抹鼻涕，恶狠狠道："你万家靠不住，我就找李家。"

万琦轩一愣，望着渐渐飞远的鸽子，浑身冰凉："这鸽子是琦志的，他怎么会……莫非，你们与李家早就有联系？"

方筵只道："万家与李家从属不同，我们李氏所属的经方派固守旧方，谨小慎微，而从属时方派的万家善于推陈出新、灵活变化。两者皆有好处，处理现下情形，两派精诚合作乃最佳方案。难不成你还只在乎两家的比较?”

万琦轩哑然，不再说什么。

不消半个时辰，鸽子已经到了休宁县的万家医馆，从高高的门匾下滑过，直落到正在房中焦急等待消息的万琦志身旁。万琦志见了，心中一喜，也不敢耽搁，将鸽子腿上绑的小纸条急急取了下来。

又半个时辰后，一驾马车从休宁县的城门奔驰而出，直奔向城西的村子。

而万府中，二夫人一听万琦志带回的消息，也顾不得自己身子还虚弱，立刻叫丫鬟将自己扶起来，亲自去找了马夫，叫他骑着府中最快的马去唤万老爷归来。

左等右等不见万老爷归来，二夫人被丫鬟扶着在厢房内转了无数圈，每走一圈她心中的烦闷便多一圈。

万府中，二夫人是管府内的事，而蒋善是管医馆的事，二者互不干涉。而如今老爷将医馆的钥匙给她，看来已彻底对蒋善失望。这本应是让袁相仪高兴的事，但此刻她却觉得自己手中的这串钥匙重若千钧。

走了一圈又一圈，袁相仪眉间蹙起的小沟越来越多。她一巴掌拍在桌子上，叫道：“罢了，老爷罚就罚吧！如果万家迟迟不去，反倒让李家抢了去，那才不得了!”她舒了舒眉毛，攥紧钥匙，对丫鬟道：“大夫人如何了，扶我去看看。”

喝了方筵送回的药，蒋善好受了许多，正倚靠在窗前，忧心忡忡地望着窗外。二夫人一进门便寒暄了几句，蒋善和和气气地应着，却已瞧出二夫人正心急如焚。

“见大夫人好转，我便放心了，那妹妹先回去了。”二夫人起身，弯了个几乎看不出弧度的礼数，款款往门外走去。

忽见二夫人身子一偏，“哎呀!”一声，差点倒在地上。被丫鬟扶起后，二夫人踢了一脚一旁的圆凳，娇嗔道：“可真碍事!”

蒋善并不说话，她分明瞧着那凳子离袁相仪还有半尺远。

二夫人走出房间，蒋善的丫鬟疑惑地“咦”了一声，弯腰从圆凳旁捡起一串银闪闪亮晶晶的东西。

蒋善一瞧，正是医馆与药材库的钥匙。她从窗户望去，二夫人似乎全然不知，火急火燎地向自己的厢房走去，仿佛害怕被人追上一般。蒋善立即明了，二夫人急着救人又怕受责怪，故意将这烫手山芋交付于她，如此，好坏便都由她蒋善一人担着了。

第九章　暗牖

万琦轩吩咐了人拿苍术继续将尸坑内多熏几道。方筵还以为，自己的心肠在过往里日复一日的乞讨、一次又一次的改嫁中变得愈发水火难破、百毒不侵，但眼前死人横陈的土坑还是让她落下了泪水。

“你有何见解?”方筵问道。

万琦轩简略道：“按照乡亲们所说，此病为慢性病。我们若能在染病伊始就给病患服用药物，兴许有用。”

方筵哽咽道：“没错。据他们所说的症状来看，此乃骨蒸之症，阴虚潮热的热气自里透发而出……”

“少爷、夫人！快跑!”

猛然间，一道凄厉的喊声打断方筵的话。

方筵的话头被截断，她身子一抖，迅速将衣袍一把抓在手中，同时拉起万琦轩猛地往山上跑去。万琦轩还未反应过来就被拽着跑了老远，他感到方筵的五根手指像是五根尖刺深深扎进自己的胳膊中，自己不得不跟上她的脚步。

方筵跑得极快，像只兔子一般在山林里窜来窜去，巧妙迅速地躲过一切横在他们面前的树木。她不住回头，一直到层层树叶几近掩盖住山下的破庙时，方才停了下来。

万琦轩扶着一棵树大口喘气，他说道：“没想到……你竟如此敏捷……”

方筵咳嗽了好几声，咳到整个人几乎贴在地面上。

讨饭时，方筵好几次都跟着几个孩子去偷东西吃。每每被发现时，被抓住的人便会大声喊“快跑”，她也练就了转身就能跑出一里开外的本领。尽管此本领来得并不光彩，但实实在在地救了方筵的命。两个人藏在层层叠叠的树叶中，发现破庙中的病人被一群粗暴无礼的人强行抬起，全都扔在了破庙之外的空地上。

“难怪那位老人要以死为代价引我们过来。这些人怕是早就将村子看管严密，因而无人敢轻举妄动。”方筵道。

万琦轩道：“我们来此帮村里人治病，也算是给里长解了燃眉之急，他却为何捉拿我们？不如我们下山与其谈谈。只有过了里长这一关，才能真正地解救乡亲们。”

方筵斩钉截铁道：“不可！此时里长已被利欲熏心，任何事都干得出，我们出去无异于送死。”见万琦轩心有疑虑，方筵柔声解释道，“大少爷自小在府中衣来伸手饭来张口的，想必没见过人间疾苦，更不敢信官与民竟不只‘护与敬’的关系吧？若你不生在万家，哪怕只是富足门户，便知丫头、婆子均是可以草草了结的人。大户老爷可如此，官家又何尝不可？”

“可恶！”万琦轩红着眼睛咬牙切齿道，“若真如此，我定去告他一状，朗朗乾坤之下竟敢草菅人命！他这不是不要官衔，是连命也不要了？”

方筵苦笑一声，心想万家少爷明理却不问世事，知道的尽是四方书里的大义，哪知道疾苦之下人能变成什么样子。

“我们回去报官！”万琦轩说。

方筵摇摇头：“来不及了。”她想起土地上道道的爬痕，想起破庙中目光涣散的病患……

万琦轩靠在树上，望着山下那些被当作犯人一般看管的病人们，明白方筵的担心不无道理：里长请的打手，各个虎背熊腰、横眉怒目，眼睛一瞪臂膀一张，便骇得那些得病之人缩成一团，恨不得将头埋在脖子中。

方筵望着面前蹙眉的万琦轩，道：“这么等着也并非良策，李老爷和你爹若是收到传书后立刻动身，大概太阳落山时便能抵达。”

万琦轩一听，猛地握拳。他心中只担心山下，却忘了这两位名医正往这边赶来。万李二人到了村口，必定会被里长察觉，本以为见着两位名医，里长能够良心发现，诚恳求一张药方，将自己的村民救于水火之中，但现下见那些打手的一举一动，只怕是里长并不将自己这一百来位乡亲放在心上。若他要控制住前来义诊之人，好确保自己的劣行不被宣扬出去，万李二人此时到来，岂不是羊入虎口？

方筵拽了一片叶子，反复在手里揉搓，直搓到那刚在春日发出的新叶汁水渗出，染绿她的手指。她扔掉叶子，将手指在衣服上擦了擦，道："大少爷，你看这样如何，我去村口等人，你在此注意着庙里的情况。"

万琦轩将正要起身的方筵按回树下，道："山上安全，你就在此待着，我去。"

孙里长叫人把那两箱银子搬出来，他整个人贴在上面，粗粝的手指一点一点摸过那白花花的银子，都摸了个遍，他又将银子攥在手中，凑到耳边左右击打，陶醉地聆听那美妙的声音。

万琦轩前脚刚走，方筵便下山来了。她有意支使万琦轩到村口，一来怕他冲动误事，二来怕伤了万家的名声，毕竟以万家的地位绝不可能和无耻之徒谈条件，更不可能屈服。

见方筵主动送上门来，孙里长将两箱银子盖好，又拿黑布蒙上，眯着眼靠在箱子上，笑道："你一个丫鬟，和我有什么交易可谈？"

方筵眼尖，瞥见那两只木箱上有县府衙门的刻纹，心中便猜到那里头便是里长私吞下的银子。她从未想到里长如此狡猾，竟然直接躲在了破庙的地窖中。望着里长有恃无恐的模样，方筵将自己颤抖的手缩回袖中，简洁明了道："将那些李家弟子都放了，把病患交给我，我治好了，你可以凭此向县里邀功，加官晋爵不在话下。"

里长一听方筵这话，躺在箱子上笑得浑身乱抖："那么多郎中都治不好，你一个丫鬟能治好？"

"我若是丫鬟，才不敢和里长交易。您看走眼了，我乃名医李仲显的弟子。"方筵将自己腰间那副象征身份的令牌取下来，展示给里长看。

里长一眼都不曾看过来，他在木箱上换了个姿势继续躺着：“你这交易啊，我做不了。我早就和上面报了，疫病已经没了。看见这些箱子没，不就是他们赏我的吗？”

方筵心中愤然，一开始她还觉得是村人愤慨之言，没承想竟是真的。怪不得里长要阻挠他们给村民看病，原来他真就谎报疫情结束，骗取了赏金。她思索着如何说服里长放她进去治病。

“这点赏赐够用几天？若只有这一笔银钱，那岂不是要坐吃山空？我还有一桩够养您一生的交易，否则也不敢涉险自投罗网。村里病的人不少，何不趁机从染病的人家身上捞一笔？你将我放出去，我去替你找到治病的药方，你拿到药方，高价卖给村民，不就能狠赚一笔？”

里长眼珠子一转，从木箱上滚起来，移步到方筵面前，道：“你脑子倒灵光，细细说来听听。”

“不瞒您说，这病我儿时便见多了，只是郁热不散的小毛病，喝些凉茶便能痊愈，然而他们吃的是驱寒重药，才使病症如此严重。瞧如今的势头，怕是周边山拢起的热浪导致郁热难散，既是山势所引发的疫病，那自然年年岁岁都要药方来医，否则生几万个小儿也无用，总会染上这病的。里长若将药方中的草药摘尽，再由您一人贩卖，价钱由您来定不说，村民们不仅要乖乖付钱，还要感恩戴德，您大可名利双收，哦不，是三收！既得了百姓的药钱，又得了上头的赏赐，还能落得好名声，何乐而不为啊！”

里长将方筵的发梢绕在手指上把玩，邪笑道：“我不信你，但倒可让你一试。”说罢，他大手一挥，方筵便被打手押回破庙中。打手让方筵画出草药的模样，然后关了庙门，在门上挂了三根又粗又沉的锁链子。

方筵从地上爬起来，从袖中掏出缚膊，两三下将自己的袖子捆住，又将早已乱掉的头发拢在一起。她心里明白，虽画了极其难找的金钱蒲，但这也只是拖延些时间，待里长找到后一定会找郎中仔细问过，得知药不对症时必定会要了她的命。

“姐姐，你救救我吧。”一个大约八岁的小姑娘站在方筵面前。

“爹娘都没了，我不想死……”小姑娘伸出自己的胳膊，又习惯性地吐出舌头。

方筵摸了摸女孩的小辫子，将女孩揽在自己怀中，将她的手腕放在自己的膝盖上。把完脉，她将女孩拉到窗户下，借着渐渐微弱的霞光看了看她的舌苔。方筵心中大致有了数，又问了几个问题，更胸有成竹了。

兴许是方筵的神情与动作都与乡亲们曾见过的郎中没什么两样，在小姑娘的带领下，渐渐有几个来到窗户下。他们因疾病而变得干瘪的嘴唇紧紧抿着，失去光彩的双眸用乞求的眼神望着方筵。

方筵一一看过，还根据脉象说出了好几人平日的生活习惯，这下越来越多的人相信她，窗户下开始排起长队。

天边残阳向破庙中洒下烂漫霞光，打在大家的脸上，好似大家都抹了橙红的脂粉，一扫先前的病气。

将庙中共计二十三人诊完时，红日恰好跃下山冈。

方筵一边思索刚刚自己望闻问切所诊出的问题，一边转身要将身边那只蜡烛吹灭，却见那个小姑娘凑在烛光前，双手贴在烛火边。她似乎贪恋那一抹温热，不由自主又凑近了些，火苗往上一窜，舔着了她额头的碎发。

方筵眼疾手快，将小姑娘碎发上的火苗拍灭，问道："你很冷吗?"

小姑娘摇摇头，道："我并不冷，反而感到很热。"

方筵往四周一看，果真见所有病患全都热得不住用手或用衣衫朝自己脸上身上扇风，有的男子还脱了衣衫，只穿一件短褂。方筵借着烛光瞧了瞧，小姑娘额头上无比干燥。方筵又去查看别的病患，发现大家虽然都热，但身上并未出汗。有的人，还异常烦躁，在庙里扶着墙走来走去；还有的人，在那尊佛像前拜了好几回，跪下又站起，站起又跪下，如此反复。

乡亲们因疫病焦躁，方筵也焦躁。她估摸着两位名医已到了村口，且被万琦轩顺利拦住了。

略加思索，方筵发现只有毫无名气的自己才能让里长放心，才可以毫无戒备地放她进来医治病患。李仲显结识许多御医，而万守严又和几个大官有交情，二者若进了村中，里长定然会感到被威胁，从而做出不可预料的行为来。

万李二人断然进不来，可仅凭自己一人又探究不出药方。她现在急需将病患的详细症状与体征传递出去，让村外的万李二人及其弟子们集思广益，对症下药。

只是里长对破庙看管极严，她如何将自己面诊所得的信息传递出去？

方筵又困住了。正当她愁眉不展之时，窗边传来两声鸽子的叫声。

“咕咕——咕咕——”

方筵看过去，发现窗户边竟站了只白白胖胖的青头鸽子，正是万琦志的那只折返了回来！

方筵喜出望外，她急忙将烛光拿远了些，以免其他的人借光瞧见鸽子。她假意去关窗，凑近鸽子，果真在绑于鸽子脚上的竹筒里找到一张小纸条。

方筵悄悄将其取下，走得离窗户远了些，叫来小姑娘，叫她站在自己面前。

“你说你并不冷，又何故凑近烛火？”方筵一边说，一边给小姑娘使眼色。

小姑娘望见了那纸条，又看见方筵对她眨眼，一下子便明白了。她挺直腰板说：“我怕黑，儿时夜里一只黑猫顺窗进了屋，挠过我的脖子，流了好多血，自此便怕黑，常叫爹娘为我点一夜烛火。”方筵在小姑娘的掩护下，将纸条打开，凑近烛光。

方筵迅速扫了一眼纸条上的内容，顺势问道：“还记得那猫从哪里进来的吗？”

纸条上简略写了六个字：“我等在外等候。”方筵这才放心，看来外面的人与自己想到一块去了。她从地上捡了一根木棍，放在烛火下烧了会儿，还未烧着只是冒出烟时，她就将木棍移走。

“里长夜里摸进爹娘的炕头，却忘记关门，那黑猫便闯进来挠花了我的脸。”小姑娘轻声道。

方篴正将纸条翻过，用烧过的木棍写回信，一听小姑娘这话，手微微一抖。

“姐姐，你一定会治好我们的，对吗?”

方篴写好病患的症状，将小纸条重新卷起来，答：“是，我定治好你，你也要好好活，将来若有出头之日，莫忘了……”

不等方篴说完，小姑娘坚定地道：“莫忘了惩治坏人。姐姐放心，从小爹娘便教我，女子亦可大有所为！我定当出头，再找里长算账！”

方篴和小姑娘拉勾为誓，小姑娘甜甜笑起来，随即怅然道：“我娘便是大有可为的女子，缝衣裳煮炊饭种庄稼，她都很拿手。我娘有多会缝衣裳，姐姐你便有多会治病。”

方篴闻此，鼻头酸涩，她眨了几下眼，强忍着没掉下泪来。她伸手扶着小姑娘的脑袋，哽咽道：“没错，就是如此。世上没有女子不会的事，他人说的那些女子不该会且学不会的事，我们女子能学会，且要比男子做得好。”

方篴将小女孩拉到窗前，望着窗外渐渐暗淡的晚霞，道：“你长大以后，定然能做出一番大事业。”

小姑娘靠在方篴身上，她不明白大姐姐这句话是何意，她只觉得，姐姐身上有一股淡淡的药草香，抚平了她心中莫名的烦躁。

伴着落日的余晖，一只白鸽展翅从无数凶恶的眼神中掠过，飞向了重重包围之外。

方篴一宿未眠，终于在第二日晨光熹微之时，等到了白鸽再次降落窗前。

晨间露重，白鸽的羽翼被打湿，鸽子不住扭着脖子去梳理自己的羽毛。

方篴四处看了看，无人注意这边，她这才敢靠近窗边。

方篴惊奇地发现，鸽子两条腿上都绑了纸条，一个比一个厚。她小心翼翼取下来。

方篴揉揉困倦的眼睛，却又不敢立刻打开。她愧疚地轻轻摇醒小姑娘，小姑娘一见方筵手中的纸条，立刻懂事地坐起来，变了个姿势，背靠在窗户下的墙壁上，重新闭上眼睛。

小姑娘的背部与墙刚好空出一段间隔，小姑娘的手臂又恰好挡在另一边。方筵放心地将纸条伸入那空隙之中，将两张纸条都打开了。

一看纸上内容，方筵不禁失笑。

这两张，一张来自万家，一张来自李家，两家并未达成一致，而是各自写了方子，叫方筵分给两批人服用，还叮咛她记好两批人用药后的反应。

方筵将两张药方翻来覆去地看，看出了其中不同之处。

属经方派的李家方子，下药严苛，式样固定，仲显师父所罗列的，是《伤寒杂病论》中所提及的药方。《伤寒杂病论》乃张仲景医祖所撰写，书成不久即行散佚，几朝几代密而不传，曾有人道："医家但知有活人书，不知有仲景'伤寒论'。"直至前几年，才渐有人注疏《伤寒论》，此书才渐渐被其他郎中所学。经方派，便是以经验为方，以仲景伤寒论为方，制方法度严谨，无一药不切合病情，无一方不合乎法则。一味药的加减或药量变动，就将发生全局变化，使药方治疗效果有所不同。

方筵见仲显师父这药方有些眼熟，估计就是自己曾在李家藏书中所见过却没细看的，不禁感叹仲显师父做医学学问一向细致，竟将如此偏的药方都记下了。

再瞧万守严万老爷的药方，方筵细细一看，啧啧称奇。万老爷的方子不属于任一典籍中的药方，但每一味药却又存在得合情合理，且其相互搭配，能起到不少妙用。此乃时方派郎中用药的特点：擅长在《伤寒杂病论》的根基上，创制出最便宜、最合适的治疗方案。也因如此，时方派的下药大多无固定药方，有时主药对换或删去，仍可发挥原方的作用。

方筵折了根柴火在土地上誊抄两道方子，思量许久后，她又提笔写了一张药方。这张药方是她根据万李的这两张药方，再结合了自己从王之堂处学来的东西写成。

方筵将自己的药方收在袖中，随即唤来门外的人，三两句话打发说昨日的药效不够，叫他们再寻些药来，并附上万琦轩单送来的银票，才求得打手下山买药。两方共八服药很快到了。方筵打开一瞧，尽是些残渣碎屑，且不说品质，大抵都不够称，她只好将八服并作四服，要了土罐与火炉，亲自监督着把药熬了，端给了四个人喝。

第十章　青蒿

第二日天还未亮，方筵就从地上爬起，去看那四个人的症状。不愧是休宁县远近闻名的两位名医，这两服药一下去，服药的病患已有好转。尤其是服用万守严所开之方的人，已不再腰疼，喘气也顺畅了。他们的面色好转，预示着五脏受病症的影响已经减轻。

鸽子已经等在窗户外，方筵又在小姑娘的掩护下，将对比成果写在两个药方背后，传递给了村口等待的万李二人。

不出两个时辰，改进的药方又被鸽子带了过来。这两张药方一如既往地延续了两派各自的特点，李家的中规中矩，万家的随性便宜。

方筵又像前日一般，将两个药方放在一块仔仔细细地钻研。她总觉得两个药方缺些什么，尽管它们皆渐进地治疗病患身上各种症状，但似乎都未触及根本，方筵不甘心，觉得总会有药到病除的方子，只是她尚未领悟罢了。

方筵调整了藏在袖中的方子，再次将誊抄过的另两张药方交给了外面的人。这回八服药都齐全了，且一眼便知是大柜头的好药材，方筵立即熬好药分给病人喝，好在乡民淳朴，未分得的不争不抢，只静静地等着。毫无意外，两个药方都发挥了各自成效。只不过与先前一样，万守严所开的时方派药方相比之下效果更为明显，服用的人好转得更快。

鸽子从山沟里飞出来，在所有人的期待中落在万琦轩手上，他刻不容缓打开纸条，将纸条上内容念给万守严听。那字字句句犹如从天上降下的赞美，又犹如蜜糖流淌进万守严的心中，万守严渐渐笑了，紧抿着唇，嘴角上扬。他双手一叉腰，迈着阔大的八字步上了马车。

万守严什么都没说，又好似什么都说了。李仲显的胡子颤抖，鼻孔张大，眉毛向眉心挤去，压住眼睛，显得那一双本就不圆的眼睛此时看得更为狭长，更为愤怒。这脸色让李家一众弟子暗叫不好。果然，李仲显伸手将纸条夺去，打眼一看，甩袖上了马车。

弟子们都明白，已是第二轮试药，对面万守严的药方总是比师父的方子见效快、效果好，师父心中一直不快。最后一回调整药方，师父定然要下大功夫。

“书！”李仲显在马车上叫道。

弟子们纷纷应声，跑向后面的马车。

第三个方子比以往来得迟了许多，方筵一刻也等不及，急忙将两个药方打开来看。

这两个药方还是与往常一样，让方筵觉得没有正中病根。这回她没有急着去调整药方，先将这两个药方交给了外面的人。

“姑娘，快看看，那孩子不行了！”

一个妇人突然哭诉道。方筵一惊，急忙过去看。

地上躺着的，正是多次为方筵打掩护的小姑娘。小姑娘紧闭着眼，瘫在地上一动不动，面庞红得异常。

方筵立刻检查了小姑娘的四肢，女孩手心发烫，两足冰凉，显然已蒸盛过伤，五脏俱损。再看体征，脉搏微弱，眼神涣散，已是命不久矣了。小姑娘的眼皮上仿佛压了千斤重，她极其缓慢地睁开眼睛，不知是冲窗外的日光还是冲方筵，淡淡地笑了笑，就永远地闭上了眼睛。

方筵愣住，随即哭出来，其他人也跟着偷偷抹泪。

“姑娘，快瞧瞧我家夫人。”一位抱着幼童的老翁哭叫道。

方筵赶紧跑来搭脉，那妇人却已撒手人寰。

“一日之内死了两个人，这病……”这下原本安分的众人变得焦躁不安，老翁不顾幼童哭泣不止，勒得幼童险些断了气：“夫人，你走了我该如何安置这孩子，他的父母已然走了，如今你又没了，徒留我一个老头，是该叫他伺候我，还是我伺候他呀！”方筵这才注意到这幼童双目炯炯，神清气爽如健康人一般。

“你的孙儿和夫人可是同时染病？”方筵问。

老翁哭着说：“全家人一同染病，原本夫人还好些，后我病重了，她便叫我将菜饼嚼碎了喂给孙儿，说好歹能多吃点菜渣，现下我好些了，哪料到她……”

“您的意思是原本夫人嚼碎了菜饼喂给孙儿，她便好些；您病重后她叫您嚼那菜饼，您便好些了？”

老翁茫然地点点头，从怀里掏出一个布包，摊开四角，里面是为数不多的几张饼：“家里能抵的都抵了，只剩下这几张薄饼。”

方筵接过薄饼闻了闻，脱口而出道：“青蒿的味道，可是以青蒿做的饼？”

“是，是清凉峰上一种蒿草。本是用茵陈蒿，但茵陈蒿被采光了，我便采了些相似的蒿草来做饼。”

方筵取了一片菜饼，捏了一小口品尝。入口带苦味，但似乎被老翁用其他的辛料所掩盖了。“你对那蒿草可还有印象？”方筵问。她记得自己刚到村中上山采药时，见过几株蒿草。

老翁点了点头。

方筵喜出望外，画了四五张蒿草的图。老翁一张一张地看，最终指出其中一张。方筵仔细一看，老翁所指的正是青蒿。她曾在李家藏书馆内那本《神农本草经》上见过此药。书上如是写道：一名青蒿，一名方溃。味苦，寒，无毒。主疥瘙痂痒，恶疮，杀虱，留热在骨节间，明目。

对了！留热在骨节间，不正是应对骨蒸的最好的草药！原来方筵觉得药方所缺乏的那味触及根本的药，正是青蒿！

方筵喜出望外，她立刻写了纸条，飞鸽传书给李万二人。方筵心中波涛翻滚，根本无法坐下来等待，便一直伫立窗前。

“姑娘，药来了。”

门外的人叫道。方筵去接了药，送药的人却还不走，四处看了看，迅速在方筵耳边道："少夫人，你再顶一天，救兵明日就到。"方筵一愣，发现此人格外眼熟。这不正是大婚之日压着万琦轩与她拜堂的万家人？他还曾在万家药材库前受万老夫人之命拦过她。那人又从怀中摸出一包药，塞到方筵手中："大少爷给姑娘的预防药，姑娘记得煎了喝。"

方筵点了点头，那人便离去了。在他走过去的方向，方筵见几个人都与前几日的打手不一样。看来万老爷与仲显师父早已将自己人慢慢渗透进村中，等候与援兵里应外和。方筵紧吊几日的心放了下去。她将那几服药煎了给其他人喝，又将那小包药煎了自己喝下。

千等万等，方筵望眼欲穿。一等这第三个药方下去；二等鸽子回信；三等援兵到来。方筵等得心焦，等得烦躁。她倚在窗户边，忽然感到心腹刺痛。那痛感一阵阵地刺激着方筵，让方筵几乎站不稳。那疼痛愈发明显，疼得方筵额头发汗，不住地掐自己的手心。她强撑在窗户边，渐渐觉得自己疼得双眼都模糊了。

李仲显从休宁县出发前，便报告了休宁县的知县，知县不敢轻动，再往上一报，应天府知府立刻派人调查。来人一到村中，便坐实了里长谎报疫病情形、贪污钱款的事实，确实罄竹难书。知府大怒，立刻派兵前往村中，将所有涉罪之人缉拿归案。

打手一见大批士兵来袭，本想反抗，但被早就潜伏在破庙外的万李两家的武仆使了绊子，最后只好乖乖投降。里长试图将银子塞进衣裤里逃走，被抓时，他正被衣裳里的银子坠得气喘吁吁、举步维艰……

万琦轩最终在破庙的窗边发现了昏厥的方筵。他将方筵抱出去时，方筵的袖中滑出一张药方，药方上涂涂抹抹，注释极多，最上边写着大大的"青蒿"二字。

这个药方被呈到万守严与李仲显面前，两位休宁名医将药方一过，啧啧称叹。

青蒿二钱，鳖甲五钱，细生地五钱，知母二钱，丹皮三钱……水五杯，煮取二杯，日再服。这方子结合了万李二人药方的精华之处，再加上青蒿为主，芳香通络，领鳖甲出阳之功，实是妙哉。

万李二人给病患面诊，依照个人情况调整用药，万琦轩立即着人去抓药，然后亲自在破庙外架起一口大锅。

方筵本由万家的药仆照顾着，却突然呕吐，又因这几日并未进食多少，最后吐得尽是发绿的胆汁。吐得虚脱了，她的脉搏渐渐变缓，呼吸急促，将一众人吓得不轻。

“方姑娘吃了什么东西，竟有中毒迹象。”万琦轩道。万李二人立即奔上前来，他们一人是公爹，一人是师父，又互为眼中钉，于情于理都要抢先治了方筵不可。

李仲显道：“得找出中毒源，才能对症下药。”

万守严道：“这点时间怎么查得到！只得先以针阻气，再辅以艾灸熏蒸，减缓毒素蔓延。”

奉命去查毒源的李家弟子拎着一个罐子从破庙中走出，皱眉道：“这大概是万少夫人煎药用的罐子，其中有大量的闹羊花。”

闹羊花，别称八厘麻，即剂量超过八厘，就会致人中毒。

李仲显大怒，指着万琦轩道：“你们万家何故给我徒儿下毒？”

万琦轩辩解道：“方筵是我夫人，我怎么可能往预防药中加过量闹羊花？何况此药在这里根本寻不到！”

“胡说！我万家与你李家再不睦，哪怕算上与少夫人的过节，也断然不会草菅人命！”万守严怒从中来，“你若有证便去报官，倘若继续信口开河，我便告你毁谤之罪！”

李仲显夺过罐子，冷哼一声，将药罐递到万守严面前：“你自己瞧，药渣子里有大量的闹羊花，绝不止八厘！”

万琦轩凑上去看，里面的药渣子的确能证明，这是自己给方筵所开的那服药，但其中掺杂着大量的闹羊花渣子，远远超过方子里的用量：“李老爷请仔细看看罐中的药渣，如此多的闹羊花，任谁也一眼便能看出不止八厘，夫人也懂医术，即使按方下药，也断断不肯下过八厘，定有人趁她不备偷偷下药！”

李仲显夺回罐子，道："少废话！速去取瓜蒂散，喂给方筵催吐！"

"不可！方筵刚刚已经吐了好多回了，再催吐，她的身子恐怕挨不住！"万琦轩叫道。

万守严显然也想到了这点，他沉思半晌，道："依我看，不如叫方筵服食蛋清。琦轩，快去准备！"

李仲显怒道："瓜蒂散乃史上第一催吐方，效果显著，你能保证你的蛋清比得过仲景伤寒论中所提的药方？"

万守严最烦以李仲显为首的经方派日日将《伤寒杂病话》《金匮要略》等挂在嘴边，他一挥袖道："没了《伤寒论》你们经方派的郎中便不会治病了？真是抱残守缺、食古不化！"

李仲显不甘示弱，回道："仲景方乃众法之宗，群方之祖，你们时方派对仲景方随意更改，离经叛道、目无法则！"

两个人再次吵得不止不休，将众医祖拉出来论了个遍。

大夫人蒋善的针灸技艺炉火纯青，她教出来的"徒弟"技艺自然不差。万守严下了几针后，方筵舒服了不少。等万琦轩将药取来时，方筵已经能靠坐起来。

"夫人，你闹羊花中毒，老爷与李郎中分别开了方子。你且按照自己的身子状况，自做选择吧。"万琦轩左手端着一碗蛋清，右手拿着一葫芦小瓶"瓜蒂散"。

方筵虚着眼睛看了看万琦轩两只手中的东西，又远远望见仍在引经据典争辩雌雄的万李二人，捂着胸口，弱弱道："可否劳烦帮我用栀子熬汤，我就喝栀子汤吧。"

万琦轩立刻明白了："此乃民间偏方吧？你可是从王之堂那儿学来的？"

方筵轻轻点头。

喝下栀子汁的方筵在第二日便好转许多，万琦轩来看她时，方筵已能下地走路。

"夫人可好些了？"万琦轩在门帘外轻声问。

方筵从床上起身，走过去打开门，道："好些了，进来吧。"

万琦轩犹豫道："你若好些了，我便放心了。"

方筵见万琦轩低着头，并不看自己，道："你不必愧疚，那闹羊花并非你放的。"

"夫人从何得知？"万琦轩有些意外。

"我煎药之前，看过你开的方子，里面并无这味药。就算你放了，我也能发现。这闹羊花，只怕是有人趁我不注意，悄悄投入我那熬药的药罐中的。"

万琦轩放心了。他从昨晚上就开始逐一排查破庙中的人员，今晨还没有结果。只是他怕方筵误解自己，特此来探望。

"夫人，我万琦轩在此立誓，定会找到下药之人，给夫人一个说法。"万琦轩立起三根手指，郑重其事地说道。

方筵从不把别人的誓言当真，但她明白万琦轩会说到做到。

"乡亲们如何了？"方筵转开话题。

"按照我爹与李老爷的意思，将病患与其他人隔绝起来，病患服用你所开的药方，每日三次，而其他接触过病患的人员也要服药，以防染病。昨晚病患们已经舒服许多，今日我正要再去看看。"万琦轩说道。

"我同你一起去吧。"方筵不由得往万琦轩的方向迈出几步。

乡亲们已经被送回各自家中，并有李家弟子照顾。他们见着方筵，无不痛哭流涕，由不得下跪磕头。方筵身子还虚着，拉不住他们，只能由万琦轩替她拉住。

见大家身体已慢慢好转，方筵打心底里高兴。方筵自认为没什么追求，看着病人们从痛苦中解脱出来，便是她最大的乐趣。而这些人对她的道谢，也真真切切让方筵感受到了自己存在于世上的意义。

接下来的几日，万琦志奉蒋善之命于院中读书，读到困乏之时，他转了转脖子，抬头望向幽蓝的天空，天空下高高的红砖不禁叫他怀念起往日里随大嫂方筵翻墙出去游玩的日子。他只盼着万守严一行人早日从城西归来，不为别的，只是为了能在方筵的掩护下，悄然出府，赏灯游船，结交三两好友。

恍惚间，天空中忽地降下一只鸽子，雪白的身上盖了个青色的小帽子，稳稳地往下滑来，落在万琦志的手腕上。万琦志几日不见自己的宝贝鸽子，忙捉起来左右端详，又从怀里掏出一把吃食，慷慨地全部捧给鸽子。

万琦志取下鸽子腿上绑的字条，打开，一眼辨认出此乃他千盼万想的大嫂写来的，再将纸上内容仔细看过，便开怀大笑，也不管掉在地上的书卷，捧着鸽子跑向前院，高声叫着："娘、袁姨娘，疫病控制住了，万家立功了！"

万琦志一直叫着，顾不上往日里蒋善要求的种种礼仪，继续叫道："我的鸽子也立功了，我的鸽子立功了！"他一路从后院跑到前厅，却无一人回应，府中空空荡荡，一片寂静。

万琦志几步上了石阶，一把推开前厅的门："娘，我的鸽子……"后半句话却卡在喉咙里。当万琦志看清前厅内的情形后，他忽地睁大眼睛，正欲转身逃跑，却被门后埋伏的捕快抓住了双腕，往前一带，磕在地上。青头鸽子扑闪着翅膀飞出布满无数刀剑的前厅，继续"咕咕咕"地叫着，却叫声凄厉。

万琦志疼得眼冒金星，他抬头一看，见座上被利剑逼住的蒋善头一次露出可怜他的神情。蒋善身边是二夫人。二人身后皆站着一位人高马大的捕快，将那反光的利刃搁在两位女子纤细的脖颈处。厅内，仆从均被捆住手脚，随意扔在地上。

捕快们将厅内所有人都押着带出万府。万琦志这才发觉，府内早是一片狼藉。院子里圆凳四处滚落……

万琦志偏着头，瞧见自己的二哥、三姐与小妹都从房中被押出来。天渐黑了，万琦志觉得天上那块黑幕，已然将万府笼罩了个完完全全。

第四卷　万家离散

第十一章　灾鼠

方筵与万守严、万琦轩一同从城西归来，车马劳顿，正准备好好休息一下，却不料在府门口相遇了休宁县知县。知县身后是一众捕快侍卫，他们守据在万家门外。万家马车一到，捕快与侍卫列队围了上来，将马车围在一片刀枪之中。

万老爷被“迎”下马车，见阖府上下都被锁拿，心下惊疑，便故作镇定地对知县道：“知县是贵客啊！可是来取我几月前许诺的药材?”

知县吹了吹胡子道：“什么药材？我可没向你要过任何东西！”

万守严心道不妙，只听知县道：“万守严，你万家赠予刘典簿的药材，喝坏了其子的身子。刘典簿告你谋害朝廷官员，特此来将你万家捉拿到案，以便查清事实，按律法治罪！”

不容争辩，万守严与万琦轩、方筵三人通通被捕快押走。

万老爷不曾记得自己给刘典簿送过药材，但他的确总用珍贵药材赠予达官贵人，以换取些生意上或平日里的方便。可他一向谨小慎微，是药三分毒，他没亲自把过脉，绝不会赠药。他又冤又怒，只消用眼睛一扫众人，二少爷万琦富便吐出了实情。

“药是我送的，但是我……爹，若要追责，你得找大嫂！”

方筵翻个白眼：“你送药，与我有何关系?”嫁入万家短短数日，她已进了两次监牢，真不知是福还是祸。

万琦富急得脸颊赤红：“这药方可是你的，是你从康洼村带回的草药中翻出来的！而且我也并没有直接送给刘典簿，只是送了刘典簿下边的一个小官，定是那小人借花献佛，出了错他却逃之夭夭。爹，若非我求人通融，大嫂怎得脱身？你们又如何从那恶里长处全身而退？此外，爹，你可知道还有谁在给刘典簿家治病？是李仲显那死老头。”

方筵蹙起眉头，逼到万琦富跟前，道：“我送回去的药都是给大夫人治病的，你乱拿什么？是药三分毒，若不对症下药，极有可能出事！”

万琦富正欲狡辩，万守严却抬起脚狠狠踹在他身上，转身面向方筵，横眉怒视：“怎么，你还要害夫人不成？若是这药没有被琦富送出去，现在病重的不就是大夫人了？”

方筵道：“我的药方不会出错，他说是从我那儿拿的，有何证据？”

万守严直直指着方筵的鼻子道：“自从你进了万家的门，万家便灾连祸接。你还是趁早滚蛋的好！”

方筵听惯了这些话，反而一点都不恼，她深知自己得静养，便缩在一边不再出声。万琦富至今还觉得自己并未做错，又争辩道：“那刘典簿儿子喝了我的偏方，又喝了李老头开的药，怎么出事了只抓我们万家？我看肯定是李老头陷害我们！”万琦富话音刚落，便挨了万守严一巴掌。

万琦轩见状，急忙拦住万老爷，宽慰道：“爹，莫要怪罪二弟，我问过了偏方中的那几味药，对人并无害，只怕是与李老爷开的药犯了冲。”

万琦富捂着脸，嘴一撇，怪声怪气道：“大哥，我不用你说情！倒是你危在旦夕，不如可怜可怜自己。”他这话是没错。向典簿送药这回事，万老爷此次没做过，几年前倒是做过，全然是为了万琦轩的前途。

万琦轩常出痘生病，喝尽了汤药，寻遍了郎中，连万家老爷都治不好。吃药如同吃饭，弄得万琦轩闻药就吐，见药就晕。万老爷当时就觉着他难以继承万家衣钵，便鼓励其走科举之路。万琦轩也争气，县试与府试皆夺得魁首，眼看着就到了院试，水土不服的万琦轩再次出痘高烧，错过院试。这令万琦轩大有挫败之感，之后便长病不起。后来，万老爷不知使了什么法子，将万琦轩送去做了廪生。

万守严将此事瞒了好几年，如今在县牢里却被万琦富一句话捅出：

“你那个廪生，是爹用珍贵药材送了国子监内的官员换来的。如今，刘典簿肯定要翻旧账。大少爷啊，你躲不过这次！”万琦富坐在一堆乱草之上，笑得猖狂，笑得万琦轩顿觉心灰意冷，笑得万守严痛斥琦富，一副恨铁不成钢的样子。万琦富却扑到万守严身上，号叫道：“爹，你认识许多贵人，他们能不能将我们救出去？我再不出去，我那些生意可如何是好？”

万守严愤怒至极，一脚将其踢开，缓缓道：“日暮黄昏羌幽悲兮……”

被关押几日后，万守严用自己随身携带的银子打通了关系，给往日里收过奇珍异草的官员或乡绅报了信，却收到一致的结果：仅收得往日赠药的钱，偶有一封厉色的断交书信。万守严此刻才明白，万家回天乏术了。万家一行人，连同那个还未满岁的婴儿，怕是要在县牢中关上数载，不然便是斩立决。

收到最后一封信后，万守严一夜之间两鬓斑白。他端坐在牢狱中，身下垫的是几个儿子的外衫，放眼望去，万老夫人两眼茫然，倔强地立在牢门口；大夫人蒋善盘腿而坐，不悲不喜；二夫人袁相仪守着幼女安然若素；一众子女则相互依偎，眼里早没了光彩……

“琦志，你过来。”万守严道。

三少爷万琦志浑身一抖，嘴上答应了，脚上却不动。

蒋善推了推他：“去吧。”万琦志搓着自己的衣角，慢慢踱步到了万守严面前。

万守严往旁边挪了挪，拍了拍那衣衫做成的薄垫，道：“坐吧。”

万琦志忙摆手：“我站着就好。”

万守严笑道：“你怕我？”

万琦志摇摇头，便坐下了。万守严望了蒋善一眼，蒋善同样回望过来，不曾躲闪。万守严抬起胳膊，揽住万琦志。这是一向严厉的万守严不曾对几个儿子做的动作。

“近日坊间总有传闻，说你不是我万守严的亲生骨肉——一派胡言！你是万家的三少爷，是我万守严的亲生儿子。”

万琦志僵硬得如同冰块一般，吞咽了几次口水，惶恐道：“爹……”

万守严立即打断他，继续道："现下我有一办法，可以救万家，若交由你与夫人去做，你能否叫我放心？"见万琦志不敢回答，万守严解释道，"琦轩是廪生，要避嫌才是；琦富办事不牢，又与此事脱不开干系；琦晨年龄尚小；万青与万松是女儿家，不好抛头露面；唯有你，我信得过。"

万琦志踌躇片刻，道："爹尽管吩咐，我定当竭尽全力！"

万守严欣慰地点点头，望向蒋善："夫人，带着琦志，去找李仲显吧，他会帮你们。"他又转向方筵，道，"你与他们同往，走了便休要回来！"

方筵起身，望向万守严，不知为何，她在万守严眼中竟看出了他对万琦志的万般不舍。

万守严用自己在城西的功绩，换取了蒋善三人一个时辰的自由。三人一商量，还是让方筵去李家比较合适。待她归来已是夜幕时分，蒋善提灯孤身站在庭院中央，凄凄地望着大门。见着方筵，蒋善忽地落下两行泪来："我与琦志去求了各家郎中，无一人肯助我们调查事实原委。"

方筵将蒋善扶进屋内，道："师父此刻正在典簿府中，日夜守着典簿的少爷。他此刻也处在水深火热之中，算是被囚禁在刘典簿府中，连弟子都不让见。夫人别急，有些问题，还请夫人如实回答。"

蒋善抹着泪点点头。

"夫人，万家可曾得罪过谁？先前的事，连同现在的飞来横祸，只怕都是同一人所为。"

旁边的万琦志抢先回答道："大嫂，我万家一向与人交好，行善积德，怎么会得罪人！依我看，没有人捣乱，就是二哥的方子有问题！"

方筵瞅了万琦志一眼，对方似是因为自己对万家的推测而气得满脸通红。

"万琦富可说那方子是从我这儿得来的，但我只写了两个药方是给夫人用的，你们刚刚在府中可有去寻过这两个药方是否还在？"

蒋善眉目低垂，哽咽道："草药早就叫县衙的人拿走了。"

方筵一听，沉思半晌，道："罢了，就算持有草药与那药方，知县也不会信我们。而那个要陷害万家之人，恐怕在府中潜伏已久，才寻着机会将药方子放在我那堆草药中。如此，不如我们先回去，我已经留下口信，师父回府后定会救我。只是，夫人，我还有一处不解。”

蒋善叫方筵尽管问。

“万李两家一向不交好，为何此时却要求助于李家？”

蒋善那两行泪落得更紧了：“万家只看得起李家，李家也只瞧得上我们万家。我们虽是宿敌，却也惺惺相惜。”

方筵眉毛一颤，忽地明白了些事：万老爷望向万琦志那个不舍的眼神，是在与自己最看重的儿子告别。万守严明白，若万家翻不了身，必定要将万家一子留在休宁县，也算延续香火，而蒋善则是最好的守护香火之人。这牢狱中，不管出于何种原因，自己与蒋善母子二人，怕终是回不去了。想到此处，方筵急忙将头低下，唯恐蒋善瞧见自己骤变的脸色。

“罢了，只希望李老爷尽力些，我万家将感激不尽。”蒋善擦了泪，缓缓站起，“时候到了，我们回去吧。”

方筵望着蒋善慢慢往外走，她无比想将蒋善与万琦志劝说住，莫要踏上归去的路，但她却不知如何开口——说她母子二人已被万老爷保了出来，只能眼睁睁看着家人被处死？她说不出口，只得跟着万夫人蒋善回到了县衙门前。

三人在县衙门前敲了许久门，大门才缓缓开了一条缝，一道橙黄的光忽地从里面飘了出来。看门的人厉声问道：“何人在敲门？”

蒋善说明三人身份，却见那看门人眯缝着的眼忽地睁大了：“原来是你们啊。都将你们放出来了，怎么，还要回来？”

“我们并未被放出，我家老爷还在里头。”

看门人斜嘴一笑，道：“还你家老爷呢，你们已经被逐出万家了！给，这是你们的两封休书。原来传言是真的，万琦志是……罢了罢了，你们也是幸运，你们与这孩子啊，也算是逃过一劫。”

此话一出，蒋善身子一歪，倒在万琦志身上。万琦志也呆住了，像一根枯木般站在那儿。

“为何休我？”蒋善强撑着站起，咬牙切齿问道。

“为何？你都将孽种生下来了，还问为何？”看门人指着万琦志笑道。

看门人越发笑得不怀好意，方筵再看不下去，上前一把将门合上，拉着蒋善与万琦志离开了县衙。

走到离县衙有些距离的巷道，万琦志才回过神，猛然骂道：“骗子！骗子！”翻来覆去的，白面书生只会骂这两个字。

蒋善深吸一口气，扬起手一巴掌打在万琦志脸上，强忍泪意，低声怒斥道：“你书读得明白，脑子却糊涂！你爹这是保全我们母子二人！现今万家只余你我二人脱身在外，还不赶紧想想有何解救他们的法子。再意气用事，我照样家法伺候！”

万琦志闭了嘴，整个人缩在那里不作声了。方筵望着噤若寒蝉的万琦志，轻声安抚道：“你常说万老爷对你视若无睹，想来他是个严父，并非不疼你。”

蒋善望向方筵，忽地跪下道：“少夫人，我知万家对你多有得罪，但现在也只能求你再去疏通疏通，查查那害人的药方，还万家一个清白！”

方筵也急忙跪下，道：“夫人，你我虽各有休书一封，心下却想到一处了！你放宽心，先养好身子吧，我定给你一个交代！”

方筵将蒋善扶起，望着肝肠寸断的大夫人，忽地责怪起自己在看穿一切后，应拦着大夫人回去，也免了在县衙前再受辱一番。

“去李家医馆吧，师父若是责怪起来，我一人承担。”方筵道，“既然万老爷一并将我赶了出来，我自由着，也就来瞧瞧这方子到底有何问题。我方才从李家离开时，听李家弟子说，师父将在半炷香时间后将药方送到医馆。”

一片黑雾中，三人到了李家医馆门外。蒋善还不敢进，却见李家弟子跑出来，直奔自己这一行人。

那弟子向方筵拱手一拜，道：“师姐，恰好你来了，师父的药方刚差人送过来，他还说，你必定会被万老爷赶出来，不如就来找找方子的问题。”

李家藏书室内，方筵坐在往日里与李仲显争辩药方的草垫上，捧着那一张方子反反复复地看。

刘典簿儿子得的是疮疡之痈、疔、疖、疽等四大类病证之一的痈，他在猎场受伤染毒，由于邪毒不断聚集在体内，营卫不和，经脉阻塞，最后气血凝滞成了外痈。

方筵皱眉道："偏方中的药说是用处极大，但实则是无功无过的一堆废草。比如其中的这一味，拿田鼠做药，从未闻之。我只听说过用田鼠幼崽泡米酒可治癫病，却从没见人用来治痈症。"

蒋善赞同道："没错。这些草药并不会对人体造成什么坏处，却让喝了药的人中毒，那就只有一个可能，这些药与李老爷所开的药相冲，使得其中一味药性发生了变化。"

旁边李家大弟子拿出另一张药方道："此乃师父所开的药方。我仔细看过了，并未见不妥。"

方筵将两张方子拿在手上仔细比对，果真如大弟子所说，每一种药之间都是可以一同服用的。这两服药一同吃，并没有什么配伍禁忌。

"你师父在典簿府中，可有什么指示传出来?"方筵问

李家大弟子道："的确有。他与我们想的一样，叫我们立刻翻查医典，找出这两张药方中的差错。"

方筵明白仲显师父的意思。这两服药中，定然有不被他们所熟知的配伍禁忌，他们往日里根本没注意到，现在只能向那些书典要答案。事态紧急，若他们赶在万家被押送府衙之前将这其中的偏差找出来，兴许还能救下万家人。

整整一日，方筵三人与李家弟子全都坐在李家藏书馆中，一册书一册书地翻看。万琦志不懂医学，便给他们递书搬书。晨时翻书时三人还会说上几句，到了下午，他们全都沉默不语，偌大的藏书室中，只有一页又一页的翻书声，犹如秋日寂寥的黄叶零星落下，落在每个人的心间，像一片片厚重深沉的阴霾。

万琦志也搬得累了，最后用了巧劲，将书册放在几个并列的笔筒上，推动笔筒滚到三人身边。窗外，阳光渐渐变淡，方筵到窗边一看，天上乌

云密布。“还真是应景啊。”方筵低声道。她转动着酸痛的手腕，扭了扭几近僵住的脖子，复又坐在那一堆书中，继续进行如大海捞针般的寻找。

一片沉默中，一位小师弟推开了藏书室的门，向方筵道：“师姐，有一男子在医馆门外等你，说有东西相赠。”

方筵活动活动酸麻的脚，走出藏书室，往医馆大门走去。她心里狐疑，此刻还有哪位男子给自己送东西？送何种东西？她到门外一瞧，却是那日自己在城门口救下的屠安尚。屠安尚手里提着一只小竹笼，笼子里有一只毛茸茸的小东西正在爬上爬下。

“方姑娘，多谢那日你的救命之恩。我总想着有什么能够报答你的，却找不出一件能让你称心如意的东西。我听闻万家出事后，万般打听，才知道是药方出了问题。我猜你大抵要查药方，便带了这只田鼠，方便你在田鼠身上试药。另外，姑娘心善，还望珍重。”屠安尚脸颊通红，快速说完这一大堆话，将田鼠往方筵那边一推，见方筵不接，又说了一句，“不够我便再去捉。”

方筵并不是没有反应，只是她看了一日药方，田鼠恰好是药方中的一味药。她一听田鼠就忽觉劈头盖脸的疲累困倦之意，不由得出了神。她听着屠安尚的嗓音有些沙哑，问道：“多谢你的好意。你可痊愈了？我听你嗓子好似不怎么爽快。”

屠安尚不好意思地说道：“我去康洼村抓田鼠，不小心掉进河里，有些着凉。”

方筵忙说：“谢谢，你先进来吧，我给你抓几服药，拿回去熬了喝。”

屠安尚要拒绝，却被方筵阻止了。

“不急，看你精神不振，估计忙着，不用挂念我。”屠安尚道。

方筵也分身乏术，把屠安尚交到自己信赖的师弟手上，匆匆又赶去了藏书馆。

天色将黑，三人望着还有一大半未翻阅的书籍，心如死灰。方筵挂念着屠安尚的病情，又去了医馆一趟。医馆里人已不多。屠安尚手上提着两包药，哭丧着脸，蹲在医馆角落。见她过来，屠安尚满含歉意，说道：

“实在不好意思，我刚刚未看好新抓的田鼠，田鼠跑出笼子，啃了你们医馆的药材。”

方筵忙说不要紧，屠安尚将笼子一提，道：“田鼠不知怎么死了，我再去捉一只，明日给你。”

方筵一愣，田鼠死了？她从屠安尚手中接过笼子，只见田鼠口吐白沫，翻着白眼，四肢朝天。

方筵一下子愣住了，她问屠安尚：“这是你在康洼村抓的田鼠？”

屠安尚点点头：“那里的田鼠多，好抓极了。”

方筵顾不得听他后半句，见他点了头，忙将田鼠笼子拎进去，问医馆内药仆：“田鼠刚刚啃食的是哪味药材？”

药仆从底下搬来一个麻袋，麻袋底部有个田鼠咬开的小洞。

第十二章　乌头

方筵探头看清袋子中的东西，又缓缓伸手进去抓了一些，细细摩挲，然后忽地笑了。这笑是发自肺腑的，她感受到何为拨云见日，何为柳暗花明。她笑得两行泪滑出，世事无常，她由此生出了铺天盖地的酸涩与无奈之感。她随手抓了一把袋子中的药材，连同笼子一起拿着，往藏书室奔去。

藏书室内，蒋善仍在翻书。

方筵刚走，万琦志便心生不满，推翻了堆成小山的书籍，怒道："期限将至，大嫂何事如此重要，抛下人命关天的大事跑出去见别的男子？"

蒋善眉头一皱，但又顾念万琦志是担忧过度而致口不择言，本不愿计较，但万琦志仍不依不饶，说兴许李仲显根本就是躲藏起来，就是要看万家的笑话。蒋善再也忍不住了，随手抄起地上的笔筒砸向万琦志，万琦志往旁边一闪，不料踩中一个笔筒，脚下一滑，摔在地上。蒋善看到，一个锦囊从万琦志怀中滑出。

李家弟子眼疾手快，将锦囊捡起来打开，里面是一块布条，上面写着十多个书名。

"这是什么？"蒋善问道。

万琦志愤愤不平道："这是爹写给李老爷的。"

蒋善一愣，她不知老爷何时交给万琦志这一个锦囊。她走过来一看，见字迹的确是万守严的。

“你爹何时给你的?”蒋善问。

万琦志道:“他叫我与他并肩同坐时,塞到了我的袖中。”

蒋善将那十多个书名一一看过去,发现都是些极偏的医学书籍,这些书李家医馆内都有,但是并不为李家学子所学所用。这些都与仲景《伤寒论》关系不大,经方派并不在意,只是收藏着。这也的确像是时方派会看的书,体系庞大,分支混杂。

原来万守严心中早就有了判断,他写这些书名,为的就是给李仲显指明方向,省时省力。

“若不是掉出来,你还想藏到什么时候?”蒋善扬起胳膊,一巴掌扇在万琦志脸上。万琦志被打得退了好几步,疼得面目扭曲。“我何时藏了?我从未打开看过,并不晓得这里面是书名!”万琦志望着蒋善,只觉得自己被这道目光望得如沐天火、如坠冰窖。

“我知晓了!”方筵两臂张开,犹如一只小鸟般飞进来。她的左手提一只木笼子,右手抓一把棕中带白的药材,笑得春光灿烂。她的身后,跟着一个粗壮结实的男子。

“这便是两个药方相冲的要害!”方筵欢喜地叫着,“两个药方中的任一种药材都不会相冲,从明面上根本看不出问题来。李老爷为了敛肺止血,在药方中加了白及。”方筵摊开手掌,露出手中的药材。

“但是,我手中的田鼠,刚刚啃食了白及,没过半刻,就中毒身亡。”方筵又举了举手中的笼子。

李家大弟子道:“那就说明,田鼠与白及相冲?”

“非也。”蒋善道,“田鼠并不与白及相冲,与白及犯了配伍禁忌的,应是田鼠吃的东西。”

方筵不住地点头,蒋善正是说出了关键之处。

屠安尚忽地一拍脑袋:“今年休宁县大旱,田间食草的动物都几乎饿了个半死,这只田鼠却硕大肥胖,像是有人专门喂养。”

屠安尚说罢,察觉到一道犀利的目光落在自己脸上,他侧脸一看,是位白面书生。万琦志听不懂那些医学上的东西，他只恶狠狠地盯着这似乎与自己大嫂颇为熟识的人。

蒋善越想越觉得脊背发凉：“也就是说，有人专门给田鼠喂食与白及犯冲的东西，然后再将偏方藏在草药中，唆使琦富凑齐了这一对相冲之物。”

李家弟子道：“万老爷提供给三少爷一份书单，我们按照书单上的内容去寻找，或许能找到与白及相冲之物。”

方筵大喜：“若找到了犯冲之物，只需顺藤摸瓜，寻找是哪个与万家结仇的人曾给田鼠喂过这种东西便可救万家于水火。”

锦囊里所写的十二本书由万琦志分别搬到方筵、蒋善与李家弟子面前。这下有了确切的范围，十几人重振士气，再次开始了寻找。

将近半个时辰过去了，方筵一点蛛丝马迹都没有找到。她揉揉眼睛，望向万琦志，想叫他把最后一本找出来。

万琦志背对着她，在一排书里挑挑拣拣。若是要找的书在他的左侧或右侧，他并不伸展手臂去拿，而是整个人都移过去。

“琦志，最后一本是什么书？给我吧。”方筵收回目光，叫道。

“稍等。”万琦志回头看了一眼方筵，回道。

方筵又转头过去，瞧见万琦志正拿着书单，仔细找最后一本书，应该是在第三排左数第四本。万琦志的手指在上面停留许久，手腕往上一抬，抽了另外一本。他转身给方筵，却见方筵正看着自己。

“万老爷不曾让你学医吗？”方筵问。万琦志的手指刚刚明明在第二层的书上停留，却抽了第三层的给她。

万琦志点点头：“没错。大哥错过院试是爹的心病，于是他便叫我努力读书，续上这一段。”

方筵点点头。若是一点都不了解医书，那他刚刚犹豫的动作也不足为怪。有的医书书名只相差一字，不熟的人很容易混淆。她接过那本书，封皮上书《儒门事亲》四字，乃金代人士张子和所著。她翻开第一页，逐字逐句去看。

蒋善那边似是将四本书都看完了，仍是半点线索都寻不见。她低眉垂目，望着窗外将黑的天出神，似是已经接受了这局面。

忽地，窗外雷声大作，电闪雷鸣，仿佛雷公电母全都跑到休宁县来了。在不断的雷声轰鸣中，蒋善听见沙沙的书页翻动声，其中还掺杂着一声声咳嗽。她闻声望去，是翻书翻得专注的方筵。室内的烛光落在她的身上，像一件红嫁衣般，将方筵笼罩着。

蒋善鼻子一酸，走到方筵面前，双腿一弯，将要跪下："方姑娘，我替万家在此拜谢你的恩情。"

守在一旁的李家弟子迅速扶住蒋善的胳膊，道："万夫人，您是长辈，万万不可!"

蒋善柔声道："该拜的。"

受长辈一拜的方筵却毫无反应，她的头几乎埋在了书中，眉头紧皱，眼神紧盯着书页上的字。书上写着的，正是三组相反药。似乎怕看错，方筵伸手一行一行比着，嘴里一个字一个字地念着。

"甘草反甘遂、京大戟、海藻、芫花……乌头反半夏、瓜蒌、贝母、白蔹、白及……白及……对了，反白及！我找到了！是乌头!"

方筵紧蹙的眉一下子舒展开，她猛然从书中抬起头来，也将自己从浩瀚的、让她沉醉的医学知识中跳脱出来。一抬眼，她便见到蒋善被扶着，端直地立在自己面前。

旁边的万琦志猛地过来，甚至没有注意脚下，好几本医书都印上了他黑乎乎的脚印，他像只喝水的白鹅，将自己的脖子埋入书中："你在此书中找到了?"

方筵将书页摊在大家面前："此乃张子和前辈所列的十八样配伍禁忌，其中便写着，白及与乌头药性相冲。"

李家弟子恍然大悟："我记起了，周围地界，数离此地二十里的康洼村田鼠最多，而康洼村同时也盛产多种药材，我们医馆的十几味药材都从那儿进货，其中便有乌头。田鼠应是在大旱天里没什么吃的，啃了乌头根，带了乌头的药性。"

方筵道："我们得印证这些猜测才行。"

蒋善道："如何印证？难不成要去刘典簿家中取药渣来看？"

"为何不可？此乃最便捷之法！"方筵起身，将《儒门事亲》卷起来塞进怀里，"夫人你且在此等候，我与师兄去一趟刘典簿家中。"

屠安尚忽地挺着胸膛站出来，道："我去吧，我尚欠着你人情。况且现在夜黑风高，我有夜间送货的经验。"

万琦志两步跳出去，道："我去！"

方筵毫不犹豫地将书递给屠安尚："那便劳烦你跑一趟，我叫他们取最快的马，你一路小心。"

万琦志脸色一黑，等屠安尚走后，道："你们不信我，信他一个外人？"

方筵解释道："他方才说了，有夜间送货的经验，你有吗？"

万琦志不说话了，默默地靠在书柜上。

藏书室内的三人一直等着，盼着，等到大雨滂沱，黑夜降临。蒋善总觉得并不是天黑了，只是有人拿了一块密不透风的黑布，将藏书室四周的窗户全都蒙了起来。那人还施了咒术，叫她耳中什么都听不见了，只听得见轰隆隆的雨点声，那雨点也不是砸落在外面的地面上，而是砸在她的心中，一下又一下，砸出一个又一个深坑，砸得她只能弯下腰去缓解心中的阵痛。

"夫人，可是有不适之处？"方筵瞧见蒋善蜷缩在一处，问道。

蒋善摇摇头，道："无妨，只是心间忽有阵痛。"

方筵忙把脉，脉象平稳，这才松了口气。

"万夫人、少夫人，县衙下了命令，万家众人即将被连夜送往应天府府衙！"

李家弟子早就备了马车在外面，蒋善母子二人与方筵立刻上了车。"到底怎么回事？事情尚未查清，怎么就要押走了？"方筵一边问，一边担忧地望着蒋善。蒋善淋了雨，倒在万琦志的怀里，身子微微颤抖。

李家弟子一边赶马车一边道："我也不知。下午天将黑时，我和一众师弟去县衙送药包，送到知县房内，偶然听得知县吩咐狱卒准备车马与粮草……”

李家弟子驾着马车，一路飞驰，终于在城门口追上了即将出城门的囚车。

方筵来不及披上斗笠，她跳下马车，飞奔到囚车边上，顶着漫天大雨，利索地跪在地上。

“知县明鉴！民妇方筵，斗胆请知县为万家老爷申冤！”方筵大声道。她害怕轰隆的雷声盖住自己的声音，几乎穷尽全身力气吼出这句。

囚车前方探出一个花白的脑袋，一见是熟人，怒道：“大胆民妇！此刻已是戌时，你为何还在街上游荡！是想挨板子吗？”

方筵磕头跪拜：“知县，民妇方筵就算冒着被打的风险也要破了宵禁前来，只为万家申冤！”

知县笑道：“方筵啊，你在城西有功劳，我敬你有勇有谋，就让你说说，万家到底有什么冤屈！”话虽如此，但在场的人都知道知县曾受过万家的恩惠，自然不愿万家人受难，只是要给方筵一个说话的由头罢了。

方筵大喜，抹一把脸上的雨水，尽力吼道：“万家那张药方，任十三州府所有的郎中来瞧，也瞧不出一点问题。出问题的，乃是偏方中的田鼠。那只有幸被刘典簿抓去下药的田鼠，在大旱天内饥饿难耐便吃了田埂上的乌头根，而李老爷所开药方中，恰好有一味止血的药材，名为白及。据医典《儒门事亲》记载，乌头反白及，这才出了差错。将万家上下抓去的罪名，是万家蓄意谋害朝廷官员，可万家如何保证典簿家所抓去的那只田鼠，是吃了乌头的田鼠？还望知县明鉴！”

这番话仅是方筵与蒋善的推测，方筵也并不知道屠安尚是否在典簿家中求证过。但她只能就此一搏，想拦住将万家一行人带往府衙的脚步；否则，若是出了休宁县，就算李仲显出马也救不了万家。

知县听了方筵这一番话，心中也有所动摇。身为门外汉的他就算不考虑事实真相，也会被方筵那跪在雨中任凭风吹雨打也不动摇的身影所打动。但知县除了掏出手帕擦了擦飘到自己脸上的雨水之外，什么都没做。

他下了马车，接过狱卒递来的伞，又拿了一把顶着大雨走到方筵身边，道：“方筵，你既救了城西一众人，又为万家求情，我敬你如男子一般骁勇，暂且当作没见过你。你快走吧！”话毕，知县将油纸伞一掷，伞落在方筵的脚下。

方筵那双拜礼的手仍没放下去，她抬头，目不转睛地盯着知县大人：“民妇走了良心有愧，我与万老爷都是给人看病的，我见不得他被冤枉。知县，此案若是草率定罪，只怕是会寒了天下行医治病者的心！”

知县一怒，转身走回马车边，正准备掀起衣衫上去，又狠狠将衣衫甩下来，指着方筵骂道：“耽误了押送犯人，方筵，你有几条命可送？”

“万家人并非犯人！”方筵吼道。

知县不想再费口舌，衣袍都懒得掀了，大步一迈，进了马车内，下了出发的命令。

马车夫望望挡在马车前头的方筵，又转头看看知县，一脸为难，知县闭上眼睛一挥手：“绕过她，速速前进！”

方筵忙起身迈开腿往前边跑，却险些被脚下的雨伞绊倒。她连爬带滚地来到马车跟前，踉跄站住，拦在马车前。

马车夫一勒绳子，马朝向左边，方筵便移到左边；马朝向右边，方筵便移到右边。方筵身躯瘦弱，此时张开双臂，就好似两根细竹子绑成了十字的模样，道：“此事是有人加害万家，难道知县看不出来？偏要任那暗地使绊子的贼人得逞？万老爷也曾救过你家里人的命，你怎能不顾恩情，无情无义！”

说实话，万守严对休宁县哪一个人没有恩情呢？知县本是懂得感恩之人，但他又如何肯为了恩情而开罪于刘典簿与应天府！若今日方筵拿出实证，他定亲自上交为万家伸冤，但方筵所言明显为揣测，他怎敢贸然行事。原本，他打算先将万家人送出城，再偷偷着人告诉方筵去寻实证，可方筵此刻口出狂言，反倒逼得他只能铁面无私。

“方姑娘莫要再惺惺作态，万家如今这副模样，不都是拜你所赐！走吧，休叫我再见到你，也不准你再求情！你拦囚车已是大罪，莫让知县老爷为难了。”说话的人正是万守严。

知县可能是唯一因为这番话感到浑身松快的人，他急忙掀开帘子，对方筵道：“万老爷不需你为他求情。我也早听说，你已被万老爷逐出府，你不是万家人了。方筵，你再挡着，我就要治你的罪了！”

方筵颤抖着仍是不让，回头望一眼身后无尽的雨帘，她期待着那茫茫白雾中，屠安尚携赦免书踏马而来。见方筵不动，知县继续道：“方筵，我可要治你罪了！”闻言，蒋善扑到囚车边，哭道：“老爷，您快叫一声冤啊！”

万守严低头看向蒋善，瞧见他曾经的夫人风雅全无，湿发贴面。他眼一闭，心一狠，伸腿一踢，将蒋善踢得往后退了几步。方筵放眼望去，只见囚车中的老夫人与万守严皆似心如死灰；袁相仪紧紧拥着几个万家小姐，面色苍白；小少爷万琦晨将瘫软的万琦轩扶住，张开臂膀尽力替他挡着雨。

方筵又回头望了一眼，身后漆黑一片，并不见那个送货郎的身影。她在万琦轩身上看了一眼，复又跪下，道：“好！拦不住知县，还请知县准我给夫君治病。大少爷现已昏迷，再不医治，等送到府衙中，你也不好向知府交代！”

第十三章　焚祠

知县见万琦轩被人扶着，不省人事，松口道："那给你半炷香的时间！"

方筵大喜，急忙跑到囚车边。囚车的底部高出地面许多，几个兄弟将万琦轩放下来好让方筵仔细瞧瞧。方筵见万琦轩整个人犹如被煮熟了一般，皮肤下透着大片大片的红。她眉头一皱，正要伸手触摸万琦轩的额头，一只脚横空一扫踢开了方筵的手。

"万老爷!"方筵顺着那只脚看去，正是面色铁青的万守严。

万守严淡淡开口道："不消你看，你走便是。"

方筵道："万老爷，你再有规矩，大少爷这么烧着也是不妥!"

忽地，万家长女万青哭喊道："爹，你的专断已经害了二哥，害了我们全家，如今你还要害死大哥吗……"

在万守严的巴掌赏过来时，袁相仪赶紧捂住了万青的嘴。万青与袁相仪一同长大，也同袁相仪一般泼辣爽快。她将袁相仪的手甩开，指着万守严喊道："爹，你不叫大嫂给大哥治病，你可曾问过，大哥现在想不想治?"

方筵听万青说起老二万琦富，这才发现囚车内独不见万琦富的身影。莫非万老爷突然认罪，与万琦富有关?万青继续追问、叫骂，出乎意料的是，万守严并未如平常一般掌掴万青，且缓缓收回了自己的脚。

方筵伸手探向万琦轩，被烫得手指一蜷。她又仔细看了万琦轩的眼珠，从怀中掏出几个小瓶子，挑中一瓶，倒出几粒药丸，叫万琦晨帮着自己给万琦轩服下。

“此乃退烧的药。”方筵解释道。

“大嫂可否将这瓶药赠予我，免得大哥这一路上烧着，却不得医治。”万琦晨恳求道。

方筵迟疑了，并非她舍不得这一瓶药，而是她并不愿万家踏上去往府衙的路。万家屡遭磨难并非天意而是人为，那人招招狠毒，怎能容万家翻身？他定会在半路上再出狠招，逼得万家家破人亡。

“着火了，灭火啊！”

所有人俱是一惊，放眼望去，果真见远处火焰冲天，燃亮一方。现在雨势已息，根本浇不灭这样的大火。知县跳下马车，立刻吩咐人快马加鞭去救火。方筵抬头望向万守严，心中满是苍凉。曾经在休宁县受人敬仰的万守严一腔愤怒，却又不知道该将这愤意向谁倾泄，只好瞪着远处被染红的天。方筵见万守严如此，便明白了，远处那把火烧起来的时候，便是万守严的心火熄灭之时。

被知县派去救火的人还没跑出多远，就被一个疯疯癫癫的人冲散了队形。那人舞动着臃肿肥胖的身子，好似一头闯入鸡群的母猪，横冲直撞，手上挥舞着棒子，棒子上的火焰烧得正旺。人们被那火一时惊得没了主张。那人却偏要拿着那火把往前凑，他凑向这个，这个连连退后；他又凑向那个，那个又连连后退。

此人正是从囚车中消失的万琦富。原来在知县准备押送万守严一家人前去府衙时，邻县商人突然喊冤，说是万琦富欠钱不还，知府为了审案先行将万琦富提走。此刻本该在牢中的万琦富，却忽然出现在休宁县城门口，挥舞着火把，吓退了一干来阻拦的人，直直冲到离知县马车不远的地方，万琦富“扑通”一声跪下，冲着知县道：“知县明鉴！我万琦富与万家再无纠葛，分家书在此。万家祠堂烧毁了，我不是万家人了！”

此言一出，四下寂静。方筵觉得自己也无法再做出任何反应，只能再次望向远处。远处的火愈烧愈烈，将万家曾经的风光烧成了灰。

知县亦哑然，他没想到为了免除罪责脱离万家，万琦富会做出如此之举。万琦富见知县呆若木鸡，开始在地上磕起一个又一个响头。他磕头的声音犹如暮鼓钟声，回声悠悠。他因放火而紧张害怕，五根手指紧紧地握着火把，那火把也不负他所望烧得热烈，烧得跳动不停，最后跳在了万琦富的头发上。万琦富似是没有察觉到一般，仍旧抬起头，又磕下去，每一下都给自己头上的火加了一阵剧烈的风，使其很快吞噬了他整个发髻。

万琦富以双膝不断向前挪动着，一下一下地磕着头："知县明鉴！我不是万家的人了……知县明鉴！我不是万家的人了！"

万琦富先是细语喃喃，那是说给自己听的，随即又大声嘶吼，那是说给知县，说给万家人，说给世间听的。声音一声比一声大，头上的火愈来愈烈，火焰将万琦富脸上的每一道沟壑都照得明明白白，也在他脸上涂了无数道阴影。沟壑与光影将万琦富的脸装饰成另外一个样子，那是与休宁县万大商人截然不同的一张脸。

知县看着那颗令人厌恶的脑袋渐渐靠近了自己，立时跳上马车返回了县衙。万琦富不知疼痛与炙热，只知道追着知县跑，不断述说着自己与万家的界限。

经由万琦富一闹，万家人又在休宁县多留了一日。

李家弟子趁乱将方筵与蒋善拉上马车，拉回了李家医馆。方筵在马车上一言不发，下了车将蒋善安顿好后，进了房间便沉沉睡去。这一觉睡得极不安稳。待她醒来，窗外昏沉，她瞧见师弟师妹们照常在做早课，看到李家医馆内的一切都照常，在梦境中挣扎一夜的她方才心安。方筵不见蒋善人影，一问之下才知，蒋善一早便四处求人去了。

方筵又问李家的弟子可有瞧见屠安尚回来，弟子点了点头，指了指门口道："凌晨时分归来的，叫他进来，死活不进来，就睡在了外面。"

方筵走出门外，果真在旁边的巷道里看见屠安尚仰首卧于马背上，一动不动。若不是那双眼还望着灰白的天空，方筵可真觉得他正睡得香甜。

方筵走近，伸手抚了抚黑马，直截了当问道："你昨晚为何不归？"

屠安尚从马背上跳下来，脊背弯着，垂着头，让方筵看不清他的神色。

方筵继续道："休宁县到刘典簿家，不过三十里地，你骑的也是医馆中最快的马匹，何至于两个时辰不归?"

屠安尚咽了咽口水，最终道："方姑娘，万家的事太过复杂，你还是莫再掺和进去了！万家待你并不好，不值得你冒险相救。"

"为何?"方筵眉头一皱，"昨晚上有人威胁你了？是谁?"

屠安尚苦笑："我不该说这些，方姑娘向来心善，绝不会弃万家于不顾，是我唐突了。我只说了一句，你便猜到了大概。但并无人威胁我，只是陷害万家的力量无人可以抗衡。我拼尽全力换得了刘典簿的谅解，却被困在县外一整晚。"

屠安尚仍旧记得昨夜，他正携着书卷匆匆赶路，行至城墙外，却被突然闯出的三个人围住。屠安尚被吓了一跳，转身欲离开却发现背后不知何时也被另外三人围住。这六人将屠安尚围在中间。屠安尚欲拉起缰绳打马跳出圈去，黑暗中又冲出来七八个人，在那六个人外又围了一层。紧接着，越来越多不知从何处爬出的人涌来，在他身外围了一层又一层。屠安尚只觉得自己像是被蝗虫包围的一颗小米粒。但这些蝗虫的目标并非屠安尚本人，而是绑在他腰间的书卷，待他们发现它以后，便真如蝗虫般将之撕碎吞食。直到最后的碎片进入他们的口中，屠安尚才猛然发现这群人竟是一些有名的郎中。

"我回来问过了李家医馆的人，那些郎中全都属于你们医学上的经方派，他们与万老爷的时方派一向不和。"

这也就是说，几乎所有休宁县的经方派人士在阻挡屠安尚将书卷送到方筵手上。方筵头上渗出了冷汗。她本就想到，万家除了万老爷、大夫人与万琦轩，别的人对药材一窍不通，设这样一场配伍相冲的药局，必定要借助其他懂药之人的辅助。但她没想到，这个其他人，竟是休宁县所有的经方派郎中。

李家医馆的弟子在一旁解释道："万家作为休宁县远近闻名的医馆，以时方派精湛的医术赢得了周围几个县的信赖与爱戴，大家都愿意找万守严，无人再光顾那些经方派的医馆。方姑娘在李家医馆，看不真切这情况是因为师父医术能够与万守严比肩，但那些完全比不上万守严的经方派郎中，被时方派冲击得门可罗雀。如今经方派联合起来对抗万家，也是万家可以想到的。他万守严不顾其他经方派郎中的死活，强行打压，不留活路，那些经方派郎中怎能不恨他？”

方筵道：“非也，万家的错，不是打压了经方派。你且看，就算没有万家，也没多少人愿意去那些经方派郎中的医馆看病。行医治病是善举，经方派把它当成谋取私利的生意来做，这才是他们门可罗雀的原因。”

一股深深的无奈再次将方筵裹挟起来。她明白，蒋善今日去求情，舍了脸面，却恐怕什么都换不来。

“蒋夫人可说过她去找谁？”方筵问。

弟子说了几个人，方筵转身便走。她不想让蒋善去求那些道貌岸然的郎中，她希望自己能帮蒋善挽回一些脸面。方筵还未走出李家医馆，蒋善便踏进门来。她脸上神色如常，只有垂下的肩膀透露出她心中的落寞。不消人问，她直接开口道：“琦富见我与琦志脱身，便写了各房的账目明细送与知县，不仅将家财散尽，还将所有罪责推给了老爷。”

蒋善哽咽住，继续说道：“老爷与我早该察觉到。早些年我们带着疾病缠身的琦轩四处奔波，寻医问药，将年幼的琦富留在家中，未尽到父母的职责，对他多有疏忽，只知道用钱搪塞他。他心里对我们这对爹娘有怨恨，我们无话可说。这回他听信谗言，稀里糊涂地被奸人当作利刃握在手中，从背后给万家捅刀子，也是我们未教导好之过。”

方筵想出言宽慰几句，但又不知该说些什么。她连那点万琦富觉得不足的双亲之爱都未曾体会过，她连自己都劝不了，又如何去劝蒋善？

蒋善径直走向屠安尚，道：“李老爷可还在刘典簿府中？”

屠安尚点头：“他正尽全力医治刘典簿的公子。”

蒋善点点头，仿佛下了很大的决心，对屠安尚道：“还得劳烦您再替我跑一趟，再去一趟刘典簿府中，向李郎中转告一句话。我知晓他不与其他经方派同流合污，是看得起万家。万蒋氏求李郎中能够再帮万家一回，请焦师爷出马。所有恩情债，我定当报还。”

屠安尚点头，出了门。

方筵在这番对话中察觉出不寻常来，蒋善、万守严与师父之间，定然并非简单的冤家对手。

蒋善在庭院中站定，抚了抚垂下的发丝，缓缓道：“一切，不过是天运循环罢了。”

方筵抬头望天，在白茫茫一片中，似乎也体味到了蒋善所说的天运循环。

蒋善与方筵在李家医馆的庭院中坐下，不一会儿，天上飘起了细雨，最后变成了一如昨晚的滂沱大雨。她们从庭院中移到屋檐下，静坐听雨。午食过后，屠安尚回来了，也带来了李仲显的口信。在李仲显的极力斡旋之下，其师父焦师爷动用了所有人脉，希望能帮万家留条活路，个中辛酸艰难，李仲显不让屠安尚讲与蒋善与方筵听。屠安尚又自告奋勇跑了一趟县衙。方筵与蒋善在李家一直候到了天将黑时，屠安尚才将消息带回。蒋善闻之苦涩地笑了。

万家举家北迁，流放至北平行都指挥使司，补充北方的郎中短缺；万大少爷万琦轩身负重病，可延迟三个月，养好身体后再动身。

仍是一个大雨滂沱的晚上，万家将被流放至极北寒地。方筵扶着蒋善，带着万琦志，在城门口拜别万家一行人。再次望见雨中城门，方筵知道，自己再也拦不住万老爷。万家这一走，便再也无法回到休宁县了。

万琦轩能暂留是焦师爷求下的，他将被交到李仲显的医馆治病。此刻，方筵见蒋善与万家人依依不舍，便上前去恳求押送犯人的捕头能够施舍点恩情，叫蒋善三人同万家的人说说话再走。捕快自然是不同意，将方筵往后一推，自顾自在前带路。没奈何，蒋善最后给了一锭银子，才换得了宝贵的半炷香时间。

万琦志搀着蒋善，方筵搀着万琦轩，而万老爷、袁相仪等人，也相互搀扶着。数目相对，万语千言都倾吐不出，几个人只互相望着。万琦富在最后边，额头上一圈火烧过的痕迹。

一阵相对无言后，蒋善终是把持不住，埋头抹泪。她从怀里掏出一袋银子，交到那几个捕快手中，恳求几位在这一路上好好对待万家人。方筵远远地站着，直到最后袁相仪向她招手，她才过去。袁相仪挥手打了她一巴掌，嘴里骂着，将方筵的耳朵揪过去。

方筵知道，袁相仪并非真的打自己。袁相仪附在方筵耳边，道："我的孩子要拜托你了。"说罢，她又推搡着方筵，将她推远了。方筵愕然，她不知袁相仪何时把孩子藏了起来，也不知道为何袁相仪不将其托付给蒋善，但又思及刚刚袁相仪掩饰的动作，她明白了——蒋善已不是万家人，托付给蒋善，若东窗事发蒋善必定再次牵连其中，只有托给与万家早就毫不相干的方筵才是最稳妥的。蒋善不知发生何事，只抱着万老爷不断流泪。万老爷难得地温情含笑，轻声道："这些年委屈你了，你受苦了。"

此情此景，方筵再看那"二夫人"一眼，终于明白万家人对蒋善的情义，哪怕他们不尊敬蒋善，也领了她这些年的情。

再长的时间若用来告别也仅是一瞬，万老爷被押着前行，捕快收了银子，手中的伞便向万家人偏了偏。蒋善将所有值钱的首饰、香囊统统奉上，甚至解了丝绸衣带，只求捕快手中的伞能多偏片刻。

押解犯人的队伍很快便出了休宁县的地界，前路突见无数县内百姓忍着暴雨挂着满身泥汤，坐在高土坡上候着。捕快们见此情此景皆倒吸一口凉气，他们每日巡街也未见过如此之多的百姓。无数人挤在一起，他们一见押解队伍靠近便纷纷站立起来，默默站在路两边凝视着万家众人。他们都穿着粗布短衣，无人撑伞，也无人披蓑衣。他们风尘仆仆地来送别万老爷，他们凄凄地望着囚车上的救命恩人，不禁捂着嘴痛哭出声。他们不敢抗律送囚犯，便在休宁县外送仁心医者。

方筵惊诧不已，她从未见过如此壮观的队伍，免不得对万守严生起敬意：该是如何了不起的堂医，才能换得百姓如此爱戴！

万守严指着雨中一位面庞消瘦的女童，不由得要抬起手，却被枷锁勒疼了手，他喃喃了一句什么，无奈与那女童擦肩而过。此时他仍想着救人，这便是百姓宁可冒着获罪的风险，也要来送一送这位万老爷的缘由。

万守严一行渐行渐远，百姓低下头为之祈祷，直到万家人消失在路的尽头，那些人的头也迟迟没有抬起。大雨浇灌着休宁县，浇在万府与万家祠堂上，也浇在所有休宁县的百姓身上。末了，百姓相互搀扶着转过身来，默然望着蒋善一行人。

蒋善向众人深深鞠了一躬，道："多谢各位特来拜别老爷。"

百姓无言，他们没对蒋善的谢意做出任何表示，只冷眼望着蒋善与方筵，然后便四散开来。万琦志用力掰着蒋善的身子，道："娘，这些人觉得是我们害了万家，你不要再谢了！"

蒋善岿然不动，一直弓着腰，任由一浪又一浪的人路过自己，将自己遗忘在了休宁县的城门口。方筵望着立于茫茫人群的大夫人，忽觉心中涌出一股巨大的悲怆之情。

第十四章　旧怨

“女娃娃家有什么好学的？净给我添乱，快滚远些！”王之堂将称药的秤杆子恶狠狠地挥舞出手，一下不落地打到了还是一个小姑娘的方筵身上。方筵当时就被打得龇牙咧嘴，她躲过王之堂的手，往前一扑抱住他，但王之堂甩开那瘦弱的臂膀，继续打着方筵。方筵不松手，在王之堂身后的矮桌子上捞到个东西，手腕一抬将其滑进袖中。她实在受不了了，从杆子下边就地打了个滚，熟练地滚走了。

等回到自己那间小小的房中时，在密密麻麻的草药中，方筵拨开一条细缝，铺上白布，将自己塞进去，静静地躺了半晌。她听着自己胸腔中怦怦跳的声音，那声音钻出她的胸膛，在根根草药中穿梭，惹了一身苦涩味后又盘上房梁，在上面荡来荡去。玩得累了，那声音又回到她胸膛中，只不过节奏比刚刚缓慢了些。

等待气息平稳下来，方筵慢慢地从袖中抽出一本小册子：“我就看这一夜，明早便给他送过去。”方筵默念着，小心地翻开了这册子。册子中记载着千奇百怪的药方，皆是王之堂游历四方时总结所得，共有四册。册中龙凤飞舞的潦草字迹记下的是曾将无数人从阎王爷手下抢回来的草药名，它们并非仙丹神草，却有神奇妙用。阅读着册子，方筵仿若躺在世外桃源中，春意盎然、生机勃勃，所有草药都鲜活起来，向地里扎下了坚实的根，向空中发出了翠绿的芽，开出了灿然的花，而她则跟在一位鹤发老人身后，品尝着世间百草。走得累了，她便就地而卧，闭上眼睛……这一觉睡得无比香甜，她嗅着悠悠药草香，不知此时是几时。

一道闪雷突然劈在方筵身上，足以将她整个人猛地炸开。她大喊着挣扎起身，抬眼间，满目的春意变成了满室棕灰的药草，鹤发老人也变成了拿着鞭子的王之堂。

“好你个女贼，竟敢偷走我的药册！那么前三册想必也是你偷的。偷，我叫你偷！把你皮打烂，看你还敢不敢偷！”

鞭子一下一下地落在方筵身上，让方筵只觉得自己化作了秋天丰收时的一根饱满的麦穗，无数木棍落在自己身上，将自己内里的颗粒鞭打了出来，撕心裂肺的疼痛后，自己已是一具干瘪的躯壳。秋日里暖黄的落日余晖落在方筵身上，神情恍惚间，她几近以为自己也到了生命的夕阳时刻。

“方筵一直在动，我的针下不去，你们来帮着稳住她！”蒋善对李家医馆的小师妹道。

小师妹立刻跟进来，瞧见方筵紧闭双眼，额头冒汗，双眉紧皱，在榻上犹如筛糠般抖动着。她们急忙按住方筵的双手双足，蒋善这才敢下针。蒋善也不轻松，她下针的右手都是颤抖的，便只好用左手抓住右手的手腕，深吸好几口气，才敢落针在方筵身上。

几根针下去，方筵渐渐不动了，门外马蹄声渐起，是屠安尚送来了消息。蒋善出了门，见屠安尚着一身白，立在黑马身边，好似索命的黑白无常。她强打起精神，接了屠安尚的信。

“李老爷叫我传话，说刘典簿的儿子病情已然稳定，万家的罪责可少一分了。”

蒋善缓缓展开信，知晓这是李仲显所能争取到的最好结果了。李仲显的师父焦师爷是当朝御医，他与刘典簿交情不算深，此次定然叫老人家舍了极大的面子，才取得了这样一个折中的结果。能让万琦轩养好身体再上路，已是对万家最大的恩典。蒋善缓缓一躬身，道：“李郎中于万家的恩情，万蒋氏无以为报。我并非只懂屈身求助的女人，亦绝不叫这恩情沦为空话，定拼了命报偿。”

屠安尚拦住蒋善道："李老爷有句话带给夫人。夫人于万家，已仁至义尽了。夫人的针灸功夫扬名已久，一直以来仅教弟子未免可惜了。李老爷的意思是，不如留在李家医馆，他们不忌女医，夫人自当大有一番作为。"

蒋善将信收回袖中，抹了抹脸颊边的泪珠，没说什么，只望着那匹黑马，问旁边的李家弟子："马是李老爷的?"

大弟子摇头："非也。师父的马早已归西，这马崽子刚满一岁。"黑马的鬃毛在微微晨风中飘动，它似乎对雨后潮湿的气息十分欣喜，随意地用自己的蹄子在地上刨来刨去。

蒋善笑了笑，也是，二十多年悄然而过，年幼时李仲显带她去踏青所乘的那匹黑马即使不死，也老得走不动路了。

"李太白有句诗，'轻舟已过万重山'，往日里我与你师父都很喜欢。那一叶扁舟在风雨飘摇中早已将万重青山抛之脑后，怎有回头的道理。何况我不过为照顾年幼丧母的琦轩才略识针灸之术，若说精湛——我这手功夫还是李老爷教的。"

方筵从梦中醒来，只觉得自己身上的鞭伤还隐隐作痛。在这个大雨滂沱的夜晚，她再一次想起了几年前王之堂打自己最狠的那次，即使事后王之堂也曾送来一碗又一碗汤药、一罐又一罐伤药，治好了她身上的伤，但她明白此去经年，心中的伤永不会愈合。

蒋善与屠安尚推开门进来，在床榻前嘘寒问暖，方筵捂着胸口敷衍过去。蒋善说是原先残留的闹羊花毒素，在这几日受过风寒的身体中作祟，才使得她轰然倒地。方筵记着倒地之前，万琦轩恰好从马车中跌出，忙问道："大少爷如何了?"

蒋善将方筵扶起来，带到了另一间厢房，方筵便瞧见万琦轩像个被下咒的稻草人，浑身扎着针。他元气大伤，心气受损，李仲显不敢贸然下药，也只能先叫蒋善施针，熏几回艾香，将身子先稳下来。

大概是一夜未眠，万琦轩眼皮底下那抹不开的黑从惨白的皮肤下晕上来，好似画师不小心洒在宣纸上的一滴墨。方筵三人走近，万琦轩犹如活死人一般，眼珠子都不曾转动一下。蒋善将万琦轩身上的针一根根撤下去，万琦轩被师弟扶坐起来，像是解了咒，眼珠终于动了几下。

“琦轩，可好些了？”蒋善轻声问道。

万琦轩硬撑着回答：“娘不必挂心，好多了。”

望着万琦轩的苍白面庞，蒋善再也忍不住，转过身去轻轻啜泣。方筵心里的某个角落也微波荡漾，在与万琦轩四目相对那一刻，她不知哪来的一股怒气，扯过万琦轩的手臂，又不知该做什么。万琦轩反拉住方筵的手，轻轻拍了拍她的手背。蒋善落寞地坐在一侧，道：“是娘没有教导好你二弟，是娘的错啊！”

万琦轩反而拍着蒋善的背，宽慰道：“做哥哥的未能以身作则，琦轩也要反省，娘莫要再伤心，终归是一家人，他们仍活着就好。”

呼啸的风裹挟着满天飞雪推开了厢房的门，门板撞在墙上，门框上一条条积雪被震落下来。万琦轩踏着一片风雪而来，匆匆入内，伸出冻得通红的手指将斗篷解下，随手搭在一旁的高凳子上。他哈着气，快步走到烧好的汤婆子前，伸出手上下烤着。待这暖意使他指尖能动弹了，他又将身上的衣裳脱下，换了另外一身。许是长长的衣衫不小心掉进了汤婆子里，他闻见一股焦糊味，回头一找，一小片火正跟在自己脚边。

不等万琦轩弯腰将火扑灭，门再次被推开，冷风一拥而入，带着片片白雪，那一小片火不敌冷风，没等白雪落在身上便寂寥地熄灭了。万琦轩一抬头，正好与门口站着的方筵四目相对。方筵手上端着药碗，微眯着眼，将他看得双颊发热。

“这件衣服师兄宝贝得很，你不仅偷穿，还给他烧破了，他又要来找你事。”方筵迈步走进来，身上带着寒冬腊月里的丝丝凉意。

万琦轩抬起仍不算暖和的双手贴在自己红透的面颊上，丝丝凉意减缓了他心中的羞愧，他掩饰道：“哪件是他李家师兄的？刚才烧着的是我自己的衣裳。”

方筵道：“没见你拿过这颜色的布料做衣裳。”

万琦轩不说话了，只将衣裳叠了起来——特意将烧掉的一角叠进最里层。

“师兄坐诊时，不喜穿月白的衣衫，你刚才穿着这身去医馆里时，那些师弟师妹就看出来了。也不知道你怎么和他们处得那般好，他们还帮着你隐瞒。要不是你在药方上模仿的字迹还欠些火候，我亦差点被你蒙过去了。”

万琦轩抱着汤婆子，绕过方筵，慢悠悠坐到了门槛上，闭眼假寐，油盐不进。

方筵继续道：“这是第三回了，前两回偷师弟的衣服倒也罢了，他们忌着你，免不了留些颜面。今日你偷拿师兄的衣裳，还冒充师兄出诊，真当全城的百姓都是瞎子？大少爷，你不当此刻是寄人篱下，好歹也顾念夫人的忍让和我的唇舌，别叫我们两个女流总为你脱罪。”

万琦轩搓着手道：“李老爷不叫我去医馆，可是不信我的医术？我虽出师晚，但也承万家的衣钵，你既是我夫人，自然知道我医术如何，为何不为我证明？好不叫李家弟子继续诓人钱财、误人子弟。”

方筵拿起高凳子上的斗篷，披在万琦轩身上：“你与我装什么糊涂？只要你的名字前头冠的是万，就算你有起死回生的本领也断不能进李家医馆的门。琦轩，你信我一句，师父能留你在李家已属不易，一向世人只知万李两家的争执，何时懂得那份惺惺相惜的情谊？在他们眼中，若师父容你出诊，那便是认了李氏比不得万家！”

万琦轩猛地抖掉斗篷，愤然道：“这叫什么道理！李老爷的医术由不得我多言，可他那几个弟子……”见万琦轩又要大放厥词，方筵赶紧捂住他的嘴巴，继续说道：“可他的那些弟子有我把关，又有师父亲自教导，自然不差，是不是？”接着，方筵俏皮地笑起来，端上一碗汤药。

万琦轩见她这副模样便没了脾气，温顺地披上斗篷，接过药碗，浅浅抿了一口，道：“今日的药比昨日的更苦了些。”话毕，他一扬手，将药汤泼在门前，门前石板上立刻显出一道黑印，犹如一道肆意画出的笔墨，还有几滴溅到雪地里，融出一个又一个褐色小坑。

方筵随手团了一个雪球意欲扔进万琦轩的衣襟，想将他那逆反的性子逼走。万琦轩大笑着跳开，拖着长长的斗篷激起地上的浮雪，大声嚷着：“既然不让我诊病，我便诊药吧！那碗药的脉象不妙，定是被下了猛药，夫人想谋害亲夫呢。”

原本欢喜的氛围瞬间散了大半，方筵望着园中白茫茫一片，眼神缥缈不定，顿了半晌也未能说出半个字。万琦轩自知玩笑过分，赶忙靠上身来，在方筵耳边轻轻道：“若真如此便说不得，我既说了便是玩笑罢了。”

方筵脸色微红，双眸微润，淡淡地道：“初到李家医馆，院中那棵桂树洒金点点，如今却枝干垂弯，不胜满天苍茫白雪。三个月了，自万老爷受罚，你已有整整三个月日日只躺在榻上，来往也不过一间小屋和这个小院。昨日我在药中加了干草的分量，你竟半点未察觉，想来日久不行医，对草药的味道也陌生了。”

万琦轩这才明白方筵换药的原因，原来她是在用药逗自己以打发时间：“怎么，一向最无拘无束的方筵竟然守起规矩来了？既然不想看我孤寂，不如视我如空气，让我去医馆转转？”

方筵眨了眨眼，夺过师兄的衣服，从万琦轩身边跨过门槛，道：“少来诓我！我们和师父有约在先，如今已然期满，你少生事端！”

方筵给万琦轩送了药，又去医馆中整理病志。时日流转，万家流放后方筵和万琦轩在李家医馆住下，以医治旧疾复发的万琦轩。蒋善虽主动与李仲显划清界限，却也感念他未见死不救，每日往来医馆传授针灸之法。蒋善只在偏院教其弟子，因而倒未与李仲显见过半面。只是，方筵常驻李家医馆，倒也听来些闲言碎语，比如蒋善与李仲显两小无猜，再比如李仲显不知缘由终身未娶。

短短三个月，城里的人已不再讨论万守严，均视李仲显如再生父母。即使在李家医馆里，方筵偶然听闻万守严的名字都会一怔，因为他们提起万老爷如同闲聊某位串街货郎，寥寥几个字，也听不出什么感情。反而是方筵愈发记得，万守严在青蒿素驱疫成功时春风得意；雨夜城门口，万守严成了阶下囚，被亲子出卖，被同门背弃，鹑衣鹄面。如此人物如今变成了偶尔刮起的微风，变成了婆子们吐出的瓜子皮，实在令人唏嘘，以至于方筵每每路过曾经的万家府邸时，都会停留半晌，叹人去楼空花已尽，花谢人散未有期。

万家医馆的牌匾已被取了下来，兴许是县衙中的人偷懒，并未将那块沉重的木头搬走，只搁在了台阶边上。风霜早就给那副牌匾增添了难以名状的重量。当方筵靠在那块牌匾上时，她总会闻到一股似有若无的青涩药草香。三年前，方筵帮王之堂来万家取药材，衣衫褴褛地站在医馆门外，抬头望着那块巍峨牌匾，总觉得遥不可及。风水流转，往日那块高悬的匾今日却被人践踏于脚下，如腐朽的花泥。渐渐地，方筵开始学着万守严的模样，总在身上挂着一杆称药的秤，手中常捧着发黄的书卷。

“徒儿，万琦轩的病可有起色?”一道宽厚的声音从医馆门口传来，来人正是刚刚结束问诊的李仲显。他抖抖身上的尘土，面色沉寂。

方筵收回思绪，忙起身道：“师父，我将新药方试了，到如今还未有什么进展。”

李仲显让来禀报医馆近况的弟子先候着，继续问道：“时日已过了，若此时知县来催他动身，万琦轩带病上路，极有可能在半途……”

方筵心里一沉，道：“师父莫要说下去，我定治好琦轩，其实——如今他的身子强健许多了。”

李仲显摇摇头，道：“说得轻巧！时值冬日，北风比刀子还锋利，万琦轩怎受得住。万家后代不兴，出了个欺师灭祖的混账，万守严已年迈，另两个幼子怕难成大器，只能指望万琦轩了，若他再遭难，岂不是断了万家的后！”

方筵手指一颤，紧紧抓住手里的书页，斜眼望向李仲显身后的桌子，上面赫然是练字的书帖：高处不胜寒。

第五卷　女医行世

第十五章　弃婴塔

晚夕时分，方筵熬好药去了万琦轩房中。万琦轩裹得严严实实的坐在门槛上，眼睛直直盯着远处。雪已停了，万籁俱寂，只有方筵一步步靠近的脚步声犹如轻柔的鼓点。方筵不知道万琦轩是否在此坐了一下午，只道："盯着雪地一整天会瞎眼的。"

万琦轩微微抬头，望着方筵手上的药碗，道："用的新药方吧？我闻着与从前的味道有些差别。"

方筵将碗端给他，倔倔地道："是！喝不喝？"

万琦轩笑了，道："你不必用言语激我。我还是那句话，若你肯帮我做些事，我便喝你的药，以便帮你改进药方。虽说医者不自医，但最了解我病情之人，莫过于我自己。"

方筵呆愣了一会儿，将胳膊收回，也坐在了门槛上。她顺着万琦轩的视线方向望去，不见其他，只见一只小鸟落于雪地之上，蹦蹦跳跳，留下一串爪印。这串爪印旁，另有一串人的脚印，并不深，上面又覆了一层薄雪，蜿蜒通往墙边。方筵依稀记得，自己中午来送药时，并没有这串脚印。

方筵道："大少爷都病成这样了，还翻墙出去，可是有什么要紧事？"

万琦轩并不回答，只是将方筵放下的药碗端在手上，不喝，却反复地放在鼻尖前嗅着，一一念出其中的药材名字，念完了一长串，闭眼问道："我说的，可对？"

方筵耳中听着万琦轩所报的这一串药材名，不得不佩服万琦轩的厉害。万琦轩忽地笑了，笑得一直耸起的肩膀终于落了下去。他一仰头，将药碗中的汤药全部倒进自己喉咙中，一挥袖，将药碗摔在雪地里，药碗滚了几个滚，压出一道雪痕，静静地躺在雪中不动了。

甘家府邸修得气派，当真是“如跂斯翼，如矢斯棘，如鸟斯革，如翚斯飞”。

方筵站在这甘家大门前，不承想被府邸门匾上大大的“甘府”二字震在原地，迟迟没敢进去。这便是二夫人所产女婴暂时的住处，袁相仪那日告了她女婴的去处。方筵原以为婴儿被藏在哪个婆子家中，未料到二夫人原与甘家有些交情，竟叫甘家私藏了囚犯女婴。转念一想，方筵便懂了二夫人的良苦用心，她算计着万琦轩定会寻那女婴，为免大少爷遭难，她才苦求甘家老爷将女婴藏在万琦轩绝不会踏足的甘家。若不是这几日万琦轩折腾得欢，方筵断不肯早早寻那婴孩。她淡淡笑着，心想那万家大少爷着实聪明，二夫人怕他寻女婴，他却早料到那女婴是托付给了自己，甚至连女婴的住处都猜到了。

门口家仆进去通报，方筵自在外等候，可左等右等，都不见那家仆出来唤自己进去。又等了半晌，一个老妈子匆匆跑出，一双小脚交替得飞快，她怀里抱着个裹得严严实实的裹团，像一阵风似的到了方筵面前，将怀里的裹团往方筵身上一塞，道：“快走吧！”

方筵猝不及防，刚将那裹团拢在自己怀里，换了个适宜的姿势抱着，就见那老妈子转身又晃着小脚欲往门里奔，像是身后有恶鬼追着一般。方筵眉头一皱，急忙上前抓住老妈子，道：“没别的交代了？”

老妈子身子一倾一倾的，极力想要逃脱方筵的那只手：“没了，没了！孩子已经给你了，与老奴无关了！你快走吧！”她头转向另一边，皱眉闭眼不敢看方筵。

这态度叫方筵怎么敢放她走！更何况此时她已闻见裹团中还散发出的一股酸臭味。忽而，一道凄厉的哭声从裹团中传出，尖利刺耳。方筵一惊，顾不得老妈子，去拨开那裹团上蒙着的一角厚被子。裹团中，女婴正咧嘴啼哭，她毛发稀疏、脸色枯黄、嘴唇干裂，像是被禁锢在一个虫蛹中。方筵一抬头，那老妈子早就逃进去了，甘家的大门也紧紧合上，一丝风都不曾漏出。方筵急忙蹲下，将这女婴放在自己的腿上，慢慢地将裹在上面的被褥拆开。越往里拆，酸臭味愈发明显。拆到最后，将女婴的胳膊露出，方筵才发现女婴的身上灰蒙蒙的，好似许多天未曾洗浴更衣，那双不停扑腾的小手被方筵抓在手中，一眼便瞧见指缝与皮肤褶皱里满是尘土。更糟糕的是那女婴的五官，越看越像黄痘儿的面容，方筵心里愈发不安，拨开女婴背上的褥子，见女婴背上光洁一片，并没有之前得痘症时起的痘印，这才稍稍安下心来重新将女婴裹好。

“搞什么把戏？你们甘家到底何意！开门！开门！”方筵奋力拍打着甘家大门，心里责怪起甘家来：你甘家小姐好歹与万琦轩有些缘分，怎可如此对待万家的婴孩？

“何人如此大胆，敢在甘府门前喧闹？”

方筵忽听从身后飘来一道轻柔的声音，扭头一看，门前不知何时停了一辆马车，一位娇美绝丽的女子正从马凳上缓缓走下，她身形高挑，梳着高高的发髻，举手投足间尽显少女的窈窕。

那女子款款行至方筵面前，一双剪秋水的眸子望向方筵怀中的布包，脸上的戒备之意慢慢散了，躬身行礼，轻轻笑了，自报家门道：“是万夫人吧，我是甘雅观。”

方筵知晓了对方的身份，反而有些不自在了。她随意地回了礼，逼问道：“吴夫人，你娘家给我的并非万家的三小姐万竹，这是何意？”

吴夫人一听，也诧异不止，笑容僵在脸上。她伸手掀开被褥，一瞧里面哭号的女婴，眉头一皱，立刻道：“万夫人莫急，先随我进府，我立刻去问，给你个交代。”她扭头吩咐身边的管家道：“开门，我亲自去问！”

方筵瞧甘雅观花容月貌、风姿绰约、眉眼含情，身上透露着无尽的烂漫，心中暗想，难怪万琦轩对她念念不忘。

甘家厅堂上的两个正位空着，甘雅观落座于侧位，她对地上跪着的老妈子横眉怒目道：“刘妈妈，万竹到底被你弄到何处去了？你偷梁换柱的这个女婴，又是从何处而来？我爹娘不在府中，你就这般行事？若不是今日我回来，是不是你就如此给万夫人交代，如此败坏我甘家的名声？”

刘妈妈抖得如筛糠一般：“小姐，老奴也是没办法啊！老奴带着万竹去街上买东西，就把她放在一旁，眨眼的工夫，她就不见了！老奴也曾去寻过好几日，只寻到了一人在卖裹着万竹的被褥，她说这是在城南的塔里捡的，我追过去却一无所获，只好在里头随便抱了一个女婴……”

方筵再也忍不住，将手边的茶杯狠狠一摔，怒喝道：“为何不早说？”

甘雅观也问道：“城南有座塔？我不曾听说过。”

刘妈妈哭道：“那塔，叫……弃婴塔。整座塔内满是弃婴，婴儿均是自生自灭……”

方筵手脚一霎时冰凉。甘雅观也面如土色，张着嘴，却说不出话。

方筵是坐着甘雅观的马车回到李家医馆中的。马车还未停稳，方筵便站起身意欲下车，余光却又瞥见甘雅观端然坐在里面，不曾起身，只焦急地望着自己。

方筵不愿等她，自己两步跳下车，拨开层层叠叠的人群，直往后院奔。到了万琦轩所在的偏院，方筵忽见一抹蝶翅蓝衣衫在连廊上一闪而过，倏忽间便钻进房里。方筵冲上前去，推开门，果见一身寒意的万琦轩正在换掉自己身上的衣衫。

万琦轩身上衣衫退了一半，肩膀上只蒙一层薄薄的里衣，忽入的冷风吹得他一抖，转身一看，正是跑得急匆匆的方筵。方筵的脸像熟透的柿子，她喘着气，双眼紧闭。万琦轩走到屏风后将衣衫换了，抱着那身蝶翅蓝的衣衫走出来，扔给方筵道：“帮我还给你的好师兄去。”

方筵不敢睁眼，索性伸手摸了摸衣衫，仔细揉搓了，确认是外衫的布料，这才睁眼，怒道：“你为何又穿别人的衣服跑出去？万竹出事了，你还有闲心胡闹！”

万琦轩走到木柜旁，打开柜子，道：“可是女婴不见了？我早该料到，那人会对女婴下手。你早该听我的，将她接回你身边。”

方筵瞧着万琦轩从柜子里面掏出一个小药箱，道：“你还在查乌头一案?”

万琦轩并未立即回答，稍稍镇定心神后才缓缓道来：“万家蒙冤，必有主谋。现下万家人皆被流放，能使出力气的只有我们。身为万家大少爷，我怎能坐以待毙！如今万竹被拐，想必那主谋果真如我所料仍在城中伺机而动，我非要叫他现行不可，否则，如何报万家之仇?”说完，万琦轩背起药箱，整了整衣衫，对方筵道：“带路。”

方筵一把拉住万琦轩的胳膊，焦急地问道：“此事蒋夫人可知道？琦志可知道？他们若是知道你以带病之身独自一人查如此危险的事，他们得多担心!”

万琦轩并不回答。这些问题曾在无数个难眠之夜困扰他，令他无比厌烦：“堂堂男儿，‘僵卧孤村不自哀，尚思为国戍轮台’。”

方筵心中如狂风大作，却又在一瞬间归为寂静。她眯了眯眼睛，深吸一口气，道：“难怪甘小姐钟情于你多年——怕是因了你的缘故，万竹才得以寄养甘家吧!”话毕，方筵捋顺凌乱的发丝，利落地走出房门。

万琦轩瞧见方筵脸上的急切消失得无影无踪，取而代之的是无限的落寞，料想到方筵定是又误会了什么，追上前去解释道：“吴夫人暂时收留万竹，看的是我妹妹万青的面子。万青与吴夫人算得上是闺中密友，万家出事时，万青正抱着万竹在甘家玩耍，这才让万竹暂时留在了甘家。”

方筵淡淡地笑了：“不必解释，我并非善妒之人。只是我要提个醒，你万家再没落，也曾是休宁县的大户人家，还是和吴夫人保持适当的距离为好。”

“大哥、嫂嫂，你们如此匆忙，是要去哪?”万琦志突然走了过来。

万琦轩将自己肩上的药箱往身后藏了藏：“你嫂嫂从书中看到寺庙中香火气可能对我的病有益，正要带我去庙中祭拜佛祖，你可要一起去?”万琦轩记得，他这三弟一向对神佛等不感兴趣。

万琦志果真打着哈欠往回走，道：“不去，娘又布置了许多骈文，我暂未记牢。”

万琦轩见万琦志拐过弯要回去了，心中松了口气，却又忽地听见身边方筵唤道："琦志，你等等。"

万琦轩猛地抓住方筵的手腕，使劲握住。方筵皱了皱眉，对着万琦志道："我叫你去找的那几本书，你可在藏书室找到了？"

万琦轩闻言，放松下来。他正欲松手，却又摸见方筵手上软乎乎的小泡。

万琦志靠在柱子上漫不经心道："嫂嫂，早就找到了。你近日来为了给我大哥治病，恨不得将藏书室中所有书都阅尽，熬药的时候都要分心去看，烫了好几个水泡。大哥，嫂嫂如此用心，你可不敢薄待她！"

万琦轩摸着那水泡，眼前好似看见一个瘦弱的身躯坐在矮凳上，凑近炉火，捧一卷书册看得入神，炉上药罐忽地溢出来，那人从书中抬起头，慌忙去端药罐，猝不及防被烫得一缩手。

方筵却轻轻将手抽开了，只道："等我回来，将书送到药材室的老位置。"

万琦志点点头，不敢耽搁时间，抓紧去念书了。

方筵转身走得极快，将万琦轩远远地抛在后面。万琦轩快步跟上，目光一直落在方筵那双纤细苍白的手上。

甘雅观的这辆马车本就是给身形娇小的她专门打造的，现今挤进去三人，又因车内有各种女子喜爱的装饰，愈发拥挤到逼仄的地步。万琦轩只得与方筵紧紧挨着，一个大男人硬生生蜷成一团，叫方筵看得忍不住笑了出来。

方筵一笑，甘雅观也忍不住笑了。甘雅观笑得极为文雅，掏出一方白帕，虚虚地用中指与食指捏着，盖在唇边，露出另一半弯弯的嘴角，犹如天上披云的弯月。

方筵低头一瞧，自己随意地坐着，笑起来也是不遮不掩，又瞧了甘雅观笑得含蓄雅丽，不觉害羞起来。万琦轩听着耳边不知所以的笑声，只觉得手脚麻木不堪，腹部的肌肉酸痛无比，但若舒展开胳膊与双腿，便要伸到吴夫人那边去，甚是不妥，只得将肩膀悄悄塞在方筵头下。

好在前往弃婴塔的路途并不遥远，马车很快便停了下来。大户人家下马车的规矩繁琐，每一个步骤都得按规矩来。方筵失了耐性，率先站起身来，弓着腰在帘子下等着下车。万琦轩对下车的规矩了如指掌，但如今挤在这小马车里实在难受，索性学着方筵的样子，弓着身站在甘雅观面前。二人不成体统的样子令甘雅观一惊，赶忙用手帕挡着口鼻，默默地转过头去。终于，二人听到放马凳的声音，帘子刚掀起一角，方筵便急不可耐地窜了出去。接着，她便被眼前的景象惊得目瞪口呆。

弃婴塔内是何等的景象？直到离开休宁县十几年后，方筵都不敢去回想。

其实，还未靠近那座高耸的塔时，车内三人便听见一波又一波的婴儿啼哭声。那啼哭的声浪层层叠叠，从前方乘着冷风而来，三人已是听得汗毛竖起。方筵听着那声音，只觉得襄团里的那个小婴儿忽地又出现了，还幻化成无数个，在前方的塔中呼喊着。日光不知何时暗淡下来，密密的乌云笼罩住了高塔，将高塔染成深色。方筵走在前头，半天不见那二人跟来，转头一瞧，原来是万琦轩正在劝阻意欲下车的甘雅观。

甘雅观一双细眉微蹙，道："孩子是在我甘家弄丢的，我理应去的！"

万琦轩堵在马车门口，拱手道："塔内景象想必凄惨，吴夫人就不必跟去了。方筵向来看惯了这场面，我和她进去便可。"

甘雅观却执意要来。方筵一皱眉，返回去道："吴夫人，你还是在此等着吧，若你因为万家出了什么事，吴公子怪罪下来，我担待不起。"

甘雅观一听这话，望向万琦轩道："你也是如此想的？"

万琦轩不好回答，只叫马夫看好吴夫人。

靠近高塔时，酸臭味更重了。年久失修的木门上，爬满了一队又一队的蚂蚁。蚂蚁好似一根根藤蔓，有着将这塔，连同塔内的东西永久禁锢的能力。方筵儿时在外讨饭，曾于饥荒之年看见地里爬满了捡麦子的人，她觉得那便是她生平所见过最惨的景象。万琦轩推开塔门后，方筵才明白，世人所造万千惨象，根本评不出哪个最惨。

本应被人抱在怀中听着歌谣香甜入睡的婴儿们，此刻却躺在塔内，躺在死婴垒成的高台上，放声大哭。有的婴儿是被裹在棉被里扔进来的，棉被是他们的庇佑，也是他们的布棺材；有的一丝不挂，他们赤身裸体地来到这世上，又赤身裸体地去。被压在下面的棉被或肉团已经乌黑、糜烂，无数飞虫飞舞低旋，成了陪伴这些婴儿时日最久的活物。上面尚出气的几个婴童放肆地哭着，不幸的婴孩并非在为自己的不幸而哭，他们只是饿了、冷了或尿了，希望有人听到他们的哭喊声后，来帮他们解决最基本的需求。

方筵与万琦轩待在门口，心里发怵，没了踏进去的勇气。婴尸山顶上的婴儿似乎感到有人来造访，便哭得更加卖力，更加凄凉，好似要将身下死去的同病相怜者哭活过来。

方筵在自己身上狠狠掐了一把，颤抖着打开万琦轩身上背的小药箱，掏出裙布，系在自己身上，道："我轻，你将我举起来，我去找万竹。"

裙布的系绳此刻却怎么也不听话了，在方筵不断抖动的手上跑来跑去，怎么也绕不到一块。万琦轩伸手替她系好系绳，然后将她托起，叮嘱道："小心些。"

方筵被万琦轩托着，目光掠过无数裹团和肉团，最后落在了最上层的那五六个尚存活的婴儿脸上。方筵记得那老妈子说包裹万竹的布包被人拿走卖了，那万竹便是赤身的。她一个个望过去，借着微弱的火光，方筵发现这些婴儿都是不带"把"的。女婴们被冻得浑身发紫，还有几个面颊发红，已有了高热现象。

方筵不住搜寻，却仍旧没有寻见万竹那张面色发黄的脸。方筵又开始抖起来，她将上面那些活婴尽力拨开些，开始寻找下一层。

"方筵，你先将那些活着的送下来！"万琦轩命令道。

方筵抱起一个活婴，望着女婴白净的面孔，她忽觉得自己已经望见了这个女婴的一生，不及满月的一生。她大抵才从产房中被抱出来，还未被亲娘抱在怀里温存几日，便被送来了这弃婴塔。是谁送她来的？是亲娘，是亲爹，或是家中其他长辈？不得而知。她不知人事，只晓得哭，哭到饿死，哭到冻死。她的家人不会记起她，她以后的弟弟也不会记得她，或者她不会有弟弟，有的只是与她相似命运的妹妹。

第十六章　故人

方筵瞧着瞧着，忽然觉得面前的女婴长了一张熟悉的脸，是那个破庙中帮助她的小姑娘的脸，那个死于半张青蒿饼上的小姑娘。方筵心中泛起无限的酸涩。她恍若没听见万琦轩的话，只轻轻将女婴放在一边，继续寻找下一层。

“方筵，先将那些活的送下来！”万琦轩又说了一遍。

方筵充耳未闻，继续拨开一层，一个一个查看那些已经一动不动的女婴。

“方筵，先将那些活着的送下来！”万琦轩一手扶住方筵，一手伸出去准备托住送下来的婴儿。但他除了方筵的一句“放我下来”之外，什么也没等到。

“什么？”

“放我下来。”方筵用细若蚊虫的声音道。

万琦轩俯下身子，将方筵放了下来。方筵落地了，两手空空。她解了裙布，扔给万琦轩，自己大步流星地往塔外走去。

万琦轩追上去，皱眉问道：“你要离开了？”

方筵冷若冰霜，道：“我找了三层，万竹并不在里面，可能又被人抱走了，我们得去别的地方找。”方筵说着，脚步却不停，甚至一步比一步跨得远。

万琦轩将方筵拉住，皱眉道：“我叫你抱下那些活着的婴儿，你可听见了？”

方筵回头，直直望着万琦轩：“没错，我听见了。”

“那你为何不做？”

方筵道：“那些都是女婴。”

“女婴又如何？郎中治病还看男女吗？”万琦轩吼道。

方筵被吼得一抖。这一吼也惊动了马车中的甘雅观，她提着衣裙飞奔过来，峨眉微蹙，问道：“可寻见了？”

方筵瞧见万琦轩脸上的那股怒气忽地就烟消云散了，道：“塔内尚有五六个活着的女婴，但并未找见万竹。”

甘雅观捂住胸口，道：“想不到竟有如此多可怜的婴儿！那为何不将活的女婴先带出来？”

方筵一听甘雅观这话，抬头一瞧，万琦轩与甘雅观二人正望着自己。她觉得万琦轩抓着自己的手滚烫，将自己烫得难受——还真不愧是一对鸳鸯，连善心都是一般。

方筵挣脱万琦轩的手，道：“我忘了，你二位出身大家，从小锦衣玉食，没见过民间疾苦，更想不明白为何塔内皆是女婴。若你们去寻常人家的巷子里走走，便能瞧见，男婴被人亲切地抱在怀里，女婴则在炕上孤零零地躺着。还有的人，觉得怀里抱一个不够，还得要两个、三个，仿佛家里有天大的财产要交与男娃去逍遥。但他们求不来第二个第三个，家里也穷得叮当响。生多了，吃饭的嘴便多了，家里揭不开锅了，便索性将先前生的女娃全都舍弃，女娃们便出现在这塔内。”

方筵瞧着甘雅观与万琦轩的脸变得煞白，心中忽有无尽的快意，她继续道：“你们心善，要将这些女婴全都带走，但你万琦轩现在过的是寄人篱下的日子，自身难保。吴夫人是吴家的新妇，要叫你夫家晓得你与万琦轩还藕断丝连，甘家的脸面也要不了了。就算你们是活菩萨，是在世观音，要将这些女婴都带回去，也好啊，但容我问一句，你们准备在哪儿养她们，拿什么养？只怕是把你们都卖了也养不活这五六个女婴！养不了怎么办？是学作孽的父母将她们卖进妓院，还是学她们的父母再弃她们一次？”

方筵转身走得决绝，高声扔下一段话：“万竹先前被扔在这，又被捡回去，只怕是有人故意为之。此举何意，你们想过没有？”

万琦轩没动，像根木头似的杵在那儿，道：“好，照你这么说，我将那些女婴带回去也无计可施。但方筵，你是瞧了那些女婴的，她们身上可有不舒服？若有个病，我身为郎中便没有不救的道理。你说要悬壶济世，现在却见死不救，你怎敢觍脸自称医者？”

甘雅观帮衬道：“是呀，就算我们养不活，也该先将她们从塔内救出来，后面的事再想办法。万夫人，我知你尝过与这些女婴同样的苦楚，己所不欲勿施于人……”

万琦轩也道：“方筵，这些女婴受着比你严重千百倍的苦，你怎么能视而不见？你以往并非如此，往日救人从不看富贵贫贱。再说，就算你认命，也不能叫她们认命。她们大声号哭，便是想活！”

方筵带着冲天的怒气转过身来，她只觉得这怒气没烧到别人，只灼得她内心备受煎熬，生不如死。她本也想救，但往日里被践踏的善心阻拦着她，告诫她要先保住自己再去救他人。她望着面前这对金童玉女，恍惚间她忘了这二位一个是自己名义上的夫君，一个是别人的夫人。面前这两位是自小被宠着、被娇惯着的公子、小姐，这更衬出她的卑微。两个在金银堆里供出的活菩萨正在斥责她这个自小便在巷口里讨饭的乞丐，斥责她没能在颠沛困苦中保持伊始的纯良与真意。她不想解释，索性故意心狠道：“我往日怎么了？往日里我偷偷行医，只是为了拿那些无权无势之人来练手，救万竹与救你娘，都是我为了在你万家站稳脚跟。我现在所求的就是少生灾祸，将万琦轩你治好，在李家医馆里衣食无忧。况且，若你们真如此心善，为何不亲自上去将女婴抱下来，何故非要借我之手？你们未曾见那些女婴的惨状，莫说即使救了也难成活，即使活下来，也不过再多一个我，我为何要救？若你们真心行善，好啊，莫用我的力气行你们的善，你们亲自上去救她们下来，我便在车里候着。”

最后，万琦轩与甘雅观一个女婴都没带上马车。方筵那一番冷言冷语抛出后，反倒叫他们“冷静”了许多，是啊，将女婴抱回去也无处安置……方筵在车夫身旁坐着，看着二人盘算来盘算去，料定他们会知难而退。实际上，她也并非真的无情，只是寄人篱下本就自身难保，况且，李家医馆在此多年，定对弃婴的事有所耳闻，却从不见师兄师父帮衬，便知他们不肯管这闲事。而且他们三人又无法妥善安排这么多女婴，还要另想办法才行。她这一遭劫难，只是想让万琦轩认命，认他已经不是大少爷的命，认他更应该珍重自身的命。

来时拥挤的马车内此刻宽敞了许多，方筵不愿与万琦轩二人同坐，便跨坐在车头另一侧，与马夫一块在外头受冻。车内二人你一句我一句的筹谋之声，大多是“何不食肉糜”的偏见主意，叫方筵心火更盛。她瞧见马车入了城，回李家医馆也没多少脚程了，便索性伸手将马夫手中的缰绳拉住，接着跳下了马车。

“万夫人！”马夫惊叫道。

方筵走街串巷，越走越偏，走到树影婆娑、不见人影处，她瞧着前面无尽的黑暗，停下脚步，静静等待着。她的心绪仍不平静，胸膛一起一伏。倏忽间，一道寒光落在方筵的脖颈处，一丝凉意抵上她的脖子，一双粗粝的手擒住她的手腕，将她往前一逼，逼入窄巷子中。

叫窄巷还是将那处地方叫宽了，那只是两栋房子间的窄窄一条过道，只有一人宽。

“要钱还是要命？”方筵身后的黑影低声问。

方筵道：“什么都不要，只要一服灵丹妙药。”话毕，方筵将脖子忽地往前一顶，无畏地迎上那刀刃。

那刀却在霎时间飞了出去，落在地上。

那黑影道：“出息了，这种玩笑也敢开！幸亏我扔得快。”

方筵转身，道：“老江，最近你们如何？钱够用吗？”

老江捋了捋自己身上的破烂衣裳，道：“放心吧，够用。只是万家现在没落了，你要是没钱，就紧着自己使，先别管我们兄弟几个，反正我们去要饭也可活。”

方筵宽慰道："放心，李家医馆每月给我两倍于药仆的钱。你们往日将我捡回去，这份恩情我永记心中，给你们几个碎铜板也是应该的。"

老江往后退了两步，道："方筵，你可从不这么煽情。说吧，可是有事相求？"

方筵见自己的心思被看穿了，便直言道："城南弃婴塔，你可知道？"

老江沉默半晌，道："你叫我去救那些弃婴？别想了，救不过来的，那塔自一年前破败后，一个月能送进去五个女婴。你救得了今日，救不了明日。"

方筵道："我晓得，但仍要救，就算让她们跟着你讨饭，也要救。您就当行善积德吧！钱的方面，我会多送些。"

老江沉默了好一会儿，方筵将地上的刀子捡起来，塞在他手中，继续道："我知道你带着那一帮人讨饭很不易。这样，你只管将女婴抱回来，剩下的我再想办法，行吗？"

老江左手一拍右手，道："罢了，往日里你送了那么多钱供我们哥几个，这次我便答应你。我明日带他们去抱回来先养着。我们只能管饱，好的东西她们可吃不上。"

方筵笑了，道："我会尽力多送些钱。只是，莫要等明日了，现在就去吧！"

"急什么？"

方筵不愿承认心疼那些女婴，只道："再冻上一晚上，五个能冻死三个。"她从怀中掏出几瓶药，叮嘱老江给还活着的女婴服下，祛祛风寒。

老江正要将药瓶接住，身后忽地爆出一声呵斥："放开她！"老江只觉得一把尖锐的刀忽地抵在自己的腰侧。

方筵一惊，偏头一瞧，那人横眉冷目，面色苍白，正是万琦轩。

"你怎么跟来了？"

万琦轩全身紧绷，道："你怎么偏要往人少处走？"又一指老江，"你，放了她！"

老江冲方筵挤眉弄眼，可腰间那一点冰凉亦叫他不敢动。

方筵道："他的刀子在我手中，你莫紧张。"

老江跪下，假意哭喊道："饶了我吧！下次我再也不敢了！"

方筵道："快走吧，他大抵也是饿到走投无路才心生歹念的。"她从怀里掏出几个铜板，往远处扔去。

老江立刻向那几个铜板跑去。方筵急忙抓住万琦轩跑出巷道，一直跑到灯影婆娑的大路上，这才放缓了脚步。

"我以为你还悠哉地坐在吴夫人的马车上。"方筵想说些感激的话，脱口而出的话却仍是酸不溜秋的。

万琦轩只道："吴夫人去寻安置女婴的地方了，但甘家老爷不愿惹麻烦，吴家又不曾多给她钱，恐怕……"

方筵深知老江是仗义守诺的人，他既答应了便一定会去救下女婴——他就是因仗义而落得个逃犯的身份，但方筵不能将此事说破，于是随口换了话头道："乌头案可有着落了？"

万琦轩眉头稍蹙，压低声音道："回去再说。"

李家医馆中，万琦轩终于将这一个月来他所查到的全盘托出。

"你可还记得，知县将我们送往府衙那日，二弟因其他的官司被临时叫出去了，这才有了他后来烧祠堂的举动。我二弟做生意向来谨慎，不太会与人落下争端，应是那幕后之人使了手段。他找借口将我二弟放出牢狱，再唆使他烧掉万家祠堂，在全县百姓面前羞辱我万家。我便顺着这条路查了下去，找到了当时在邻县状告我二弟的那个商人。那药材商人的店铺现已是个破房子，原户主极少出现，据邻居说，那是个休宁县人。我在破房外头蹲伏了好几日，没见到有人去。"

方筵道："万竹会不会被抱到破房子里去了？"

万琦轩摇头："不会。我曾给在破房外卖饼的一个老头治好了病，他便乐意帮我盯着。这几日他并未瞧见有人进破房子。但据邻居说，每月户主都会返回破房中洒扫除尘。算下来，大概近几日便要回去了。"

方筵望着万琦轩瘦削苍白的面庞，道："你应叫我与你一同去查，我名义上还是万家的少夫人。”

万琦轩垂眉道：“你既要在李家寻一席之地，等万竹寻回后我二人便和离吧。随后我自去流放，走之前我会将琦志送去春湖书院。只是我娘体弱，不便远行，你与琦志交好，还请你替代我娘半年去探望他一次。”

和离，是方筵早就做好准备的，但此刻再次听到这个词，她仍是止不住有种空洞感。

万琦轩说完，又摊开桌上一册书，往方筵那边挪去，指着其中两行道：“来吧，昨晚上我们还没争出个结论。李杲学说是有一定道理在的，调理脾胃至关重要。五脏以胃气为本，赖其滋养；如五脏有病，或补或泄，慎勿犯胃气……”

方筵道：“那我考考你，今日我见着塔内女婴有一症病，与你身上的病极为相似。按照你的说法，该如何去治？”方筵将那症状说与万琦轩。

万琦轩皱眉一思索，道：“你在套话，套出我如何医治自己的病症。既如此，我便告诉你……”

方筵忽地将书页一合，道：“你无须说。先前我答应你的，就此作罢。治你的病，还是我一人来，你不喝药，我自有其他法子给你灌下去。我只帮你找回万竹，完成二夫人的嘱托。”

“为何反悔？”

方筵眼前忽地浮现出甘雅观那“巧笑倩兮”的娇美模样，道：“做交易，讲究的是势均力敌、各取所需。大少爷，这两点我俩都做不到。我是个漂泊无依之人，如今成了李家门徒；你有无数牵挂，首要之事是为万家洗去冤屈。万李两家本不相容，你我二人，也做不成交易。”

方筵说罢，款款起身，往门外走去：“今日的论辩，就到这里吧。”

万琦轩对方筵这一番话并未回应，只问：“明晚上，你还来论辩吗？”

放在往日，万琦轩不会如此问。每日论辩早就成了他与方筵日常必做之事。一盏烛灯、两本书册，他与方筵便能在此忘却一切，只讨论如何救人治病。辩到忘乎所以时，他便觉得天地之大，只余他与方筵对坐天涯、互吐真心。往日他不会问，因为他晓得方筵会准时来到。但今日他却觉得，方筵以后可能不会来了。他与方筵之间，似乎多了一层薄纱，眼前这个唯一的知己好似要远去了。

方筵像一朵将要降下大雨的云，一脸阴沉，她并未回答便“飘”出门去了。她去了药房，在桌案前重新开始翻一本又一本的书，还未看进去几行字，门外药仆推门而入，道：“万夫人，药熬好了。”

方筵头也不抬，道：“你去送吧，我不去了。”

那药仆便端着去了万琦轩房中，不消一刻便回来禀报：“万少爷不肯喝药，把药倒了。”

方筵仍是专心看着书，道：“那你再端一碗去。他若再倒，继续端，端到他喝为止。辛苦你了。”

那药仆受过方筵的恩惠，应允下来。于是方筵便瞧见这一晚上，药仆从药材房的窗外来来回回走了五六遍。

方筵已经收了心思，专心地读着手中的书。沉浸书中，她方才能暂时忘却与万琦轩的种种。万琦轩的病，说好治却又拖得太久，说难治却又是婴儿们常发的病。这病在万琦轩身上也有点“历久弥新”的意味，十几年的光阴使这普通病变得“怪异”起来。

方筵又忆起自己在弃婴塔中抱起来的那个婴儿。她所言非虚，塔内确有一女婴，得的是万琦轩儿时所得之症：鼻流清涕，面浮腮赤。

方筵犹记得自己在一册书中瞧见过类似的记录。她往左转头，正要拿过那本书，却不小心闪了脖子。她低头低得太久了，桌案上的蜡烛即将燃尽，火焰此刻正落在铜制的底盘上，吱吱作响。

第十七章　捭阖

方筵发觉药仆的身影不在门外晃了，想来是万琦轩最后被烦得不行，将药喝了。她转了转脖子，从身侧拿出龚信所撰的《古今医鉴》，此乃她首次瞧见痘症与麻疹这些词的书，书中内容给了她无数的启发。

痘症之名，古代医籍中不见。方筵在一次与万琦轩的论辩中才知晓前朝有一个专门给小儿治病的郎中，唤作钱仲阳，对痘症十分擅长，主张凉解。万琦轩也曾借了钱仲阳的《婴孺论》给方筵读，方筵读罢收获颇多，这次她打算运用书中的治法来医治万琦轩。

忽然，那火焰彻底灭了。方筵收好书册，在无边的黑寂中席地而睡。她明日还得去老江那间草房里瞧瞧女婴们。将要入睡时，门外又闪过一个黑影，高高瘦瘦，一掠而过。方筵一惊，起身跟了过去。那人像只夜猫子，一路摸到院门口，用不知从何处找来的钥匙开了锁，将门推开一条缝侧身闪了出去。方筵在那人身后瞧着，看身形知道那是万琦轩——估计是他放心不下，要去邻县的破房里蹲守。看这熟练的样子，恐怕他这样干了许多回。

方筵猜对了一半，万琦轩正是要去破房那儿，但他并不打算耗在那儿。万琦轩摸了摸怀中的那个药包，奔向屠安尚家中。

“我这是最后一次帮你了。万夫人若是知晓了，定会怪罪于我。”屠安尚将驴缰绳交到万琦轩手中，撇嘴道。

万琦轩拍了拍屠安尚的肩膀道：“多谢。”他不敢耽搁，骑上毛驴，走小路出了休宁县，往邻县奔去。

毛驴停在破房门口，万琦轩从怀中掏出药包，将其打开，从里面取出一把黄色的小花，连带着翠绿的叶子一并捣碎，将捣出的汁液与糊状的药草全部糊在门上。这草药本来就臭，再一经碾压，源源不断的烂豆酱味直往万琦轩鼻孔里钻，将他臭得缩鼻皱眉。他唯恐不够，又忍着恶臭捣了些抹在上面，这扇门一下子比那晾晒裹脚布的杆子还要臭。他抹完最后一把，急忙后退，掏出水囊冲了好几遍手，手上仍然散发出恶臭。万琦轩将手尽量远离自己的鼻子，心中却欣喜无比：臭就对了，越臭越好。

"求求你了，就让我去里面找找！"妇人跪在草棚里，伏在老江脚边苦苦哀求。

老江将脚往上一抬，将妇人踢出草棚，面露凶色："现在哭有什么用？扔孩子的时候怎么不哭？"

妇人哭得脸上泪痕一片："不是我扔的，是她爹扔的啊！我去地里干活，他爹回去偷偷抱走扔了的。我不晓得啊！这是我自己身上掉下来的肉，我怎么舍得扔呢？"

老江一摆手："谁知道你要把孩子抱回去做什么！我可晓得你们村里以女婴为祭品祭河神求子的事。"

妇人一下又一下地磕头："求求你了！那让我看一眼吧！我不抱回去，我就看一眼！"

"既然不抱回去，还有看的必要吗？"抱着药箱赶来的方筵问道。

妇人闻言，转身又跪向方筵，像小鸡啄米似的磕头："我知道抱不回去，抱回去还会被扔，我就看一眼。我那女娃生下来就有病，浑身起了红痘痘，我只是来看看她，抱抱她……"

老江无奈地对方筵道："我们昨晚上去弃婴塔内抱那几个女婴，正好碰见这妇人，她一声不吭，跟着我们到这儿来了，非说她孩子在里面。"

方筵蹲下去，看着妇人道："看了又有何用？你家里人不允许你抱孩子回去，你也不敢反抗你家里人。就当你的孩子已经死在弃婴塔了吧。"

妇人一把抓住方筵的手，往自己心窝上凑：“若真是如此，我也认，但我女娃命好，遇见了你们，叫你们给救了。我只看一眼，就一眼……”

妇人含泪的一双眸子看得方筵心中酸楚：自己的亲娘可曾如这位妇人一般牵挂过自己？

“罢了，叫她进去看看吧。”

那妇人进了草房，一眼便认出了女儿。她像捧着无上至宝，将女婴紧紧抱进自己怀内，似乎要将女婴重新塞回自己身体里面，好叫她不要来这人世间受罪。她轻轻地晃动着女婴，眼睛里有着无限柔情，看着女婴的脸半晌，她才猛地一吸鼻子，将女婴轻轻放下，紧闭着双眼往外走，一句话也不敢说。

“你家住哪儿？叫什么？等你女儿长大了，我叫她去寻你。”

妇人一愣，站在门外回头望，方筵正给其中一个女婴把着脉。她面色平静，与那莲花台上的观音倒有几分相似。妇人留下了自家的地址，朝忙碌的方筵拜了三拜，含泪而去。方筵没接那三拜，她自认为受不起，她只是给女婴们瞧瞧，确认她们没什么大病她才安心。

“我待会送几服药来，劳烦你给她们熬了喝。”方筵说着从怀里掏出一个钱袋子。

老江不接，道：“钱你先留着，现在这些女娃娃也用不上。只是，这些娃娃得吃奶吧，这怎么弄？”

方筵也无可奈何，她这袋子钱连半个月奶妈都请不来。

不知何时，门外却又闪出那妇人的身影，她怯生生地站在那儿，道：“让我来吧，我每日来给她们喂奶。”

方筵问：“你家男人能同意？”

妇人道：“我每日要出去卖菜，午时才回去。”

老江一拍桌子，应承道：“行！你来喂这些小崽子，我去给你卖菜。筵儿，你不晓得，昨晚上这些娃娃们饿了，哭得我们几个头都要炸了！”老江与妇人一合计，定下了时辰，妇人便赶回去了，约定明早再来。老江先去熬些米汤给女婴们垫着，又熬了几服药。

方筵从郊外草房子回到李家医馆，被顶着一双黑眼圈的万琦轩堵个正着：“方筵，你再帮我最后一回，最后一回，算我欠你的人情。”万琦轩拿着一张纸条，失魂落魄地对方筵说道。

“我如何帮你？”

“去屠安尚家，将他家的狗牵来，跟着那狗走便可。要快些，不然万竹很有可能就没命了！”

“什么，你这话是什么意思？”

万琦轩并未回答。他骑在墙头上，穿着李家大师兄的衣裳，衣袖一坠，翻了下去。

屠安尚跟在方筵后头，手上牵着一条大黄狗。他不敢言语，却又期盼阴沉地走在前面的方筵能出口骂一骂他——那也好过闷声不语。大黄狗倒是兴奋极了，耸着鼻子到处嗅闻，好似在寻找什么重要的东西。

“你们何时串通好的？”方筵问道。

屠安尚低声道：“万大少爷在邻县衙门口闹事，叫捕快说出那日状告他二弟的是何人，捕快哪管他，对他拳打脚踢。我正好去送货，用一斤肉将他救下来了。”

方筵细细一思索。难怪李家的弟子说前几日万琦轩要了许多败酱草。败酱草可清热解毒，治疗泛酸烧心效果极佳，唯一不足之处就是其有腐烂的豆酱的味道，也类似臭脚的味。万琦轩将败酱草涂在门框上，叫那户主进门的时候摸到门上的败酱草，再叫大黄狗循着气味去找，便能找到大致的方位。

黄狗三绕两绕，走街串巷，终于将方筵与屠安尚带到一处地方。

方筵摸了摸大黄狗的脑袋以示嘉赏，抬头一瞧，却立时被府邸门匾上的“甘府”二字惊得愣在原地。她转头问屠安尚：“大少爷可知道是此处？”

屠安尚摇头：“应是不知道。”

方筵认为万琦轩是知道的，他叫她来就说明他晓得这婴儿可能藏匿在甘家。他与她说话时，手上拿着一封信，是谁送来的？信上可是有什么要紧的事？万琦轩为何说万竹要死了？这些问题方筵一时理不清。

方筵亲自牵过大黄狗，整了整衣衫，往甘府大门走去。

府门口的家仆见是方筵来了，客客气气地请方筵先在门口等候。方筵懒得理他们，她的注意力都在黄狗身上。大黄狗吐着舌头，眨巴着眼珠子，使劲往上跳，去嗅闻朱红大门上的铜环把手。

一个小丫鬟正从甘府内向大门走来。看到大黄狗，她嫌恶地将手拢在袖子中，脑袋偏向一边。

大黄狗却像是闻着什么一般，猛地往前冲去，跳过高高的门槛，蹦到了小丫鬟身边，将小丫鬟扑倒，不住地在她的手上嗅来嗅去。

方筵搓了搓手心被狗绳勒出的痕迹，不顾家仆的阻拦，冲进甘府，将大黄狗脖子上的绳子重新攥在手中。小丫鬟已经被吓得浑身颤抖，不敢睁眼。

方筵喝问："你今晨可去了邻县的一间破房？"

小丫鬟泪眼婆娑地从地上爬起来，慌张地回道："我不晓得万夫人在说什么！"

方筵缓缓地放开自己握住狗绳的手，大黄狗又呼哧呼哧地喘着粗气往小丫鬟身边凑。小丫鬟吓得连连后退，左脚绊右脚，摔在地上。

"再问你最后一次，去没去过？"方筵慢慢逼近她。

远处出现一个娉婷的身影，正是甘雅观。她迈着迅疾的碎步过来，道："万夫人不必为难我的丫鬟，我们的确是去过。有人告诉我万竹被抱到那里去了，我这才过去找。"

"那你们可有寻见？"方筵问。

"不曾，屋内什么都没有。"甘雅观叹气道。

方筵慢慢收回拴狗的绳子，问道："若我没记错，今晨是你承诺大少爷要去弃婴塔内接那些女婴的时辰，你可去了？"

甘雅观脸色忽地变了，她没有回答，只转身往正厅内走去。

方筵继续追在后面，问道：“谁告诉你的？”

甘雅观落座在正厅东向的椅子上，她偏着头，头上珠钗垂下来挨着她的脸颊，好似挂在眼角的一滴泪。她像一尊石像，定定地坐在那儿，眼神飘忽。方筵好似看见了雨夜池塘中的菡萏——纤细的花柄在苦苦支撑。

那朵“菡萏”缓缓地扭过头，面如死灰，道：“万夫人，没人告诉我那间房子是甘家的，我也没去接女婴——我昨日并不曾和你与万大少爷去过弃婴塔。琦轩猜对了，是我用钱收买了那个商人，叫他借官司之名把万琦富叫出去，唆使他烧了万家的祠堂。我只是不甘心，你这样嫁了无数回的人也能做万琦轩的夫人。”

方筵瞧见一滴又一滴泪水从甘雅观脸上滑下。甘雅观忽然急切起来，扑过来抓住方筵的手臂，道：“事实便是如此，我妒忌你，怨恨万家，所以才和那些郎中一同设了陷害万家的局。”

“我不信。”方筵道。方筵太平静了，平静到令甘雅观无法忍受。

甘雅观坐回了东向的椅子上，她将不停抖动的手藏在袖中，尽力挺直后背以维持她本来的端庄模样：“万夫人，那你见了万竹，便可信了。”她扭头吩咐仆人道，“去，把万竹带上来给万夫人看。”

不一会儿，侍从不仅抱来一个布包，还拎来一个瓦罐。方筵接过布包，打开一角一看，万竹一双黑漆漆的大眼正望向方筵。万竹的嘴角还有些许水渍，方筵伸手抹下，闻了闻，一股淡淡的药汤味。

“那瓦罐里放的是人参与五灵脂，是郎中教我的药方，叫我专门熬给万竹喝的。万夫人会看病，自然知道人参与五灵脂相克，二者同饮有剧烈的毒性。你救了万竹，在万家得以立足；那我便毒死万竹，看你如何交代。”甘雅观越说声音越小，最后几乎哭了出来。

方筵将万竹抱给屠安尚，自己伸手到瓦罐中掏出药渣，在手里摩挲着仔细看了看。瓦罐中的确是这两味药，人参片有指甲盖那么大，五灵脂被浸润得像一条粗壮的棕色蚕蛹。

方筵再一看瓦罐，瓦罐是新的，只有底部有火烧过的痕迹，罐体却仍旧光滑洁净。

方筵将瓦罐放在地上，重新抱回万竹，问道：“你想要什么?”

甘雅观用最后一点气力硬撑着道：“按理说，万竹也应被流放。所以，现在万竹要死了，衙门是不会管的，你们报官也没用，就请让万大少爷别再查下去了。”

方筵半晌没说话，只用手慢慢拍着万竹的背。万竹兴许感到些什么，含着手指慢慢地闭上了眼睛。方筵将万竹包好，对甘雅观道：“希望吴夫人能如愿，我先告辞了。”

甘雅观忽地身子一颤，终于从椅子上滑了下去，跌坐在地上。

方筵抱着万竹出了甘府，马不停蹄地往李家医馆赶。屠安尚牵着大黄狗跟在后面，义愤填膺道：“她一个妇人怎么对婴儿下得去手!”

方筵低声道：“不是她，另有其人。”

万琦轩冒名顶替私自出诊的事终究被医馆知晓了，李仲显大怒时方筵正在甘家，没有她出面解劝，李仲显的怒气是无可平复的。因此，蒋善唯唯诺诺不敢多言，弟子们更是连上前劝一句的勇气都没有，而万琦轩一句接一句地解释着，看起来更像在顶撞，气得李仲显命人将他关在了木屋里，甚至断了吃食和汤药。方筵回到医馆后，竟未劝师父半句，只孝敬地伺候师父吃饭、练字，然后如同旁人一般退下了。深夜，方筵偷偷端着饭菜和汤药到了木屋，瞭见端坐屋子正中央的万琦轩闭眼假寐、气定神闲。

方筵将饭菜一碗一碗通过细木杆送进去，放置在里面的石台上。碗底与石台一挨，便发出细微的清脆的撞击声，万琦轩就在这撞击声中缓缓睁开眼睛。

“万竹如何了?”

方筵正用一个小碟子盖在药碗上，听到万琦轩问便回答道：“并无妨，只是人参太过滋补，已经开了清火的药。你何时猜到甘家被人威胁了?”

“这几日并非拜佛的日子，甘家老爷与夫人却不在府中，吴夫人也在不恰当的时间回门，怕是我步步紧逼惊了那主谋，他才孤注一掷算计甘家。果然啊，你聪明异常，除了你没人能看穿我的意图。”万琦轩站起身走到石台旁坐下，开始慢条斯里地搛菜吃饭。

“那张纸条，莫非是主谋给你的?”方筳继续问。

方筳猜得不错，那人察觉到了万琦轩正越查越深，便先是以甘家父母为要挟，叫甘雅观将烧祠堂一事揽在自己身上，再写了字条说已给弃婴塔内点了一把火，若是万琦轩再追查下去，这把火就会燃在李家医馆的房顶上。万琦轩收到字条匆匆赶去弃婴塔，披着湿透的外衫进去，却瞧见那日打劫方筳的人正在带人将火扑灭，再一问才知原来方筳早就叫那几人将婴儿带走了。

万琦轩坐在肮脏的地面上，悠然道：“你是如何看出甘家有问题的?”

方筳面前浮现出那只瓦罐：“吴夫人自称受郎中的指点给万竹下药，我看着却不像。首先，没人熬药会用瓦罐；再者，罐底发黑，罐体却十分洁净，说明熬药的时候一直用的是文火，但我学医第一天便知道，熬药须得先使武火，再用文火，如此既能保证汤水失得少，还能发挥草药的最大功效；此外，不是所有的草药都适合熬煮，尤其是人参、三七一类珍贵的药材，干磨成粉与其他汤药一并服用最佳，而瓦罐中却多是切好的参片。此外最奇怪的是，吴夫人用的是人参与五灵脂，此处出于‘十九畏’，其中一畏便是人参畏五灵脂。这一畏是真是假其实并未有定论。我与王之堂学医时，他曾将这两种药同用，有着绝佳的活血散瘀功效。那些郎中要真的想毒死万竹，断不会使真假不定的药方。如此多的破绽，绝不是郎中所为。不过还有一点，算是吴夫人特意提醒我的：我第一次去甘府时，即使家中长辈不在，她也只是坐在侧位，而今日她却坐在了主位上。她很聪慧，也心善，难怪你倾慕她，的确是个端正大方的奇女子。”方筳感叹道。

“我何时倾慕于她?我往日与吴夫人交好，只是因她不像其他人一样看不起当时做廪生的我罢了。更何况往事如烟，早飘散了。”万琦轩淡淡道，“看来你还是有许多误会。”

“我何时对你有误会?”方筳忽然愤愤不平了。

“弃婴塔外，不是误会?你早就做好了抱走女婴们的打算，却因我无意提及你的身世，便觉得我不食人间烟火。我只想着救人，从未想过要伤你分毫，也怪你反叛，竟索性把自己说成利益熏心的小人。”万琦轩捧起碗，将剩下的几颗米都倒进嘴里。

方筵把汤药递进去：“我是真的唯利是图。我想在休宁县有一家属于我的医馆，不冠夫姓，就叫方家医馆。”

万琦轩将手放在盖碟上，却不端起来喝。他望着方筵，似乎要望进方筵的心里去：“方筵，你与一般女子不同，你渴望做那些男子做的事。”

方筵哈哈大笑起来，道：“男子做的事？何以世间的事也和人一样，分得雌雄？我只是不想被捂住嘴巴、禁锢手脚，不像你们天天嚷着要做一番大事，然后去追逐名利，互相斗得头破血流。在我看来，人命即是最大的事。你不明白这世上和我一样出身的女子有多少，弃婴塔只见一斑。我不仅要救塔里的孩童，还要为塔外和我一样的女子谋一份地位，让世间人都看看清楚，我们究竟是浪费了几斗米，还是养活了多少人！”

方筵和万琦轩隔着破窗聊了许久，她第一次见他不像达官贵人正襟危坐，而如市井小贩一般席地而坐；他也首次惊讶于她的雄图壮志，原来市井小民也有心愿，且愿为之先强大自身。

第六卷　穷途末路

第十八章　缘灭

“十多年前，休宁县遇上百年不遇的大风天。街道上桌椅板凳乱飞，唯独这块匾还坚固地在上面挂着一角。牌匾在风中不断击打门楣，发出犹如炸裂般的声音，将正在发着高烧的琦轩吓得彻夜难眠。我心疼极了，不顾老爷的斥责，执意要将牌匾取下来。老爷觉得取下牌匾是不好的兆头，不叫任何人帮我，我就一个人上了高高的梯子。牌匾太重，我手一滑，便有了这处豁口。”蒋善抚着万家牌匾道。

此去经年，万家的牌匾终于还是落下来了，被四个人安安稳稳地抬了下来。

“万家没落了，但有些东西不该没落。”蒋善站起身来，“小筵，我知你与我儿子貌合神离，不久后连夫妻之名的羁绊也要除去。但你要走的路太过漫长，太过艰难。你得有一个人与你互相帮衬、互相扶持。虽然我们是母子，但举人不避亲，我仍旧觉得琦轩是一个不错的选择。当然我也不会强求，你好好思虑思虑。”她向方筵伸出手。

在方筵心中，眼前这位蕙质兰心的妇人在这一个月之内，带给了她不曾体会过的长辈之爱，这爱体现在给出诊归来的自己端来一碗热气腾腾的汤食，体现在给在藏书室打盹的自己披上一件外衣。方筵起身，将手放进蒋善的手中。婆媳二人并肩同行。

五日之后，方筵在黑屋外等候万琦轩出来。那又是一个大雪之日，方筵带到了来自甘家的好消息。

“甘家老爷与夫人都安全回府了，吴夫人也回了吴家。我去了吴家与甘家，叫他们先不要报官。”方筵道。

方筵将斗篷披在万琦轩的身上，又塞了一个汤婆子在万琦轩手中，从窗边拿起一把伞，展开在万琦轩头上，替他挡住满天飞雪。万琦轩一手抱着汤婆子，一手伸出伞外。洁白的飞雪落在他泛红的指尖，久久不化。

“休宁县极少下雪，此月却罕见地来了两场。”万琦轩淡淡道。

“所以你得早些治好病才是。”方筵将他的手拉回伞下。

二人走向满天风雪中，将厚厚的雪层踩得嘎吱响。

“今晚继续论辩吧，按你说的早些治好我的病。”万琦轩走到屋檐下，跺脚抖下鞋面的积雪。

方筵瞧着那雪在青石板上渐渐化作一摊水，只觉得自己心里的坚冰也融化了。

方筵没等到晚夕时分，下午便匆匆敲开了万琦轩的房门。

“我不曾记得痘症会传染，对吗?”方筵带着满身风雪闯了进来，一同涌进的凉意引得万琦轩连连咳嗽，方筵赶紧后退几步。万琦轩看方筵发上和鞋底都沾着雪，便猜到方筵是出去了。他拿起旁边衣架上的斗篷，上前两步，给方筵披上。方筵脸上泛起片片潮红，呆愣在那儿任由万琦轩系好斗篷。万琦轩大概也没料到自己会如此做，耳根也慢慢红了。

“起码我之前得过的痘症并不会传染。”万琦轩道。

方筵为了缓解心中的不自在，急忙道：“但那几个女婴都出现了一模一样的痘症!”

万琦轩大惊失色，立即随方筵赶到郊外草房中。那些女婴比几日前整洁了许多，室内也被那妇人收拾得十分干净。

方筵指着五个婴儿对万琦轩说：“这五个女婴本来好好的，突然身上发起不同程度的红疹。最先长痘的那个很奇怪，我给她开了几日的药，却一直不见好转。这病与你幼时所得的病极为相似，我想着，若是能治好这女婴，你的病也有希望治好了。”

万琦轩将那几个女婴翻来覆去地察看，又将老江与那妇人叫过来，翻来覆去地问发病前给这些女婴吃了什么、喝了什么，平日里都接触什么物件，一桩桩一件件，问得极其详细。可问来问去，依旧毫无头绪。

万琦轩见那妇人抱着最先长痘的女婴，一脸歉意，心里忽然明白了，他问道："这是你的孩子？"

妇人点点头，道："我娃生下来就有这毛病，没想到染给了其他的娃娃们，真是罪过啊！"

方筵宽慰道："大娘，莫要这么说，这病并不会传染。"

万琦轩并不说话，只搓着手踱步到了门外。

"我有个猜测，不过这猜测太过冒昧。"万琦轩踌躇道。

方筵道："但说无妨。"

万琦轩接着说出一番似晴天霹雳般的话："依我看，这病是传染的，不是在女婴间相传，而是那位妇人传给几个女婴的。"

"此话何意？"

万琦轩继续道："你可诊过那妇人？你瞧她，有痘症的些微症状。只是她已成年，身强体壮，典型症状并未表现出来。现如今六个孩子都是她在喂奶，恐怕问题就出在她身上。几年前曾有一薛姓郎中拜访过万家，他与家父探讨医术时，曾提到一个想法：他说乳母的体质、情绪、饮食、疾病等因素皆有可能会引起小儿病，若要医治，须得同时治疗乳母与婴儿。此外，药物通过乳汁可以对小儿起治疗作用。"

方筵恍然大悟，惊叹道："妙哉，妙哉！"

万琦轩却没有方筵的欣喜，频频蹙眉道："但当时薛郎中也只是猜测而已，他曾说若有成功的例子，一定会再次造访。几年过去，未闻佳音，我也不能确定此思路正确与否。"

方筵道："若此理论可行，那你的病，我大概会治了！"

方筵以前总觉得，自己开给万琦轩的药方一点问题都没有，但就是效果甚微。万琦轩这一番话倒提点了她，叫她将目光放远些，放到万琦轩的乳母蒋善身上。蒋善体弱，极有可能在哺乳万琦轩时将病气传给了万琦轩，这病气经年后在万琦轩身上体现得不真切，却时时刻刻影响着他，折损着所有药的功效。

方筵便将自己的想法说与万琦轩听，万琦轩赞同道："不错，我本还不敢下定论，但今日一瞧这妇人与六个婴儿，我就觉得薛郎中说得错不了。"

方筵利利索索说道："那便试试。"

李大弟子去书房寻师父李仲显时，手心发汗，两腿颤颤。虽说近日来发生的这些事并非自己所为，但却也和自己有关。不过，师父又怎能挑他的错呢？他错在何处？错在没将自己的衣裳看好，叫万家大少爷偷走并出去走了好几遭？错在自己与万家大少爷的医术相差甚多，那些慕"李家大弟子"之名而来的乡亲们，倒觉得真正的李家弟子治得不好。归根结底，还是错在他不是万家大少爷，若他自幼日日受名医熏陶，日日去藏有金料的药铺玩耍，自然对病症、药理早早通晓，也会被人赞为天赋异禀。如今，那些乡亲们见此大弟子并非亲往家中嘘寒问暖、问诊开药的彼大弟子，便破口大骂、吵吵嚷嚷，偌大的李家医馆找不出一个郎中合乎他们的心意。他们站在医馆门口，叫嚷道："这不是先前给我看病的郎中！你们这群骗子，李家医馆是黑店！"

这一闹，惹得无数人围观。有好事的问这位怒火中烧的乡亲，那个给他看病的长什么模样，那位乡亲便描述出了一副面如冠玉的俊俏面容，好事之人连连感叹，这哪是李家的人，这是万家医馆的万大少爷啊！

此话一出，不知过往的乡亲纷纷感叹万家的人终于还是出来给人看病了，知道过往的同门却少不了讥讽一番，说李家收留万家病子，好心被当作了驴肝肺，反倒叫对家的后代砸了摊子，种种不堪入耳的语言，都一一钻进李仲显的耳中，把李仲显气得胸口闷疼。

"你过来，为师交代你一件事去做。"李仲显虚虚地摊开手，向大弟子晃动几下。大弟子恭敬地凑上前去，将耳朵凑到李仲显的嘴边。李仲显抓着大弟子的肩膀，艰难撑起来说了几句话。

大弟子一听瞪大双眼，压下声音道："师父，真要如此吗？"

李仲显掐着他的肩膀，凹陷的面颊上两个黑漆漆的眼珠更为凸显，他死死盯着大弟子说：“是万琦轩有违纲常在先，我李家无忧。”

大弟子将师父扶起来，让他好好靠在椅背上，道：“师父，其实你是为了保护万家人，对吗？外头的传言我也听说了，其他经方派的郎中对万琦轩愈发不满，都憋着坏要再整治他，你虽对万琦轩私自行医不满，但也认可万琦轩的孝心与精湛医技。你叫我以万琦轩擅自行医之名报官，将万琦轩驱逐，是想让他早日离开是非之地。”

李仲显拍拍弟子的肩膀，叹道：“不愧是你，终究还是有些机灵。”

弟子叹了口气，道：“你若真的要陷害万琦轩，便不会叫我等万琦轩病好再报官了。”

李仲显望着门外苍白的天，怀念与万守严斗的那几天，亦怀念被迫潜心钻研医术的日子，那时候有万守严日日逼着，他在医术上倒长进不少。现在的郎中们糊涂度日、不求上进，得思量好一阵才能想起书上是如何记录病人脉象的。如今“悬壶济世”的“壶”成了金壶银壶，“济”得也不知是哪家的千金贵胄，倒苦了寒门百姓无人肯“济”，所以他要留住万家的后人，期待有朝一日可再将那“悬壶济世”光明正大地高高挂起。

天幕低垂，星子高悬。方筵与万琦轩同坐桌案前，共同撰写着一本书册。方筵执笔，端坐中央，几起几落，便写下几行娟秀的小楷。万琦轩研磨，在砚台里研出浓密的墨汁。方筵写到最后，抬头看向万琦轩，问：“你可记得那薛姓郎中尊姓大名，我们要给他记载下来才好。”

万琦轩想了一会儿，道：“单名一个铠字。”

方筵蘸了蘸墨汁，正要落笔，鬓边一缕青丝翩然垂下，万琦轩先一步抬手，熟稔地将之替她挽到耳后。方筵的笔尖一颤，最后一笔弯钩往上翘了多半点。

“多亏了这位薛郎中，启发我按照夫人的体质调整了药方，才使得你这病逐渐好转。”方筵卷起书册，“这册书写成之后，我便誊抄一份给你。”

万琦轩从方筵手中接过书册，稳稳当当地放在一旁，道：“不必誊抄了，我与你共用一册便可。”

一向聪慧的方筵此刻却没听出万琦轩的言下之意，或许她是听出来了，但不愿相信。万琦轩见方筵毫无反应，索性摊开了说：“和离之事，等到了我流放之日再说吧。你我二人这几日相处下来轻松自在，你笑得也比往日多了。剩下这不知多少光景，不如珍惜眼前人。”

方筵心中起起伏伏。万琦轩与她不同，他曾身上带病，却享尽万府上下无尽的宠爱。万守严教他医术医德，蒋善教他美丑善恶。他是万府养出的一棵芬芳馥郁的兰花，日后也会是她头顶的一轮月亮。她自然明白，万琦轩对她大抵也生出了喜爱，只是他即将被流放，不忍叫自己跟着受苦，他因顾忌而变得不坦荡，不敢倾吐爱意，只将二人说成知己。

方筵慢慢地将笔悬挂起来，她不晓得万琦轩的心也悬了起来。方筵猜得没错，万琦轩的确对方筵生出一种倾慕之情，倾慕她的果敢睿智，倾慕她的决绝随性。但他不知方筵对他是如何的感受，他是戴罪之身，怎么敢去奢求方筵与他琴瑟和鸣。再说，方筵若是因男女之情便跟他走了，放弃自己的志向，万琦轩只会感到可惜。他倾慕的方筵，是意气风发、风雨不催的方筵。他此刻忐忑不安，等着方筵的回答。

方筵挂好笔，道了一声：“好。”

四目相对，眼波流转。

若没有县衙捕快的闯入，这大抵是方筵与万琦轩相识后最美好的一刻。但捕快提刀破门，强势闯入，二话不说便下令拿人，一群人蜂拥而上，将万琦轩这间小屋围得水泄不通。万琦轩含情地喊了一句“夫人”，方筵却连看都未能看他一眼，甚至仍口口声声唤着“少爷”。捕快将万琦轩押着走至庭院中时，蒋善与万琦志闻声而出。万琦志一手搀扶着面如死灰的蒋善，一手拉住将要奔出去的方筵。

万琦轩因私自行医事发被县衙发配走了，县衙内的人说万琦轩不思悔过一错再错，故不令北上去往万家人所在的北平行都指挥使司，而是随着商队去往西域。他被抓走的第二天，方筵再一次造访县衙，只为求一事：“我是万家的少夫人，恳请与万琦轩同行。”她不肯称万琦轩为“人犯”，只来来回回地磕头，一边磕一边重复着，“同行……”

最终，万琦轩靠着万家大少爷的身份求得了笔墨纸砚，当堂写下和离书，并以自己的性命立逼方筵签了字。方筵拿着一纸和离书回到了万琦轩的房中，往日她嫌弃这屋子，如今万琦轩不在了她倒想赖在里头。她坐在门槛上，想着那日万琦轩看雪的模样，孤零零地望着远处空荡荡的院子。她一回头，便瞧见地上散落着昨晚与他一同撰写的书册。

后面几日，方筵越发觉得自己变得阴沉而郁郁寡欢，发呆的时间愈发多了。方筵活了十七载，平生第一次倾慕一个男子，却如此迅速地结束了，她只感到浑身无力，仿佛什么都抓不住，失落感像一张麻绳织就的网，将她兜头网住，却又露出洞洞眼眼，叫她难以忘却与万琦轩的种种。

接着，“天煞孤星”的传闻再次席卷整个休宁县——万家现在的遭遇便是最好的佐证。铺天盖地的谩骂像狂风席卷每条街道，最后卷到了方筵身上。方筵一开始还仅仅是靠在牌匾上，万琦轩被流放前一日，她已经钻进了牌匾与墙壁之间的空隙，只瞪着一双失神的眼睛望着外面。她心里郁结着，仿佛有谁将她的心攥住了，一丝一丝的疼痛不断折磨着她。

北风呼啸，卷起云烟，在广阔的天地中翻涌。方筵一行人跟在流放的队伍后面，远远望着万琦轩虚弱的背影。方筵偷偷抹泪，蒋善却突然上前打了她一巴掌，吼道：“若你真与琦轩去了，世上便再无方筵，我也无了依靠。琦轩敢写下和离书是信命，他相信你们总有再相遇的一天。你怎可认定他一去不返，怎就信了造化弄人！”

曾经的万家大夫人脆弱又毫无主见，没想到如今家道中落却反而像极了当家主母，一番话说得人人目光炯炯，唯独方筵仍面如死灰。送走万琦轩后，方筵又钻进了空隙里，在那狭小的天地中，呆愣愣地看着焦急的李仲显，看着被老江抱来的女婴，以及只知送吃送喝的屠安尚。

最后，是万琦志先让方筵开了口。那日万琦志带着薄衫而来，刚将它披在方筵身上便来了一群人，他们粗野地用铁钩扎在万家牌匾上，不由分说地往外拖。方筵跌跌撞撞地追，万琦志却紧紧抱住她：“嫂子，走吧！离开休宁县，别叫大哥再担心了！”

第十九章　讹诈

原来，蒋善在堂审过后便萌生了北上寻找万家人的想法。万琦志向李仲显求了两辆马车与两个家仆。李仲显是赏识方筵的，他没料到送走万琦轩会让方筵思恋成疾。其实李仲显心下一直存疑，流放万琦轩一事虽木已成舟，但却也不必去往凶险的西域，何况知县仍记着万家的好处，他也从未落井下石，可若非有人从中作梗，万琦轩何以要吃比斩立决更狠的苦？再细细琢磨万家获罪的经过，李仲显不得不赶走方筵，好让她别中了奸人的计，使万家彻底断了杏林的苗子。

方筵等人一路北上，从隆冬走到了仲春，沿途打听万家人的去处，也偶尔给乡民出诊换些钱。这日，方筵与蒋善给一家人看病。看完后回驿馆时，突来翻天覆地的大风，待带着满身沙土狼狈回来时，蒋善已经冻得嘴唇发紫。方筵赶忙借了驿馆的炉子，熬了驱寒的汤药，交代家仆蒋善的汤药必放凉了再饮。这一路颠沛流离，好在屠安尚舍命陪着，方筵自然少不了给他一碗。

此处远离休宁地界，万守严等人曾路经此地，乡民们极少见满腹经纶的贵人，对他们十分好奇，听闻万家三少学富五车更钦佩不已，因此当方筵等人驻留时，万琦志便寻得了教书的活计。眼下狂风肆虐，万琦志仍出门教书，方筵这个嫂子自然心疼，免不得多照顾些。尽管如此，蒋善却总说万琦志本应考取功名，教些乡野村夫实在可惜，万琦志倒乐得自在，体会着成年男子养家糊口的满足感。

驿馆中，蒋善正缝补着衣裳，针戳进布里，直直地杵着，方筵走近了，才听见她正低语："老爷信中说过，北方黄沙多，应该快到了吧？"

方筵拿走枕下的书册，悄然出去了。她在马车内写下今日外出诊病的见闻，以及不同病症可试用的药方。写罢，方筵发现书册已然快记满了，犹记得那晚与万琦轩共写薛铠郎中之名时，这书册才写了不到一半。

"筵儿，琦志被人挟住了。"蒋善急匆匆地奔来，手上捏着一张黄纸，上面草草数字：损货赔付，令郎得归。

"报官！琦志他走路一向很稳，怎么会无缘无故撞翻别人的东西？定是被人讹诈！"蒋善愤然道。

屠安尚听闻立即道："不可！夫人稍安勿躁，我们在此人生地不熟，又不清楚他们的底细，若轻易报官只怕他们相互维护，不仅救不了三少爷，反而赔了夫人又折兵。"

方筵点头以示赞同，随即对蒋善道："夫人，还请借我你的银针。"

蒋善不解："你要银针做何用？万万不可轻举妄动。不如我与你同去，最好多叫几个人，大家一起去，一旦遇事也有照应。"

他们用了一个时辰才到城内，稍一打听便得知歹人的住所。原来，城中有一伙流窜犯，专门在摊位上放置不稳的高瓶，一旦有人走过，高瓶便会落下，他们便以此为由头打劫，城中已有数十人着了此道，几乎赔得倾家荡产。这伙人屡设陷阱却无人肯管，不过是因为他们不难为本地人，只敲外地人的竹杠，城中捕头那边他们也使了钱。

大概是天高皇帝远的缘故，即使到了戌时，城内依旧灯火通明、人头攒动、火树银花。马车忽地闯入一片喧闹之境，人们都满面春光、笑盈盈地欢迎着进城的马车。街边卖糖葫芦的、做花灯的、剪窗花的正在叫卖。不论是天上地下，都飘着一盏灯，映得人亮堂堂又醉醺醺。马儿放慢脚步，路过一排挂着的字画，其中一幅写着："踏歌断续屏音乱，烛焰参差火树明。"几人便一刻不停，直直奔向保济河上的保济桥。

马车沿着河边往桥上走，朦胧的月色下，屠安尚见远处弯桥下卧着一个人，穿的是夫子的衣裳，不正是万琦志？万琦志被捆了手脚、口里塞了破布扔在桥下，不仔细看还真瞧不出那堆乱草里有个人。

方筵将帘子掀开一条细细的缝，眼睛贴上去瞅了瞅外面，心里有了底。万琦志前方的河岸里，一个泡得发黑的木头箱子搁浅在水中，离万琦志不到三尺的地方有个白胡子的钓鱼翁，看似已昏昏睡去，实则半眯着眼死死地盯着万琦志。顺着钓鱼佬偏头的方向去看，桥上水泄不通地围了一处，一人背靠保济桥，又是张臂又是抬腿，惹得人群不时发出阵阵惊呼。

方筵放下帘子，整了整衣裳，道："我先去瞧瞧他们到底是做什么的，你们先去四周转转，摸清这附近的巷道构造。"

方筵远远地便下了马车，抚了抚青丝，一副温婉可人的样子，往保济桥上走去。屠安尚不放心，便跟在她身后，愈发衬得方筵像某个府邸的小姐，带了家仆出来赏灯。走近后，方筵藏在人群里终于将里头看了个真切。

层层的人群围了半个桥，里面是两个容貌相似的兄弟在表演杂耍，他们身后有个用一把拇指粗细锁心的大锁锁着的小木箱子，高高地摆在凳子上，供菩萨般供着。他们不知如何变出两个半人高的大酒缸，上面用红绸子堵得严严实实，一块寻常井口大小的石头镇压其上，好似里面有什么妖魔鬼怪，若不压着，就会跑出来在街上大快朵颐行人。

那年长一点儿的跳上其中一只酒缸，像只猴子似的大大咧咧蹲在上面，高声道："各位看官，今日我们兄弟二人给您各位开开眼！自古喝酒喝陈不喝新，别看这酒缸年岁已久，这红绸还没那花灯红，但这缸里可是连神仙都垂涎三尺的好酒！诶，有人问了，这酒是拿啥泡的？这么神气！这问到点子上了！你们有谁见过粗一尺、长七八尺的大蛇？"

那哥哥用手比了一个与人的腰腹差不多粗的圆，瞪眼挑眉，继续道："没见过吧！那不是蛇，而是地龙！若是能喝上一口这地龙泡的酒，那是无上的滋补，无上的荣幸啊！"

此话一出，人们纷纷凑近那酒缸子，还有的耸动着鼻子不停嗅闻着："也没闻见酒味啊？"

哥哥一巴掌拍过去，将那人拍得后退几步，道："我拿了三层的绸子封着，你要能闻见就不是人了！”

人群哄笑，一半问：“那是什么？”

另一半高声答：“狗呗！”

此刻还真有一条大狗夹着尾巴叼了一块干巴的棒骨从人群中穿梭而过，又引起人们一阵哄笑。那哥哥见自己累死累活铺垫了这一场，倒叫一只畜生抢了风头，气得扔出一个石子，那狗“呜”的一声往旁边一窜，随后跑远了。

“来来来，还是看这边！难道我这地龙泡的酒还没一只狗对你们吸引力大吗？”

有人问：“你怎么证明你缸里的酒是地龙泡的？”

哥哥狡黠一笑，神神秘秘地跳到另一只缸上，献宝似的将缸拍得“咚咚咚”闷响。他眯起眼睛咬紧嘴唇趴在缸上听了半天，渐渐地，缸竟自发地也“咚咚咚”响了几声。在围观众人震惊的眼神中，哥哥得意地说：“怎么证明？这就是证明！当年我兄弟二人闯北疆，在冰天雪地中就快要冻死了，没想到一眨眼，瞧见前面一座小山带着一个黑项圈，待我们走近了，才发现是两条地龙互相咬着尾巴盘在半山腰！现在啊，一条进了这酒缸，一条就在我脚底下！”

人群惊呼，纷纷后退，方筵憋笑憋得脸颊通红。

哥哥继续道：“你们不是要证明吗？稍安勿躁，待我与弟弟再给大家表演几个，助助兴，再将那地龙放出来叫你们开开眼！”于是那兄弟两个又开始忙活起来。他们喷了火龙，抛了盘子，踩了高跷，惹得围观的人越来越多。待到最后一项，弟弟站在下面举起双手，手心上分别竖直立着两根手臂粗细的木棍，哥哥纵身一跃，跳到弟弟的肩膀上，在欢呼声中，正预备再跳一次落在那木棍上时，方筵却不知怎的觉得他们要出点“意外”了。果不其然，那哥哥不知是怎么，身子一歪，从弟弟的肩膀上向前扑去，弟弟“哎哟”一声扔了木棍，只抓了一条腿，哥哥身子一偏，半个胳膊都砸在酒缸上。

“哎哟哟——哎哟哟——”哥哥躺在地上凄惨地叫唤着，脸皱得像一块破抹布。

弟弟急忙扶起哥哥，问道："我的好哥哥，可摔着哪儿了？"

哥哥"哎哟哟"地叫着，动了动两条腿，又动了动左胳膊，再动动右胳膊，发现右胳膊纹丝不动，就那么软软地耷拉着。

弟弟立时显出一副大惊失色的样子，拉起哥哥的右胳膊在空中转了一周，叫道："好哥哥，你这手废了！彻底断了！"

围观的人纷纷去看，那胳膊真的绕了一周，在空中画了一个规整的圆，不由得皱眉呲牙。

弟弟放声大哭，哥哥挥起左手一巴掌拍到弟弟脸上，吼道："哭什么，快去拿药酒抹上！"

弟弟好似恍然大悟，从身后那个小木箱子里掏出一瓶药酒，倒在手上抹在了哥哥那条软瘫的胳膊上。哥哥则喋喋不休道："幸亏我们有这地龙泡的药酒，包治百病。诶，一抹上我这胳膊就感到暖和极了！"

过了半晌，哥哥忽地举起右手，自如地左右摆了摆，向围观的众人展示："看，你们这下该信了吧！"

有人惊叹出声："你这药酒还有吗？我要买！"

这一声出来后，人群不断涌向兄弟两个，纷纷掏钱要买那木头箱子里的东西。哥哥还大方地将自己的胳膊呈给其他人看，叫他们任意拉拽揉捏。方筵终于憋不住了，假装咳嗽，抬起手臂用衣袖挡住脸后放肆地笑了一番。她对屠安尚道："你也去，别的不做，只要用力将他的手臂朝正下方一拉就行。"

屠安尚虽看不懂其中奥秘，却对方筵向来是唯命是从。他挤进去混在买药的人中，然后看准时机快准狠地一拉，一声凄厉的惨叫破开人群，直冲云霄。等人群散开了，那哥哥左手扶着右手倒吸凉气时，屠安尚早就跟在方筵身后返回了马车上。

方筵回去时，见蒋善正在一根根地擦拭着银针，便晓得蒋善这是紧张了。她宽慰道："夫人莫要担心，只是四处流窜的流氓罢了，我有法子对付他们。他们借些障眼法哄骗大家买药酒，说是有奇效，实则只是在里面加了由丹砂、雄黄、白矾、曾青、慈石组成的五石散，可暂时缓解疼痛，却半点药效都没有。”

屠安尚继续发问道：“那为何他擦了药酒胳膊就接上了？”

方筵道：“他那胳膊是特意掰了的，学过按摩推拿的师父们都会。只要他想，随时能断，也随时能接上。我叫你用力拉那一下，他并未料到，这才真正地脱臼了。”

蒋善问道：“既如此，如何救出琦志？”

方筵瞥了眼银针，道：“他们使障眼法，我们也使一个。这些我见多了，你们待会儿只需按我说的去做即可。夫人，还得请你带着银针出马，吓唬吓唬他们。”

蒋善点点头，道：“你尽管说吧，我们该怎么做。”

保济桥上再次断掉的胳膊叫众人一惊，弟弟还以为是哥哥故伎重施，急忙又掏出一瓶药酒要往上抹。哥哥忍着钻心的疼痛，哪敢抹药，他晓得这回是真的伤了筋骨，靠自己那三脚猫的功夫绝对接不回去。他只能不住地给弟弟使眼色，但大概真的疼极了，他一眨眼倒显得更加龇牙咧嘴，这样貌看在弟弟眼里却是哥哥演得无比逼真，于是直接将半瓶子药都倒在哥哥手上。等到药酒在哥哥的胳膊上干了，众人也没见那胳膊再抬起来。

哥哥一巴掌扇在弟弟脸上：“笨死了！”

弟弟委屈道：“你以前可没出现如此状况，怎能怪我！”

哥哥一口牙齿都要咬碎了，道：“确实，看来有人捣乱。”

就在这时一双绣花鞋迈到哥哥面前，同时响起一个姑娘家的声音：“怎么卖？”

哥哥没好气地吼道：“不卖！全都打碎了，怎么卖？”

那双绣花鞋仍旧不动，哥哥又听见那姑娘说：“我不买桥上的酒，我买桥底下那个。”

哥哥心里大喜，吼着让弟弟扶他起来，待站稳了，他才瞧见对方是个瘦瘦弱弱、白白净净的姑娘，形单影只地站在面前。这人正是方筵。

“钱带来了吗?”哥哥不怀好意地笑着问。

方筵点点头：“自是带齐了，只不过我拿不动那么多，你得跟我到我家里去取。”

哥哥点点头：“没问题。”他吹了声尖利的哨声，不消一会儿桥下的钓鱼翁便带着被捆绑住的万琦志走上桥来。

哥哥叫方筵走在前面带路，方筵带着他们下了桥，七拐八拐到了一处院落外。方筵假意掩面拭泪，道：“便是这儿了。只是钱箱子在屋里，钥匙在我那痴呆的爷爷手中。我那爷爷只认我弟弟，只有将弟弟带进去才能拿到钥匙。”

哥哥半信半疑，又听见方筵说：“你们有三个人，不妨让两个人抓着我弟弟进去，装作我弟弟的朋友，去我爷爷那儿取钥匙。”

兄弟二人与钓鱼翁一合计，决定由哥哥和钓鱼翁带着万琦志去取钥匙，方筵心下暗喜，推开门将两人请进去。

弟弟在外面候着，一直等到自己将要睡着了，一个踉跄差点磕到地上，才发觉不对劲：“那两个怎么还没带着钱出来?”

于是，这弟弟便踹开门闯进去，却发现里面分明是另一条街道，三个方向皆不见人烟。

原来，那二位刚抓着万琦志进门，便被躲在门后的屠安尚与驿站小哥死死捂住嘴，用刀子抵住后腰。恐慌中，那二位瞧见方筵忽然像换了个人似的，早已退去身上的柔弱，变得如同一只吊着眼睛瞧人的狐狸一般。方筵眼射寒针，针针扎在这二人身上。他们不得不将万琦志松开，转而用哀求的眼神望向方筵。

方筵扶住倒下的万琦志，给屠安尚使了个眼色，屠安尚便将那两个人押着往前走去，一连穿过几条巷道。一行人一直走到一间废弃的破房中。哥哥与钓鱼翁暗自蓄力，试图找准机会猛地挣脱开并打他们个措手不及，但没想到身后之人将他俩紧紧抓着，一刻也不曾松懈。哥哥只好哀求道：“女侠，放了我们吧，我们有眼不识泰山，你大人有大量，别和我们一般计较。”

方筵莞尔一笑，这笑蒙着一层惨白的月光，吓得那两人直哆嗦。

“何止有眼不识泰山，你们是外地来的吧？”

那两人立刻点头。

方筵继续道：“保济桥是我们的地盘，今晚上反倒叫你们占了，我们的生意可就没做成了。”

两人恨不得给方筵跪下来：“罪过罪过，我们第一次来，不懂规矩，饶了我们吧！”

方筵端起架子，冷言道：“怎么饶？你们不仅绑了我们的人，还占了我们的地盘。”说罢方筵一挥手，拿着银针的蒋善从黑暗中走出来，银针在月光下闪着寒光。

“你们可曾听说过一针定人生死？”方筵一边挑选着银针，一边笑道。

那两人摇头。

屠安尚站在钓鱼翁后头，脸绷得通红，他赶忙冲方筵挤眉弄眼，叫方筵快点。方筵瞅见屠安尚的眼色，心中释然，她果然没猜错，这两位都有功夫在身上，现在正暗自较劲，但她仍慢吞吞道：“你们卖的是故弄玄虚，我们卖的是真才实学。不信？瞧好了。”

蒋善挑起一根银针，走向万琦志，将银针扎在万琦志的眉心间，万琦志猛然醒了，丝毫不见被折磨过的样子，神采奕奕地动了动身子。

哥哥目瞪口呆道：“怎么可能……我下的药最起码得睡三天……”

方筵道：“这便是一针回生，接下来这两针便要扎在你们身上了，不过我也不叫你们死，只叫你们动弹不得。”

第二十章　离析

蒋善拿着一根针走向钓鱼翁，同样扎在他的眉心。钓鱼翁吓得浑身颤抖，不久后果真觉得四肢僵硬，仿佛被谁拉住一般。方筵示意屠安尚放人，但钓鱼翁仍旧站在原地，甚至连拳头都握不起来。哥哥一见这景象，不需扎那一针就直直地晕了过去。顿时，方筵等人松了一口气，互相搀扶着上了破房后的马车。屠安尚利索地拉起缰绳，驾车长奔。

走到保济桥上时，他们的马车与一大拨人擦肩而过。方筵忽然感觉到身边的蒋善颤了一下。她急忙询问可是有什么不舒服的地方。蒋善揉了揉眼睛，道："没什么，只是我似乎在刚刚那群人中瞧见了我儿琦富。"

"娘，你可看清了，真的是二哥吗？"万琦志问。

蒋善不住回想，道："大抵是看错了。驿站的人说过，他们早离开此地了，我只瞧了个虚影，只是有些像。"

万琦志拍了拍蒋善的手，道："娘，你太想二哥了。"

蒋善垂下头，不言语，只是继续揉着眼睛。万琦志转而望向方筵，笑着道："筵儿，你们胆子可真大！就不怕那两个人身手不凡，将你们也擒住？"

方筵皱眉道："说了几回了，长幼有序，你不能唤我筵儿，要叫大嫂。"

万琦志道："继续叫下去，你只会越陷越深，况且我本比你大，过去有大哥碍着，如今大哥他……"看了看蒋善愁苦的脸色，万琦志没继续说下去。方筵也忧愁地望向窗外。

其时，自他们踏上北上之路，万琦志就好似忘了方筵原是嫂嫂，处处将方筵当作妹妹来尽心尽力照顾着，甜言蜜语伺候着。方筵总觉得万琦志对自己有别样的感情，偶尔故意躲闪，万琦志便可怜巴巴地凑上来，问道："我离了爹和姨娘，见不到兄弟姐妹，如今只剩下你一个妹子，难道也要避而不见吗?"

方筵觉得自己总被万琦志牵着鼻子走，此时她猛地冒出一句："你装晕吧，还配合着在夫人针灸时跳起来，叫他们相信这针真的有这么大作用。过去只觉得你简单，如今瞧着也算得上精明，不知何时习得算计，竟险些连我都糊弄过去。"

万琦志一听，转过头去不再多话。

其实方筵明白，万家的子孙哪有不精明的。万琦志过去衣食无忧，自然不必多费脑筋讨生活，现在身为唯一可做万家掌事的男子，自然要多些算计。她说这些话不过是为了不让万琦志乱说话，免得他人对二人生出别的想法。

"再快些，免得他们追上来。他们不止三个人，万一都追上来，我们可就唬不住了。"方筵掀开帘子，对赶马车的屠安尚道。

待他们出了城门，顶着刺骨的寒风一路向北奔。方筵回头，瞭望见那五光十色的县城渐渐隐去，这才放下心来。屠安尚也渐渐放下马鞭，任由老马慢悠悠地往前走。但就因这一慢，慢出事了。

十几匹小矮马嘶鸣着从马车后面绕过，像深黑的浪潮般席卷而来，逼停了方筵的马车。小矮马上，几个着粗布短衫的土匪模样的人望着方筵，他们身后各背一把大刀，刀把上缠的黑布在风中飘摇。方筵愣在当场，地痞流氓她倒应付得来，面对土匪该如何脱身？不等她再细想，为首的人大声问道："钱没给，人怎么就带走了?"那人用黑布蒙着脸，那双眼睛在方筵眼里与恶狗饥渴的眼睛并无异处。

屠安尚用半个身子遮住方筵，将马鞭攥在手中，颤颤巍巍道："大侠，有话好商量。"

蒙面人从背后抽出长刀，笑道："商量什么？没得商量！"

霎时间，人群朝马车冲过来，如同恶狗扑食一般。方筵只觉得自己浑身都凉了，且不论他们到底是不是土匪，单那几把大刀就足以将他们碎尸万段。

"且慢，且慢啊！"

一声嘶喊从马车后响起，及时喝住了将要落下来的几把大刀，一个高壮的身影窜到蒙面人跟前说道："哥，这是我家里的人，不可杀啊！"

方筵一愣，万家人？她瞧着那人的瓜皮帽下露出一点与周围皮肤颜色不一的新生皮，心里一亮，这不是被火烧过的万琦富吗？还未等方筵叫出万琦富的名字，蒋善便掀开帘子含着泪跳下马车，摸着那人的额头，道："琦富，我的儿，我没看错，真的是你啊！"

万琦富也红了眼眶，扑到蒋善怀中道："娘，我还以为你死了！"

驿站内，火苗跃动噼啪作响。万琦志又扔了几根柴火进去，激起一簇火星，直往万琦富的满脸横肉上飞。回来以后万琦富一直喊叫冷，不肯摘下瓜皮帽，即使万琦志将火烧得旺起来了，他还是不肯摘。

"琦富，你为何在此处，又何以和那群狂徒相熟？莫不是你弃老爷于不顾独自偷生？"蒋善急切地问道。

"娘，可不怪我呀！我们到了都司，原本安分守己便是，可爹偏要给乡民治病，惹得乡民日日跪在衙门外求情，官爷受了打扰怪罪下来，爹又是个倔强脾气不肯认错，险些送了命。我为求活命逃离了万家，烧了祠堂，他们已不认我，我何不换个安静地界赚些钱……不过，绑架的事我可没掺和，只给他们提供些药酒，坏主意可都是他们……"

蒋善一巴掌狠狠打在万琦富脸上，痛心疾首道："你个冤孽！你坏事做尽，可是想叫天下人说你是随了我的根，好叫世人骂我狡诈、奸恶？"

"我赚得的钱有一半都送回了万家！此处不比休宁，谁人识得万琦富是什么东西？我若不想些偏法子，以爹的性格他早横死街头了！就算我再混账，也不得不管尚未成年的琦晨和两位妹妹啊！"万琦富含泪伸长脖颈，他不仅不悔悟，反倒似吃了满肚子委屈，喃喃念叨着，“你们哪知此地人的恶毒，莫非要两位妹妹明珠暗投？我怎么舍得！”

一想到万青和万松，蒋善的心软了下来，同为女子她怎能不知两个女儿可能面临的悲苦人生。无论在哪里，女子若无长辈亲人庇护往往会沦落风尘，便何况她们是罪人之女。

万琦志扔了根柴火，不料扔到了万琦富的脚下，火焰蹿上柴火，渐渐地往万琦富脚上爬。万琦富猛地瞪大眼睛，往后一仰摔在地上，头上的瓜皮帽掉了，露出一圈粉嫩的新肉，好似一层薄薄的轻纱盖在肉上。他翻身捡起滚远的瓜皮帽，慌里慌张地戴在头上，然后缩在角落，再也不往火堆前走了。方筵坐在他身边，伸出脚将烧着的柴火踢进火堆里，对万琦志道：“我白日里给你熬的驱寒汤还在灶房里，你随我来吧。”

走到没人处，方筵问道：“你是故意的？”

万琦志捧着药碗，吹了吹热气，道：“是，万琦富背信弃义，不配做我万家人！”

方筵忍不住笑起来，摸摸万琦志的头，随即又拉下脸来，盛上一碗汤药对万琦志道：“丹心碧血是对的，但他好歹是你哥哥，万家已经分崩离析，你们兄弟要同心同德才好。快去给他喝下。”

“我不去！”万琦志愤然道，“为何你对他人总是温婉纵容，偏对我要求高，还叫我与小人同心同德。莫非你要我学他烧祠堂、害忠良？”

方筵一愣，赶紧解释道：“正因你正直才好领他迷途知返。我对你严苛只因视你为亲眷。若是寻常兄弟，我何苦惹你不爽？我虽不愿承认，但琦轩若有个万一，万家只能靠你了，你必规行矩步有所作为，才能让万家早日翻身啊！”

听完这话，万琦志猛地抱住方筵，痛哭流涕道：“妹妹真以为我能担此大任？我涉世未深，常觉得惶恐难安，明明昨日还金玉满堂如登春台，今日便要养家糊口吃尽苦头。我活得好艰难！”

方筵轻拍万琦志的背安慰道：“莫说与琦轩比，哪怕和万老爷相比，你万琦志亦不差分毫。将来若由你持家，万家必定扬名万里，人人称赞。”

二人正相互鼓励着，忽闻屋外传出凄厉的哭声。他们急匆匆跑出，却见万琦富泪流满面道：“爹死了……我上下打点才求得官爷放人，谁知爹已被打得……没几日便撒手人寰……”

“娘，我爹他……没了！”

蒋善转头，看到万琦志停了半晌，最后扶着墙，缓缓地站了起来。她伸手抹去了脸上的泪痕，整了整自己的衣冠，然后转身用力拉起万琦富。再转过头时，蒋善眼神中少了凄凉，剩下的只是傲然与坚毅。此刻的她，分明就是半年前闯万家药材库的蒋善。

“所以，你与人合谋劫财，是为了疏通关系救出老爷——虽不仁义，但好歹有份孝心。只是，身为万家男儿做不得半点恶事，若你爹在天有灵必定怪自己为何不早死，使你误入歧途伤天害理！”说完，蒋善拍了拍落在万琦富肩上的灰尘。

方筵有些吃惊，往日里万家沉沉浮浮，蒋善常暗自神伤，只因万老爷还在，万家的主心骨还在，她不需独自撑着；此刻，万老爷不在了，作为万家大夫人的她便是万家的主心骨了，所以她不肯再凄凄艾艾地落泪。

蒋善坚强地站在火光前，道：“明日里，你们随我去祭拜老爷，好叫他知道我们一家团圆了。”

窗外的月光愈发使人感到寒凉，蒋善微微颤抖着。方筵起身为她倒了一杯茶水。蒋善喝了两口，轻声道：“筵儿，有些话我难与外人道，明日拜过老爷，往事就不必再提。你今日可否听我唠叨几句，陪我最后一次追忆年少时光……”

几十年前，万守严与李仲显尚年少，二人各拜一师研习医术。蒋善当时还在万家做丫鬟，常陪同年少的万守严去学馆。一日，先生瞧出她在针灸方面的天赋，却因女子不可学医这一规矩而不肯教她，遂将她介绍给了焦御医，她因此结识了李仲显。几年后，万守严与李仲显要到应天府的大医馆继续研习，蒋善却因要照顾当时刚诞下万琦轩的前万大夫人而未能成行。她这一留，便永远与学馆无缘了，彻底变成了深院中的妇人。接下来的日子里，她带着万琦轩四处求医，又为万家诞下琦富与琦志。有一年，坊间传闻有女子破格做了御医，她十分羡慕，于是偷偷前往焦御医处偷师，不巧被李仲显撞破。李仲显非但没刁难她，反而教她针灸之术，并对她生出别样的情愫，直到李仲显大胆示好，蒋善才如梦方醒之后便是避而远之。

“若说从未心动，我自己也不信，离开休宁县之前，我还曾梦到他，可我已是万家妇，每每梦到此情此景既脸红又害怕，心动变成了心悸，我只能远远地躲着。”蒋善自诩为烈女，甘愿恪守己责，谨遵女德。李仲显也是正人君子，虽有遗憾却不再打扰，甚至明确地划清界限。万守严似乎也知晓二人的心思，所以从此不与蒋善过于亲昵，只若即若离地敬着，可他受罚时出具的一纸休书便是对蒋善最深情的情书，直到那时蒋善才知万守严亦情深义重。

“情爱已成往事。我这一生如此幸运，竟与两位卓绝男子有缘，我亦不枉他们的情义，严于律己直到末了也未做出荒唐事。筵儿，我知你与琦轩亦如此，明日起我即过自己的日子，望你也如此。自从琦轩出事以来，你消积抑郁浪费功夫，如今也该重新振作了。你可愿意随我一同做个女医？我善针灸，你善医理，不为冠夫姓，仅为福泽一方百姓，可好？”

方筵本以为自己放下了，却被这一席月光与这一番肺腑之言说得心中泛起了涟漪，几个月来的郁结慢慢消散。许是蒋善的倾诉拉近了二人的距离，方筵也由衷地说道：“夫人，筵儿自幼无娘，能进万家，遇见琦轩，便是一生之幸。如您所言，或许情爱已成往事，往后便让我们婆媳为自己活，不仅要做好女医福泽百姓，更严守老爷与师父的德行，好叫他们名垂千古。”

望着天上的月亮，方筵忽然道：“娘，我们再将医馆开起来，如何？”

蒋善一愣，她还未曾想到这步。她与方筵都是女子，女子开医馆古今未有。方筵读懂了她的心思，继续道：“娘，女子开医馆闻所未闻，但我们可以重开万家医馆。万家回不了休宁县了，失了万家的名气，若要等到琦志或琦晨学成，你我早成了老妈子，不如我们现在就把医馆开起来，开不成大的便开小小的一间。我们一路上也赚了些银子，想必开起来不会太难，只消由琦志撑住场面，你我二人应对着便是了。”

“好！”蒋善痛快地说，“怪我习惯了做大宅夫人，竟忘了以后要为自己活。我们开个医馆，无论大小能为百姓谋福便好。”

她们聊得正欢，忽听见窗外传来屠安尚的喊声：“站住，别跑！”方筵与蒋善俱是一惊，立即冲出门外，只见屠安尚追着一个圆滚滚的身影，没入深深的夜幕之中。

“那是……琦富？”蒋善问。

方筵心中感到不妙。果然，驿站小哥喊道：“二位夫人快来，万公子要不行了！”

方筵与蒋善急忙寻了过去。万琦志躺在床榻上龇牙咧嘴，身上插着一把刀子，鲜血源源不断地渗出，将他半个身子都染红了。他一边吸着气，一边满怀歉意地对方筵道：“万琦富……他抢走了钱……”

方筵见他伤势不妙，提着心仔细地检查一番，幸好刀子没插中要害。蒋善急忙施针以帮万琦志止血，并询问道：“他如何知道钱票在你这里？”

“这有何难！”方筵抢先答道，“你我均为女子，难道钱会放在女子房中？”剩下的话她并未说出口，但蒋善已心领神会，若不是亲子，岂会一再付出信任。

“糟了！他可曾交代老爷的葬身处？”蒋善突然问。

“根本没说话，二哥进门便刺我一刀，连屠大哥都来不及反应。”万琦志答道。

万籁俱寂中，屠安尚一拐一拐地回来了，道：“二公子被土匪带走了，我抓着他不肯放手，逼得他说出万老爷的墓就在江阳县郊外的平峰山脚下。”

方筵心中一震不由得心生感动，她暗自感叹屠安尚的心细，他不仅能明白她的心思，还愿为她如此拼命。

第二十一章　团圆

北方的山没有南方的秀气，漫山遍野的萧条枝干，是另一番景色。在休宁县受百姓敬仰的万守严从未想到，有朝一日自己会葬在异地他乡，连一块像样的墓碑都不曾立，只在一块满是虫洞的木板上写着名字。蒋善带着万琦志磕了三个响头，还在墓前跪了许久。方筵则在四处转悠，准备找点野花献上，叫那孤坟不至于太过凄凉。

走着走着，方筵走远了。她发现巨大的天坑。那天坑深深的，里面长满密密麻麻的植物。

祭拜过万老爷以后，一行人按照屠安尚问到的地址找到了万家人的住处，谁知刚进门不久便又生事端。

“不行，坚决不行。老爷与琦轩都不在，若开了医馆，不得被人戳着脊梁骨骂？姐姐，你以前可从不白日做梦，怎么跟方筵那离经叛道的小妮子待久了，也这般浮想联翩了？”袁相仪在院子里浆洗着一盆又一盆的衣服，噼里啪啦又喷出一串话。她一下又一下将棒槌砸在盆中，砸起一簇又一簇水花，溅到蒋善的身上。

蒋善拉过一盆衣裳开始学袁相仪的样子砸：“二夫人……”

袁相仪扔下棒槌：“哎哟我的好姐姐，你可别叫我二夫人了，老爷都不在了，谁是夫人？我们已不是名门家眷了，只当寻常人家就好。”

蒋善急忙道：“妹妹，你往日里掌管着万家，定然不忍看着百年医家的名号断送在我们手中。别人怎么骂，那是他们的事，治病救人是积德行善的事，若我们医术了得，他们骂着骂着也就不骂了！”

“还是不稳妥，不可不可。再说，你拿什么开医馆？若我们有钱，何苦给别人浆洗衣裳？”

方筵蹲下，抢过袁相仪手上的棒槌，将她不停劳作的双手按住，眼神清亮，坚定地说：“袁姨娘，你便信我一次。郎中不必请，我与娘足矣；草药不用买，我知一处山谷可采摘种植；店铺不须挑，就在这深巷，我也有本事将病人带进来。”

袁相仪听着方筵对蒋善的称呼，答非所问道：“你与琦轩圆房了？”

方筵尴尬地回答道：“没有。”

万琦志听闻此话站起身，不悦道：“圆个头！他们和离了，筵儿此刻是娘的干女儿，与大哥无关！”

袁相仪不解道：“既已和离，你为何要离开休宁？还有，医馆的事我不懂，你们二人为何要问我？”

方筵道：“和离是权宜之计，个中事宜待日后再与袁姨娘细说。袁姨娘往日里掌着家中的大小事务，是万家的主事人，我与娘开医馆必须得问你，若你愿暗暗出力，我们才可全力行医。”

袁相仪忽然低下头，浸在冰冷刺骨的水中的半个指头时不时地颤动一下。过了许久，她把面前的洗衣盆一掀，猛地站起来叉着腰，仿佛恢复了在万府内的神气，道：“罢了，要开就开，啰啰嗦嗦讲废话是最没用的！我们万家人也不能下半辈子都给人洗衣裳吧！在这江阳县待得太久了，我都忘了自己曾是名医万守严的贤内助了！”

袁相仪等人所住的小房子还没万府过去的灶房大，左右两间睡人，中间那间放着几个架子，上面整整齐齐地叠着一摞又一摞干净衣裳。院子一角搭着棚子，下面陈列着锅碗瓢盆，其余的地方都拉起了绳子，挂着滴水的衣裳，一件又一件，阻挡了世人往里看的视线，也打消了里面人往外边跑的欲望。

“万青，等院子里的衣裳干了，立刻收下来。万松，登出布告，此处以后不洗衣了！万琦晨，你又去哪儿鬼混了？还不过来领罚！”袁相仪像个发号施令的将军，带着腾腾而起的斗志在院子里指挥着。

由此，万家医馆便又开了，开在离休宁县几千里外的江阳县。那处天坑的发现使方筵与万家在江阳县站稳脚跟成为可能。或许此事在几百年后仅是万家家传中的寥寥几行字，但正如方蒋二人所言：情爱已逝，往后皆为自己活……

三春已暮花从风，屈指思量又一年。

三年后的惊蛰时节，全江阳县所有的花灯，都是扎给万家医馆的；县里最好的酒楼掌厨，也带着一把锃亮的菜刀去了万家医馆；还有那只有在夜晚放的烟花爆竹，也都破例搬到万家医馆外。蒋善换了一身刚从裁缝铺里取回的淡灰绿的衣衫，正对镜自赏，又从柜中取出一只碧玉簪，轻轻插在脑袋上。太庄重了，蒋善心想，欲将碧玉簪送回匣子中，一只手突然从身后劫了簪子，转手又插在蒋善的发髻中。

“怎么，这么好的簪子，你不戴我可就戴了！”

铜镜中，也是一身新衣的袁相仪扶着蒋善的肩膀，望着镜中的蒋善，继续道：“好姐姐，我就说你还是得多打扮打扮，不然你给人看病的时候，我还真分不清桌前是病人，还是桌后是病人。”

蒋善笑道：“我一向不喜这些，这是你擅长的。不过今日你倒开心，头上戴满了珠钗花钿，当心坠得脑袋疼。”

袁相仪扭着腰道：“今日我们万家医馆从巷子里搬到大街上，我就算戴上一百根钗，也不为过！”

蒋善哑然失笑，她又抹了平日里从不用的口脂，与袁相仪一前一后地出了屋子。

袁相仪先走到大门口，亲自推开两扇木门，然后站到一侧，巧笑嫣然地望着蒋善，对蒋善做了个“请”的手势，蒋善一迈步便大大方方地出了门。巷子里两侧早就站满了人，他们都投来敬佩的眼神，目送蒋善往巷口走去。

巷口处，一间铺面大开着门，里面空无一人，铺面的门板上用红绸子盖着一块匾，似一朵大红云笼罩着。蒋善走向店铺并不进去，只站在门前静静地望着远方的道路。

“吁——”不消一会儿，一辆马车疾驰而来，马车外的屠安尚收起长长的马鞭，拉住缰绳，将马车停在人群外。门帘子被掀开，马车上款款走下一位面若观音的女子，背上沉重的药箱叫她不得不将一边肩膀抬起，方才走得稳。

人们纷纷让路，一声声叫着“方郎中”。

方筵来到蒋善身边，拱手道：“掌柜的，方筵姗姗来迟，还请见谅。”

蒋善拉住方筵的手，道：“小掌柜，你何时来，我们何时开始。”

身后有人搬来梯子，架在那红绸边上。蒋善接过药箱，道：“筵儿，揭吧。”

方筵在众人期望的目光中爬上梯子，慢慢靠近那红绸子，仰起头高举着手，抓住绸子下方的一角稍一用力，红绸子便如一片轻云般慢慢悠悠地落下来，落在了方筵的身上，将她整个人都罩了起来。方筵什么都瞧不见了，入目是大片的红色，叫她欣喜，叫她欢畅。

“这是好兆头啊，好运会一直笼罩着二位郎中的！”人群中那位常来看病的驼背老人道。

方筵慢慢地将红绸子从自己身上拽下去，抬头一望，在她伸手便能触摸的地方，牌匾上端端正正地刻着“方蒋医馆”四个字。方筵顿时感慨万分。她与蒋善终于在苦苦挣扎三年后，将刻有二人姓氏的牌匾从深巷中搬到了临街处。

那是怎样艰难的三年！先是官府多次发来禁令导致无人来看病，不得已她们便到大街上去，逢人便问：“我给你把个脉吧？”

入不敷出的困境差点叫她们坚持不下去，山谷中的野菜成了盘中餐，所幸万琦富时不时会在半夜偷偷扔一个小钱袋来，叫她们能买上半个月的米支撑着。等她们好不容易熬出了名堂，越来越多的人跑到巷子里来寻医问药，她们却遭到了县里其他同门的排挤与刁难——时至今日，仍有人在给方筵与蒋善使绊子。

治病救人有方蒋二人，料理家事则有袁相仪，三人齐心协力带着万家人生活。一个月前，方蒋二人阴错阳差治好了知县家中新诞下的宝贝儿子，知县便将这间房子租给了二人，那块早就定做好的牌匾，也终于得以高悬。

方筵爬下梯子，与蒋善一块叫人把柜子箱子等物什搬进去。周围人纷纷上前道了喜，大家挂了花灯，放了烟火，一片热闹喧嚣。喧嚷过后，已是夜幕低垂。方筵与蒋善将那些草药一样一样放在药柜中，蒋善瞧见方筵不时揉揉肩膀，心疼道："你今日怪忙的，早上要出诊，还得赶回来揭匾，先歇息去吧，剩下的我来。"

方筵身上累，心里却久久不能平静。她道："娘，我不累。"倒入最后一样草药后，她靠在药柜上，闭眼道："娘，你可还记得万家的金料库？"

蒋善一愣，方筵继续柔声说："那是我此生见过的最大、最宏伟的药库。我第一次进去就是你带我去的，那时还是为给万竹抓药，转眼间万竹都这么大了。这三年来，我一到夜晚总会梦见我们也弄了那么大一个药库，里面的药柜高到得用绳子吊着人才能取到药。"

蒋善思绪也飘忽了。她记得当时方筵踩在高高的梯子上，昂首望着那一排排药柜，如那池塘中历经寒冬初遇春雨的残荷："你这丫头又说笑，那么大的药库得要多少药材才能填满？咱们现在的药材还靠去那天坑里挖，自己晒，自己研磨，光这就将万青万松累得晕头转向，若真修葺那么大的药库，怕是整座城的人都忙不完。"

闻及此，方筵忽道："琦晨呢？莫不是又去了赌场？"

蒋善皱眉道："不会，相仪已经将家中的钱全都锁起来了，他拿什么去赌？"

方筵一提到万琦晨心中就不安，万家其他人在这三年内都往好处变：万琦富的生意有了起色，每月差人送回的钱也多了些；万琦志在第二年去了书院，如今正准备今年的院试；万青万松在帮衬医馆的同时，也跟着蒋善学了些针灸之法，前几个月都有人上门向万松提亲了；万竹亏得方筵调养身子，现今长得白白胖胖，煞是可爱。只是万琦晨，太过天真烂漫，太过纯真无邪，不辨好坏地交了好几个狐朋狗友，染上了赌钱的恶习。这其中倒也奇怪，家里人好不容易劝得他看清了那几人的真面目，谁知他们使了什么法子，哄得万琦晨不出两天就又乐颠颠地跟着他们跑去了赌场。袁相仪气得几次动了家法，万琦晨不记打，身上好了就又去，袁相仪只好将家里值钱的物件全都锁在一起，自己整日里提防着。

方筵与蒋善将剩下的药材快速收好后便各自歇息了，明日是医馆发放汤药的日子，蒋善得忙一上午。

第二日，蒋善起个大早，特意多熬了半桶汤药，但奇怪的是来领药的人并不多。施药是蒋善在万家最艰难的时刻提出的，当时正是隆冬大雪，家中几件厚袄轮流着穿，一向爱财如命的袁相仪却也破天荒地赞成，还卖了自己一只镯子，才凑齐了施药的物件。这一施，便施了两年。往日里，从早食过后开始施药，不到日中，汤药便可见底，今日却只零零散散几个人来领药，且垂髫小儿与古稀老者占多数。蒋善心中隐隐觉得有什么不好的事将要发生。木桶中的药汤散出苦涩的雾气，走了几个领药的小孩后再没人来了。

“把药端回去吧。”蒋善抬头望了望已行至半空的太阳。

药仆们正要动手，蒋善又瞥见一队人捧着碗往这边走，忙叫药仆们稍等。

“各位，可是来盛药汤的吗？”蒋善笑问，举起木勺准备舀汤。

领头的那人膀大腰圆，料峭春寒中只着了一件无袖的褂子，旁人都喊他生哥。他似乎没听见也没看见一旁的蒋善，几步跳上台阶，探头望了眼木桶里的汤药，然后又抬头瞅了瞅高悬的牌匾，咧开豁牙子笑道：“呦，这就是昨日刚开的方蒋医馆熬的药啊！”

对方满脸横肉，莽撞失礼，蒋善却仍面带笑容道：“也是从前的万家医馆，昨日刚从巷子里搬出来改了名字。这位兄台，我见你面生，往日施药不曾见过，可是经人介绍而来？”

生哥仿若才瞧见木桶边还站着个人，假模假样地一拱手，说：“是万家医馆就没错了。我来取你这汤药，还不快给我盛上？”

生哥口气不小，蒋善也不气恼，只是收了脸上的笑，将手臂抬过头顶往桶里搅了搅，再缓缓往上拉，盛出半勺汤药来。大药勺举在空中，生哥却不为所动，还将那碗扣在白花花的胸脯上，笑得猥琐至极。

“哦？你举着做甚，要装这碗里。”生哥瞪大眼睛大声道，随后将碗往空中一抛，自己像只王八一样一伸头，落下的那只碗像一顶瓜皮帽一样落在他的光头上，“你搞错了！还不把装药的桶搬上来！”生哥后半句是朝他身后那些人说的。

那些人好似才领悟，嬉笑着从身后抬出一只黢黑的木桶。那木桶像刚从泥坑里捞出来的，分辨不出一丝木纹，黝黑的泥垢糊满桶身。随着那些人将其当宝贝一样呈上来，一股酸臭发腥的味道也扑面而来，冲得蒋善双目刺痛，泪水涌出。

蒋善这下算是瞧出来了，这伙人是专门来找事的。她持着木勺，忍住手臂酸痛，笑道：“各位并非真心求药，那就请回吧。”说罢，她要将木勺中的药倒回桶中。生哥眼疾手快，一把抓住长柄的木勺，大拇指都杵进了汤药里，他的手竟也和那汤药一般黑。

“这药又怎么不施了？难不成你瞅我们兄弟几个穿得脏了些就狗眼看人低，不给我们盛药？”生哥这话说得异常响亮，引得周围人纷纷注目。蒋善正要解释，生哥继续叫嚷：“再说了，万家医馆早就成了我们赌场的了，这汤药，还有不给我们的道理？”

此言一出，周围好事之人都凑了过来，准备光明正大地瞧热闹。蒋善只觉得头顶的红日有些刺眼，她用了些力要将木勺抽走，那生哥干脆一伸脖子，往勺子里啐了口唾沫。

木勺咣当坠地，勺内汤药泼到了蒋善的衣摆，她愤然道：“这是医馆，不是赌场！你对万家有何不满，不妨直说！”蒋善边说边向药仆使了个手势。

生哥仍是一副蛮不讲理的样子，道：“我有何不满？我问你，万琦晨是不是你家的？他在我们赌场输了一大笔钱，竟拿不出半个铜子儿，是他说要用家里的医馆抵债。我来自己的医馆取药，还需要你来说理？”

第二十二章　情难

“哟！兄台好口才，将这利害关系说得如此透彻！您养的猪，绝对和您一样聪明绝顶！”一个尖锐的声音传来，是袁相仪及时赶来，站在蒋善跟前。

生哥倒没听出袁相仪这话中的隐含之意，还在自鸣得意，见周围人捂着嘴偷笑，这才觉出不对劲儿，用又粗又黑的手指点向袁相仪正要骂，袁相仪身子一偏，倒在丫鬟怀里，连声叫唤：“哎哟哟……哎哟哟……你何故欺负我一个弱小的妇人家！”

生哥目瞪口呆，看袁相仪突然就一副弱不禁风的样儿，又看看周围指指点点的乡邻，满嘴脏话卡在喉咙里喷不出来，“这这这”了半天。袁相仪一见此人便认出他乃臭名远扬的地痞、流氓刘生，正经地方看不见他的身影，去烟花柳巷抑或烟酒赌场抓他，一抓一个准。他收的是不义之财，干的是不义之事。

“这汤药是姐姐熬了一大早才得来的，你这么轻飘飘几句，就让其变成了沤肥的恶水，这还有没有道理！”袁相仪掏出帕子，假意拭泪。

刘生被袁相仪哭得头疼，一甩膀子骂道：“你跟我讲道理？医馆都是我们的了！”说毕，刘生从怀中摸出一纸契约，将其凑到蒋善与袁相仪跟前，道，“看好了，白纸黑字，写的可是万琦晨三个字！”

蒋善与袁相仪一瞧，脑子里“嗡”的一声炸开了，那纸上的确是万琦晨的字。袁相仪与蒋善互相看了一眼，她俩都知道，不论是真是假，如今医馆前门庭若市，几十双眼瞧着，几十双耳听着，自是不能认了这事。袁相仪立即骂道："你真是满嘴喷粪！我家的人怎么会将医馆抵给你？这医馆在不会看病的人眼里，就是无用之地。况且这房子是知县租赁给我们的，你们还要占地为王不成？"

刘生哂笑："我所说绝无虚言，若是空穴来风，叫我明日暴毙在你家门前！再说了，我们不要地，只要你这块牌匾！"

袁相仪一听这话，心气上来了，道："我呸！你死在我家门前，我家还得救你！这牌匾，你也甭想搬走！"蒋善见那刘生的手直直指着牌匾，立刻明白了，这定又是暗地里陷害万家那人整出的新戏码。

恰在此时，方筵跟在一顶通体漆黑的轿子后款款归来，冷眼望着嚣张跋扈的刘生。刘生一瞧那轿子，忽地就收了浑身的蛮横与流里流气，像耗子碰见猫似的潜入一旁的窄巷子没了身影。袁相仪用巾帕子捂着嘴笑，却被身边的蒋善一捅腰窝："端正点儿，轿子里是新上任的知府！"袁相仪立刻抿住嘴角，扭了两下腰，站直了。

轿子晃晃悠悠地往这边行来，却不靠近医馆，只稳稳停在了斜对面的一处阴凉地。方筵与轿中人行了拜别礼，往医馆走来，蒋善上前迎接道："知府对我们医馆有何旨意？"

方筵面色平淡如水，道："大人要亲自看。"她眼神停在地面那只桶上，问，"又有人来闹事？"

蒋善道："这回不是其他医馆的，是赌场的。"

在方筵疑惑的眼神中，蒋善将刘生说的那番说辞复述了一遍。袁相仪借着擦汗的空档，往那轿子里瞥了好几眼，问方筵道："这知府大人才到北平府就匆匆过来瞧我们，看来啊，我们医馆稳妥着呢，看那人还敢不敢再来闹。"

方筵将两位夫人推进医馆大门内，又吩咐其他人将门口的污秽收拾了，让药仆先应付着施药之事与求医之人，将二位夫人请到了后院里。关上了门，方筵脸色垮了下来，道："二位夫人，那刘生说的都是真的。知府此次前来是向上头保证了，要彻查北平府境内赌博之风。他们早就在昨日知晓城西赌场内抵出了一家知县大人批定的医馆。”

蒋善与袁相仪闻之骇然，刚刚还当刘生说的是胡闹之词，方筵这番话却真真切切在她们心上狠狠插了一刀。

蒋善攥住衣裙，道：“琦晨虽贪玩，却分得清利害啊！”

袁相仪则提着衣裙转身要走：“我倒要将那小崽子抓来，问问这到底是怎么一回事！”

方筵道：“琦晨混进了新一批的征兵里，随军往西跑了！”

今日，方筵去知县府中出诊，又随知县去迎新来的知府，知府一瞧来者为涉案人员的家中人，便讲了此事，还将方筵狠狠数落了一顿。

“知县百般举荐你万家医馆，说此医馆在休宁县便首屈一指，你与万夫人凭着女子身躯以赤忱热烈的心意，与枯骨生肉的医术赢得百姓的拥护与爱戴，让万家医馆的牌匾终于在北国再次高悬。只是，你们将外人治得好，却瞧不见家中人病得深切！万少爷大摆赌局，广邀闲客，将一县之内闹得鸡犬不宁，家破人亡者无数！方郎中，回去深省吧！”

蒋善与袁相仪愣在原地，方筵的转述彻彻底底将一块大石头压在了她们头上。蒋善眼眶红着，斩钉截铁道：“琦晨是贪玩，但其中利害定然分得清！”

方筵抚上二位夫人的手，道：“二位夫人莫急，以往三年光阴多难过的坎都过来了，今日这坎还过不去？赌场之事，自有知府那边查着，琦晨到底是被何方仇家下了套，不日就将水落石出。你我三人最要紧的事就是将医馆先稳下来。今日那刘生来砸医馆的招牌，引得县内各色人等都将眼睛放在了我们身上，我们更不能慌！”

蒋善与袁相仪对视一眼，心中倒也没了恐慌。寒来暑往又三年，对她们三个女子来说是夙兴夜寐、如履薄冰，亦是上下求索。因此，她们每每去祭奠万老爷时，见到坟头开出的那一朵亭亭的川芎，心中总是无愧的。

蒋善拍了拍袁相仪和方筵的手背，道：“门外有乡亲来寻医了，走吧。”

袁相仪将那扇后门缓缓推开，道：“你们自去医馆内忙着，家中我去打理。往日里与琦晨交好的那几个我都知道，我去会会他们。”

三个女子各自去了该去的地方。方筵坐于馆内的一张椅子上，抚了抚脉枕，将其轻柔地放置在病者的胳膊下；蒋善熏上自己亲卷的艾香，仔细地扎下一针又一针；袁相仪换了身行头，与家仆一同拎了几盒子礼品，准备去挨家挨户地拜访。自书院归家的万琦志现在是无人迎接，孤零零地推开家门，只瞧见壮实的屠安尚站在庭院给黑马添着草料。那匹马还是当年他们离开休宁时李仲显李老爷所赠，屠安尚将它养得膘肥体壮，这马也便只与他一人亲近。

屠安尚扔下干草来接万琦志背上的书篓。万琦志的眼神从他身上匆匆瞟过，望向黑乎乎的屋子，道："我娘和筵儿呢?"

屠安尚道："三少爷，那是你的嫂嫂，你不该直呼姓名，叫二夫人听见了又要罚你。"

万琦志被提醒得心烦，道："你真聒噪。"

屠安尚便闭嘴了，将书篓放进三少爷的屋子后继续喂马，再不与这位少爷多语半句。自两年前，三少爷极力催促他返回休宁被他拒绝后，这位少爷就大发了一通脾气，得亏方筵说他干活麻利正适合医馆的工作，他才勉强留了下来。

万琦志背着手，以一副傲然的姿态在院中巡看一番，眼神依次落在几间房屋上，又将院中的每一盆花草都瞧了个遍，方才悠悠开口道："三年前，此处只有小小的三间屋子供一家人住着，我们还要承担浆洗衣物的活计，现在这附近的屋子都被我万家收购。千帆过尽，如今的万家，竟比在休宁时还盛大。"

屠安尚说："是啊，万家是真真切切依托着这三位女子又起来的。大夫人与少夫人两位奔波在外，前几日终于将医馆迁移出去，一改往日藏在巷子里诊病的窘迫；二夫人在内里操持着家事，还做了浣衣局的掌事；少爷你如今也要去考取功名了，金榜题名是指日可待的事；二位小姐都寻得了如意郎君。万老爷泉下有知，会瞑目的。"

万琦志将眼神从四周落回屠安尚身上，将他上下一打量，问道："屠兄，你当年随我万家来此，不离不弃，帮衬了三年有余。我可否问问，你为何要如此做?”

屠安尚低头笑了笑，道：“没什么，只是我仰慕方姑娘的为人罢了。她曾在自己都岌岌可危之时，救我于危难之间，此份恩情无以为报，区区三年不足挂齿。”

万琦志也笑了，他抬头望着墨蓝色的天空，慨然道：“筵儿就是如此的人，你只瞧见她如今为万家鞠躬尽瘁，却没瞧见当年她翻万家院墙的样子。那时的筵儿，才是最好的。万家叫她失去了当年的随性与灵气，这是万家永远亏欠她的。”

屠安尚听着万琦志这番话越来越有些僭越的意味，忙道：“三公子，你须得叫方姑娘……”

“嫂嫂”二字还没从口中滑出，万琦志便愤然道：“她与我大哥早已和离，叫她嫂嫂是徒增她的烦恼罢了。”

屠安尚赶紧继续闷头抚摸老马，不再多话。

“屠安尚，再过一个月便是我应试之日，我得寻一个人照顾我的起居。从今晚起，你同我一起去书院，且整日在我身旁伺候，可好?”

屠安尚抚摸老马的手一顿，推辞道：“三少爷，我是个糙汉，府中有几个会服侍人的，叫他们随你去吧!”

万琦志摇头：“莫要推辞，就你了。”

此后三日，赌场便一直派人来医馆闹事，他们除了干些吵嚷辱骂之事外，还装病去戏弄方筵与蒋善二人。一次两次还好，草草应付便罢了，但时日一久，乡亲们瞧着门口那几个流氓样的人，也就不敢再登门求医问药。方筵只好去乡亲们家中诊病。方筵一走，蒋善一人在医馆内，被刘生那几个人闹得几次差点晕厥过去。

刘生翻来覆去地闹，非叫蒋善去与知县说将医馆赠予赌场。蒋善如何能答应！她便与刘生一块闹到了县衙中。没承想刘生从他那油乎乎的衣服中掏出另一张签字画押的借条——并非之前赌场的那张，而是一张生意上的欠条。

刘生说得绘声绘色，头头是道：“知县大人，你可瞧好了，这是她们万家的二少爷亲自与我签的欠条，万家二少爷万琦富与我家老爷做生意，事都谈好了又半路反悔，付不起赔偿金，便写了一张欠条，将他万家的医馆抵给我家老爷。"

蒋善浑身冰凉，只能眼瞧着那新的欠条被呈到了知县的面前。知县眯缝着眼看了看，最后向蒋善投来失望的目光。

当蒋善回去讲与刚出诊归来的方筵时，方筵肩上的药箱便缓缓地滑了下来，怒目圆睁愤然道："先是琦晨设赌局输了个精光，现在又是琦富做生意押上了医馆，接下来呢？是不是该到琦志了？是叫他日后赶不上科考，还是考上了却在榜上找不到名字？若不是琦轩现在还不知身在何处，他们是不是也要利用他来击垮万家？这绝非贪图利益之人所为，他们一而再，再而三地胡闹，要的不是银两而是要万家万劫不复！娘，他们是冲万家来的。您仔细想想，这些都与当初在休宁县时的手段类似，他们出手便要人家破人亡，绝非陌生人所为，怕是老对手跟来了！"

蒋善听闻这番话，心里涌上无尽的凉意。当年她在休宁县城门口送别家人那一幕重新浮现在脑海中，她忽然觉得站不稳脚，慢慢瘫在了一边的椅子上。方筵却不似她那般颓靡，只觉得有一团火直冲脑门。她曾见识到那人是如何将万家赶出休宁的，也记得那人是如何逼万琦轩含恨西去。如今万家好不容易站起来了，那人又追过来迫害。天理何在？

方筵拍了拍身上的灰，对蒋善道："娘，琦志有屠安尚陪护着，你且放心。我这就去找万琦富，问清楚他这欠条到底是怎么回事。"

蒋善道："小心点，多叫几个人与你同去。"

方筵充耳不闻，像一阵风刮出门去。

当年万琦富抢走银票后，在邻县开了个药材铺，做起了卖药材的生意。初始一年，他不曾回家，蒋善一行人还以为他早就不知藏在哪儿把钱花光了。第二年，家中曾一度贴钱给人治病导致衣食短缺，万琦富却隔墙扔过几回钱袋子。再后来，万家医馆立起招牌，万琦富裹得严严实实地上门，想与方筵做药材生意，方筵回绝了。蒋善心软过几回，被袁相仪冷言热语劝了好几回，她便也不再坚持让万琦富回家了。如今想来，幸亏没叫他回家，否则今日损失的恐怕便不止是医馆了。

方筵孤身一人去往邻县。万琦富的家门紧闭，里面漆黑一片。方筵又去了他的药材馆，却见高悬的牌匾上赫然刻着的是“万家药材库”五个大字。方筵望着牌匾冷笑一声，推门而入，果真见里头灯火通明，药仆们还在扫洒。他们持着扫帚、抹布，茫然望着方筵这位不速之客，殷勤道：“少祖母此刻来访，可有指示？”

方筵被那声“少祖母”惹得心烦，凛然道：“谁是你们的少祖母！你们的主子何在？”

药仆们身子一抖，个个都怕这个说话不留情面的女郎中，纷纷低头假装在忙碌，只空出一个新来的接待。新来的那个药仆道：“少奶……方郎中！我们老爷去别处进一批新的药材，今下午就出县了，并未交代说什么时候回来。”

方筵怒道：“跑了便是跑了，还找什么借口。我问你，你家老爷最近在与谁做生意？”

那药仆被疾言厉色的方筵吓得满头大汗，手都快搓冒烟了：“回方郎中，小的们都不知道啊……”

方筵脸色一沉，双手抱于胸前，冷眼瞧着这一众药仆。屋里的药仆都惧怕方筵。自家老板在一年前去万家求和时，被方筵骂了出来，骂得字字句句都不带一个脏字，却叫人听了面红耳臊，恨不得掘地三尺钻进去。这位雷厉风行的女子还曾因他们卖错了药材喝伤了人，而提着称药的杆秤到医馆中逮人痛斥，叫他们无处可躲，也无计可施。

旁边有人被方筵这眼神看得受不住了，唯恐又被方筵揪着耳朵骂，急忙道：“你说的可是前日里老爷喝得醉醺醺回来那一回？他在春香楼喝的酒，兴许那里的人晓得。方郎中，您去那里寻去，就别让我们难堪了！”

方筵指着那药仆道：“我记得你，之前卖给人劣质药材的就是你，你们要是还如此对待病人，休怪我不留情面！”说罢，方筵转身就走，往灯火通明的春香楼奔去。

第二十三章　涟漪

所谓春香楼，就是县城里临江而建的一栋烟花柳巷之地。不似其他地方，春香楼对这个县城的所有人都无限包容。文人墨客在此挥洒诗篇，酒醉三分时便成了诗仙诗神；他乡悲客也在此隔江遥望，将一碗烈酒倒入江中，叫那绵绵思乡情顺水漂流；春风得意之人也在此畅饮千杯，将自己心中的豪情铺开在这一汪江水中……

行至春香楼对岸，方筵远远地瞭见春香楼前无数画船依江漂荡，船上灯火闪烁，一派歌舞升平。方筵在街边的小摊上买了个面具戴上，这才放心地往里走去——若她回头，必然能瞧见桥下江上的一叶扁舟内，一个胡子遮了大半张脸的男人正望着自己。

春香楼内整饬得倒也规整，正中央一处大圆台，台上坐一正怡然抚琴的曼妙女子，台下宾客推杯换盏、轻松自在。若不是二楼处的木楼梯上倚着几个眉目传情的女子，方筵真会以为这就是个正经的酒楼了。

方筵瞧见角落里有张桌子，她挪步过去，屁股还没落到软垫子上，一个半人高的孩童便凑了过来。他将一条白毛巾搭在自己的肩上，怯生生地与方筵搭话："这位贵人，要点什么？"

方筵眼珠子一转，四周看了看，只见周围的桌子上都是些婀娜多姿的女子接待，独独自己面前是个惶恐不已的小孩。

方筵随口说道："我与人有约，你们可见一个身材稍胖的商人？"

小孩立刻摇头："没见过。"

方筵道："先上一壶新茶，我在此等候，不碍事吧？"

小孩犹犹豫豫的，最后丢下三个字"不碍事"便转头跑了。不一会儿，他提过来一壶茶水匆匆一放，又是转身就逃，好似那茶水有多么烫人，抑或是方筵脸上的面具有多么吓人。方筵慢慢悠悠地倒着茶水，一边用眼神跟随着那小孩的身影。小孩提溜着自己的裤脚，逃也似的奔上楼梯，最后扑到一个女子怀中。那女子倚靠着楼梯，头上插了一朵大红的芍药，似乎是被那小孩逗笑了，倚着楼梯便抖动起身子来，好像人要仰过楼梯坠下去，那朵大花在她的头上也一抖一抖的，好似微风拂过，吹开层层花瓣。

小孩似乎在给那女子指着方筵。方筵瞧见那女子顺着男孩的手指往下，目光落在自己的身上，忽地就瞪大了眼睛，一脸的错愕，朱唇微张，颤抖着说不出半个字。

方筵心中一动，此人为何见着自己如此震惊，她是不是与万琦富有什么关系？

那女人见方筵直望着自己，使猛地转身将小男孩抱在怀中躲进房间里去了。那朵芍药被匆匆关上的木门扯掉几片花瓣，飘飘然落了下来。方筵将杯中茶水一饮而尽，茶杯倒扣在桌上，起身准备去找那女子。她脚还没踏上楼梯，一个年长些的女子便拦住了她的去路。

"这位娘子请止步，楼上可不是你这娘子去的地方哟。你就在下面坐着听听小曲得了！"那位女子笑得俗套，将方筵往楼梯下拉。方筵正想说些什么，却见楼上那间房的房门忽地被打开，头戴芍药的女子复又出来了，迈着急切的脚步往对面走去。方筵唯恐那女子去而不返，忙道："我只上去溜达一圈，并无其他！"

那年长女子可不敢叫方筵上去。她瞧着方筵像个大户人家的夫人，保不齐是来温香暖被中捉拿自家郎君的，一旦放上去在哪个厢房中一闹，定然惹得客人恼怒。

那年长女子道："这位娘子，你快走吧！"

方筵被那年长女子往下拽，余光却瞥见那位戴花女子就要消失在视野中了，她心急如焚地正打算从那年长女子的臂膀下钻过去，身后却有人拉住了自己的袖子。

“妈妈，她是我的妹妹，上楼是去替我取东西的。”一个声音说道，拉着方筵的胳膊将她扶起来，随后从怀里掏出个东西，塞到了那年长女子的手中，“这是此月的租钱。”

那年长女子随即眉开眼笑，将那闪着银光的东西揣进怀中，双手抚上方筵的胳膊道：“哎哟小娘子，可把你抓疼了？”

方筵顾不得这些只往上冲去，却又忽地顿住，转头去看那位为她解围的男子。

那人全身都罩在一件黑色的斗篷中，上半张脸上戴的面具与下半张脸上长长的胡须将他整张脸都盖得严严实实。他只缓缓抬手，向方筵撇了撇——是叫她快去的意思。方筵在他身上莫名其妙地感受到一种安心，索性不假思索地跑上楼梯，去寻找那个女子。

整个二层的厢房全都房门紧闭，方筵转来转去，都觉得不是刚才那女子进入的房间。她不敢贸然推门而入，只得下了楼。楼下，那男子早就没了踪影，只余那年长女子在一旁热情地揽客。方筵也学着刚刚那位男子的模样，从怀中掏出几颗碎银，向年长女子那边走去。

“妈妈，我哥去哪儿了？”方筵问道。

那年长女子指了指外头的江面：“他又去那上头喝酒了！”

方筵继续道：“方才我见着你这楼里有个小孩，煞是可爱，我欢喜得很，可否叫他来给我端茶倒水？”

那年长女子一愣，随即面色冷下去，道：“又是阿芜将儿子带来了！也不知道怎么想的，小孩子能来这种地方？”

方筵将碎银子塞在那年长女子手中，道：“别管是谁家的，过来服侍我，钱少不了。”

那年长女子瞅瞅手掌中躺着的几个银豆豆，乐颠颠地道：“行，我这就给您叫！”

方筵望着门外的江面，道：“我在船上等着。”

江面上吹拂着轻柔的风，方筵走在船舟停靠的岸边，迎着不断闪烁的灯火在几艘船内搜寻着，不一会儿便寻见那位一身墨黑的人。方筵租了一艘船，叫船夫慢慢地往那男子所乘之船划去。两船相遇时，方筵起身，犹如一只江边孤鹤，飘然跳将过去，落在了那男子的面前。从天而降的人惊扰了那男子，他脸上的面具忽地滑下，露出面具后那副面容。方筵半跪在地，刚稳住自己的身子，抬头便瞧见那一双剑眉星目，浓眉似剑，双眸如星。这面容只露了一秒，那男子迅速将面具接住，重新盖在自己脸上，慌里慌张地低下头。方筵心中先是一惊，那张脸与她这三年来日日夜夜所梦之人颇为相似，只不过梦中的人意气风发、俊朗无双，面前这个人多了几分沉静与肃穆。

是他吗？那个与自己彻夜研读医书的人，那个对自己无比信任的人，那个在堂审之时与自己撇清关系随军西去的人？

方筵觉得是，但对方眼神里流露出的决绝与凉意，却又和方筵记忆中的人毫不相干。更何况那如瀑布般倾斜而下的胡子，将面前的人彻底妆饰成另一个人。

那男子捂着面具，道：“这位娘子，有何贵干？”

方筵坐稳了，按捺住心中的波澜，道：“为何帮我？”

那男子转了身子，面向一江春水，道：“人家不叫你进去，是怕你闹事。而我帮你，只是想看热闹罢了。”

方筵继续说道：“你骗人。”

男子往船边凑了凑，伸手去抚清凉的江水，道：“娘子，你自己的事可做成了？别在我身上耗费时间。我还有要事在身，先行一步。”话毕，男子站起身来，正要学方筵的模样，跳上另一条往岸边摇去的小船。方筵也迅疾起身，拉住那男子的胳膊。等到那男子一脸惊讶地被拽过来时，方筵已是一把扯下了他的面具。

面具落入江中，惊起一翻涟漪，无数水花蹦上面具，最后又从洞中流了出去，而面具则像一只小舟，悠然远去。男子眉上浅浅的一道伤疤藏在细密的眉毛中，若隐若现。方筵伸手去拨开那层眉毛，让那条细小的疤痕展露在了自己面前。这疤痕不过一厘米长，有着与周围皮肤不同的浅色。

二人僵持间，那年长女子不知何时到了岸边，喊：“娘子，阿芜带着她儿子回家了，说是不舒服。”

方筵点了点头，那年长女子怕方筵讨要银子便匆匆走了。

“这位公子，你跑什么？”方筵道，“坐下与我说两句话吧。”

男子不知为何，竟真的坐下了。二人对坐船中，随意地漂在江面上。

“公子是外省人，你可知晓城南的万家医馆？那家医馆现下就要被抵押出去了，只因有人在这酒楼中签了一桩失败的生意。医馆的老板，是两位女子。这两位女子与万家都无丝毫血缘关系。她们曾是被万家休掉的夫人与儿媳。现如今，万家医馆将要没了，公子能体会她们的伤心吗？”

男子始终低着头，一言不发地盯着手中的酒杯。

方筵继续道：“公子，瞧你这样子大抵也有过漂泊无依的时刻吧。你想家吗？你是不是觉得回了家，会将外头的灰尘带进家中去，所以你只想做个护卫，永远站在家外，不愿入内？”

男子的头更低了。

方筵有些哽咽了，继续道：“公子，你可知那医馆中的女郎中为何留在万家，你不知道她的身世，我便说与你听。

“二十年前，在千里之外的休宁县有一群姹紫嫣红的姑娘，她们本是秦淮河边的艺伎，可是妓院老鸨好赌，一晚上就输得倾家荡产，将妓院也押了出去。债主看不上青楼生意，便将她们赶了出去。老鸨见姑娘们游荡在街上便心生恶意，想将她们哄骗过来卖给别人换银子花。姑娘们中有聪明的，识破了老鸨的甜言蜜语便带着姐妹们逃走了。一群姑娘家身无分文，跑了几日几夜，最后流落到了休宁县上。

“县里有个背炭的老实人，二十出头，见姑娘们饥寒交迫，便偷偷从东家那儿偷出一包炭给她们取暖。此举感动了其中一个叫秋云的姑娘，秋云和那老实人结了婚并诞下一女。老实人开心得不得了，可没想到有一日回家不见了夫人，只见女婴躺在冰凉的炕上啼哭，藏钱的柜子空了，夫人的姐妹皆不见了踪影，背炭夫这才晓得被骗了。原来那秋云一直偷他的钱，等钱攒够便和姐妹们一起逃之夭夭。

“背炭夫伤心欲绝，十多年积蓄化为乌有，一时胸闷昏厥，竟一头栽到炭炉子里烧死了。可怜的女婴被小姑带走抚养了几年，之后小姑嫁了人，女孩遂被赶出门去。

“小姑娘要了几年饭，最后因一个外乡郎中的‘活人做药引’之说，惹得无数病人上门提亲。她频繁改嫁，最后嫁入万家。但好景不长，万家没落，她的夫君也去了遥远的西域，生死不明。于是，她与婆婆重新开了一家医馆，说来是为了‘行男子之所为’，实则是在等夫君回还，她愿意苦等一生。”讲到此处，方筵已泪流满面。她望着面前低头不语的男子，只觉得心中涌起了无数的怨恨与怆然。

“万琦轩啊，往日我因种种缘由与你错过了，今日复又相见，就算此刻深陷困境，我也要你与我一般不顾一切与万家站在一起。”

方筵不晓得万琦轩是怎么从茫茫西域来到北方小城的，但蓄起的胡须似乎说明他一路的艰辛。他在酒楼内常驻，大概也是在调查幕后之人。听他与酒楼那年长女子说话的语气，他似乎早就到了县里，却迟迟不肯与他们相认。方筵明白，万琦轩是做了与幕后之人抗争到死的准备，这才隐姓埋名，不愿与他们相认。

三年前在李家医馆，万琦轩便是一人承担了所有责任。如今千帆过尽，方筵再不忍让他独自面对，但她也想像李仲显一样，只表白心意，绝不强求。

方筵站起身来，望着朝思暮想的人道：“我与夫君初见时，他不愿娶我，还叫我助他逃婚。我便将他藏在房中的衣柜里，他被衣柜上的铁锁伤了眉毛，划了一道深深的伤痕，还是我配了药给他医治的。好了，我要回去了，还望公子珍重。”方筵也扯下脸上的面具顺手抛入江中，面具打了几个旋，随即追随另一只漂向远处。

两只面具漂到一艘船前，一只纤纤玉手从水中将其捞起放在了船中。那女子名叫阿芜，头戴一朵大大的芍药，眼角已有了淡淡的细纹。她将那只白色的面具捧在手中，大颗大颗的眼泪落了下来，落在了面具上。

阿芫身旁的小孩问道：“娘，你为何哭得这般伤心？”

阿芫道：“阿宝，如果有一日，娘不要你了，你会怎么办？”

男孩一愣，张嘴大哭：“娘，你为何不要阿宝了……阿宝还这么小……你不要我了，我去哪儿啊……”

方筵赶回医馆时，长长的封条已将医馆的大门封了起来。这场景太过熟悉，休宁县的万家医馆也是这样被封的。

“筵儿……”

正厅内，蒋善与袁相仪分别坐在一左一右两个主位上，方筵静坐其旁，问道：“医馆封了？”

蒋善低头道：“封了。不封，刘生要去衙门口闹事。知县为了平息事端，暂时封住了。”

方筵翻了个白眼：“‘暂时’这词儿，是他知县老人家糊弄我们的。刘生有两个欠条，不管是明道还是暗道，我们都无词可辩，医馆大概只能交出去了。”

蒋善与袁相仪自然也明白这一点，只是都不愿意说罢了。

袁相仪道：“大不了你们重开一家，反正我那浣衣局还在挣钱。”

蒋善与方筵对视一眼，都在彼此的眼神中体会到落寞与疲倦。

“我们开一家，那人便要毁一家，若不把此人揪出来，万家永不得安宁。”方筵面容严肃。

蒋善怅然道：“怎么查？报官？我们连半点儿头绪都没有。”

方筵想起春香楼那个头戴大芍药的女子，道：“并不是一点没有。”

接着，她事无巨细地将今晚在春香楼的所见所闻讲了出来，只略过了与万琦轩重逢的一段。蒋善与袁相仪脸上终于有了喜色。袁相仪道：“明日里我与你一起去春香楼找人，叫屠安尚跟着一起去，好叫那老鸨放心些。”

院中空空，不闻老马的嘶鸣声。“我忘了，屠安尚跟着老三去赶考了。”袁相仪道，“书信也有好几日未送回，不知近日里老三如何了。”

蒋善道："不回书信还好，回了书信，你怎么开口说家中变故？若是讲了，怕是要惊扰他。"

袁相仪连连说"是"。于是三人便约定好了明日里去春香楼再探查一番。

往日这个时间，蒋善与方筵会亲自去药馆中整理药材，如今却只能在家，虽说轻松了，可时光反倒更难以消磨。就在三人心思满满时，木门突然被敲响了，那声音震得门板剧烈晃动，吓得院中三人纷纷一抖。方筵将门闩打开，只见门外站着个丫鬟模样的人。她见门开了，方才侧身而立，露出她身后的女子。

女子可谓是美若天仙，亭亭玉立，气质非凡，裙衫飘逸，双眉蹙成一座山峰。她猛然抓住方筵的双臂，道："万夫人，可是我来迟了？"

第二十四章　重逢

来人竟是甘雅观。

方筵惊讶道："吴夫人何故到此？"

甘雅观道："先不说我。我有救你们医馆的法子，你快看看可不可行！"她从身后的侍从手中接来一个锦盒，小心翼翼地打开，取出里面的纸展开在方筵面前。

方筵瞧见第一张写着各种病症，剩下的几张则是一张张药方。

"此乃东阁大学士亲孙的病症，已是一年有余，这期间学士求了无数药方却皆无作用，他特此悬赏，若谁能治好这孩童的病，便可达成对方的心愿。万夫人，你看看可有把握？"

方筵心中一喜，急忙将那张写满病症的纸仔仔细细地看过，又看了其他的药方，慨然道："是有些难度，我没有太大的把握。"

其实那病症并没有太大的难处，以往郎中开的药也是合情合理，甚至有些是方筵开不出来的，但为何还是无济于事，方筵却不明白。

甘雅观一脸失望，道："那除了这个法子，我也没主意了。"

袁相仪与蒋善一同站在方筵身后，她们将手搭在方筵身上，道："事已至此，倒不如孤注一掷，试它一试！"

方筵双手捧着锦盒，思量片刻便点了点头。接下来的时间，方筵一直在研究那孩童的病情，甚至都忘记了和甘雅观寒暄几句，等她回过神来时，甘雅观早已蹬上马车。她掀开帘子，与方筵隔街相望，眼神中是道不尽的不舍与眷恋。

蒋善在一旁道："吴夫人说你与琦轩对甘家有恩。她的夫君便是擢升至北平府的知府，若万家有事必定报恩，只是也要有理可依，不能落得渎职之罪。"

方筵一愣，那知府竟然是当年迎娶甘雅观的吴家公子，难怪他得知万家医馆时，脸上并无诧异。

袁相仪第二日便去了春香楼。归来时，方筵在书房中头枕锦盒，席地而眠。自昨日甘雅观走后，她便捧着锦盒进了书房。书房中的蜡烛点了六七个时辰也不曾熄灭。丫鬟端进去的晚食与早饭都原样不动地端了出来。袁相仪悄然推开房门，蹑手蹑脚地将毯子盖在方筵身上。

方筵一抖，眼睛都还半眯着就问："姨娘可有收获？"

袁相仪叹气道："妈妈说，唤作阿芜的那个舞伎称身体抱恙，并未出现在春香楼。我去她的住处寻，也未能如愿见到她本人。"

方筵重新将一册书页攥在手中，道："逃便是有愧，她定与此事脱不开关系。"

"阿芜的事交给我吧，你且操劳着药方之事。这药方真的不好开吗？"袁相仪问。

方筵道："不是不好开，只是我不解，几位郎中用的药都是对的，为何却毫无用处？我猜那孩子身上有的不只是这些病症，或许亦如琦轩一般，要追根溯源才能理清头绪。"

"东阁大学士的府邸远在应天，你就算亲往也需一月有余，哪里还来得及。"

方筵将书盖在脸上，长叹一口气："是啊，究竟如何是好，我暂时毫无头绪呢。"

五日光阴转瞬即逝，方筵拟了无数道药方，却又一一撕碎。方筵曾尝试从那孩子现有的病症中推断出其他症状，一一对应开了药方，却又一一推翻了，只因其他郎中也早用过此招，方筵开出的上百张药方总能找到与其他郎中一致的。想得乏了，方筵便站在院子中沐浴春日暖阳，猛然想起当初嫁进万家，也是在这一番春日中，那时她将刚出生的万竹从鬼门关拉回来。

突然，门外响起一阵敲门声。那声音很轻，敲了三声，停留了好一会儿才响起第二轮。方筵没由来地紧张起来，只觉得胸膛中那颗心脏怦怦直跳，头脑发昏，腿脚也发软了。

那声音缓缓地又响起，一下又一下。方筵慢慢挪过去，打开门与门外人迎面相视，她瞬间觉得五脏六腑就这样软了下去——面前那剃去胡须的人，如在江中画船中那般坚韧、含蓄，而眼中的清明与柔意却溢了出来。

万琦轩缓缓开口道："夫人，我来迟了。"

一声夫人，将这三年来隔在方筵与万琦轩之间的生疏全都化解开了。方筵慢慢地攀上万琦轩的臂膀，与他相拥而泣。

随后而至的蒋善与袁相仪先是惊讶再是惊喜，终于也露出了笑容。

"是琦轩无用。半年前朝廷大赦天下，琦轩直奔北平府却迟迟不敢与家人相认。我也渴望来见娘与姨娘一面，只是那幕后之人的线索到了此县，我不愿现身明处，便未登门相认，只在远处的酒楼中租了一间房子住。那日在春香楼中，夫人将我认出，一番话叫我想明白了一切，便匆匆赶来相认。"

蒋善与袁相仪均向方筵投去目光，却见方筵早已泣不成声，倚在椅子上，望着万琦轩思绪万千。

一番哭诉后，万琦轩终于说到正事上："吴知府调查赌场一事，寻到了春香楼，向我讲述了家中的困境，以及东阁大学士亲孙病重求医一事。那锦盒我早就看过，知道其中开方的不易。那孩子病得蹊跷，却恰巧是我在北平府内相识老翁的外戚，我便即刻想法子联系那老翁，多番了解后才敢与家人相聚。"

方筵道："你可有应对的法子了？"

万琦轩道："我没有十分确定，还得与夫人商量。"

不容匆匆归家的万琦轩歇息，方筵便将其拉进书房中，将锦盒内的纸张摊开，问道："你可想到什么？"

万琦轩将写满病症的那张纸拿起来，对方筵道："这只是那孩子的一部分病，他还有一病，未书其上，却也无人发现。"

方筵疑惑道："我也是如此想的，只是不被人发现的病症，还有什么？"

万琦轩指了指自己的胸膛，吐出两个字："心病。"

万琦轩扶着方筵，二人坐于满地的书卷中。

"我曾见过那孩子一面。当时，那孩子正在老翁家暂住，哭闹着要寻爹娘，任老翁如何安抚亦枉然。孩子闹急了便一头撞向院中粗木，随即昏迷不醒。老翁请我诊脉，当时我发现那孩子气短心躁不似寻常孩童，便多问了几句。老翁告诉我，那孩子本长居京城，只因爹娘在朝中树敌无数，才被迫将他留在北平府的亲戚家中。他的爹娘于百姓说，是问心无愧的好官；于这孩子来说，却是失职的爹娘。他们不得回乡探子，却许诺：'吃够了多少吃食便去探他'或'习得多少书本便可探他'，他一开始还斗志满满，整日泡在书房之中，也的确达到了爹娘要求，但爹娘却由于各种原因从未归家。久而久之，乡学中的孩子都欺负他，他不愿给老翁添麻烦，便忍住不说……如此的日子，他从牙牙学语一直过到年满十岁。一年前，爹娘终于得空将其接过去，却发现孩子时时昏厥，整日面无血色，浑身发痛。"

方筵细细思索，道："按你所说，他是与爹娘长久分居所养成的心病？"

万琦轩点头道："没错。"

万琦轩前往西域这两年多时光，见识了许多异域医术。边境之处各族人混杂居住，也叫万琦轩医术长进不少。此次的心病说，便是万琦轩用多种医学理论总结出的。

"心病会导致人一整日萎靡不振，会使其本就柔弱的脏腑愈发易虚易实、易寒易热。这孩子的病症，只怕都是由心病引出。"

方筵总结道："不疗心病，永无痊愈的可能。只是，这心病如何疗愈？"

万琦轩道："我们得调整药方，以镇心安神药为主，再辅以对应其身上其他症状的药物。除此之外，我们还要修书一封，让其爹娘亲自去打开其心结，所谓身心兼治方才有效。”

万琦轩一来便提出了全新治疗方案，方筵心中长久郁结的情绪倏忽间便烟消云散，立即按照万琦轩所说开了一个新方，而万琦轩却写了一篇“劝亲表”。待二人各自书写完成，已是夜幕低垂之时。

一个月以后，一个伙计匆匆赶来，送上一封急信。

致万家医馆：

药方与嘱咐实乃金汤灵药，家孙渐渐好转，老朽愿兑现诺言，若二位有事相求定极力促成。

霎时间，四个人喜不自胜。一个月的翘首以盼，原本的苦恼终于在此刻烟消云散。

“等等，还有一个包裹。”伙计在门口喊道。

万琦轩亲自出去取了回来，却见这个包裹异常沉重，裹了好几层。他一层一层地揭开，四个人面上的喜悦之色慢慢退去，并被渐渐泛起的焦躁所取代。最后一层包裹摸着硬邦邦的，万琦轩的手指在上面搓了搓，将手摊开，上面是骇人的红色粉末。

袁相仪惊叫一声，倒退几步。万琦轩慢慢打开已被血渍黏连住的布，露出一只马蹄。马蹄子上的血早就干涸，切口狰狞，展露在大家面前。方筵仔细一瞧，心下一沉：这是屠安尚的马，马蹄铁是他用跑了半个县城才买到的上好料子做的。

马蹄下隐隐露出一张布条，上面写着：若要医馆，则死。

蒋善直惊得浑身颤抖，问道：“要谁死？”

这问题无疑十分明显。那人寄来的是屠安尚的马蹄，死的自然是万琦志。其他三人皆沉默不语。袁相仪过了许久，才慢慢开口道：“琦志后日便要赶考了……”

两封急信摆在万家人面前，四个人面面相觑，却说不出一句话来。

送去东阁大学士府的那封信中，万琦轩并没写保留医馆之事，只是悲痛陈情，向大学士倾诉赌场之事是三少爷受人蛊惑。东阁大学士也如约履行，亲自到大理寺少卿府中拜访，将这案子呈了上去。百般周转后，大理寺中派人去了北平府亲自督察，同时也暗中保护着万家一行人。

万琦志却早从传闻中知晓了家中状况，考试中思虑过度发挥失常，被老夫子狠狠训斥了一番。回北平万府时，万琦志孤零零一个人。据他所说，屠安尚在一次出门赶集后再未归家，只有一只断马蹄送回住处。他曾沿路去找却不见踪迹，即使报了官，捕快也无计可施。

“尸体未寻到，他便没死。兴许是屠安尚见情况危急，暂时躲起来了呢?”万琦志如此猜测。

但一旁的方筵沉默着，望着空荡荡的马厩，回忆起从休宁县到江阳县这一路上屠安尚对自己及一家人的细心照料。他从不多言，却总忙前忙后毫无怨言。当年到了江阳县后，方筵曾以为屠安尚会返回休宁，但他只字未提，反而拿出全部身家助开医馆。这样的一个屠安尚，就算知晓危机四伏也断然不会独善其身。即便对此深信不疑，但方筵并未声张。万家的事端太多，保不齐何时传到何人耳朵里，再引出新的麻烦来。

大理寺的人一直待在县里，方筵与万琦轩静待两月后，终于鼓起勇气再次开了一家医馆，却不敢声张，只在府邸中开辟了两间最内侧的偏房，一间用作接待病人与坐诊，一间用作药材房。因此看病的人需从万家的府邸中穿堂而过，走到路的末端才能瞧见三位郎中。医馆藏得深了，来寻医问药的却不见少。万琦轩从西域带回的无数新颖的药方功效显著，叫无数病患啧啧称奇。再加上万琦轩与方筵二人珠联璧合、相辅相成，将医馆开得深入人心、声名远扬。此时的万府再不是休宁县那个高高在上、家法森严的高门大院，而是药香四溢、人来人往的家族医馆。而万琦轩与方筵也日渐情深，终于在蒋善的主持下重新办了一场简朴而欢快的婚礼。

那应该是最欢喜的一场婚礼了，几乎全县的百姓都来了。庭院里熙熙攘攘，贺词如美妙的歌声，新娘与新郎携手走进庭院，不在顶头横梁下，不在又冷又硬的石砖上，就在那广袤无垠的天地间，在繁花似锦的草丛间，在温柔多情的暖阳下，山盟海誓。自此，一间没有牌匾却被人啧啧称赞的医馆，经历一年的起起伏伏，终于在遥远的北国，深深地扎根在了百姓心中。北平府的百姓都晓得，有一个自南方跋涉而来的万家，如华佗在世，似扁鹊降临。

万琦轩听见这话时哑然失笑，搂着方筵，站在院中望着天上那一轮幽月道：“‘华佗在世，扁鹊降临。’这话上一次听见，还是休宁县的百姓说给爹的。”

方筵道：“两个万家医馆截然不同，却殊途同归。”

万琦轩将方筵搂得更紧了，道：“夫人，清明时节带我去给爹扫墓吧。”

方筵点点头。她微微一抬头，瞥见万琦轩失落的面色。

万琦轩归家一年，从未去过万守严的墓前，更别提上香供奉。当初，他的心早在西域两年的风沙中磨得千疮百孔，若不是为人看病的念头还牵着他，为万家洗清冤屈的夙愿还折磨着他，他早就倒在茫茫大漠中，被朔风吹去骨肉，被黄沙吸去鲜血了。

方筵明白，万琦轩愿意去万守严墓前上香的时刻，便是他已将自己修补好的时刻。

方筵不忍瞧着自己的郎婿失落，道：“我还有一物，专门为你留着。”

万琦轩道：“巧了，我也有一物。”

二人携手回了房中，各自神秘兮兮地从柜中拿出一物。不需交换，只要瞧见那两个物件的样子，二人便相视一笑。

方筵手中的，乃是万琦轩流放西域前，她二人所一同撰写的医书。几年间，医书早就写满，后面还加了几页。而万琦轩手中也是一本书册，是他在西域的所见所闻。万琦轩聪明，过目过耳皆不忘，但他总觉得应该将这些所见所闻所感记下来。

两本书册带着经年累月的思念交换到彼此手中，自此这两颗心算是真正地、毫无间隙地在一起了。而至于那个不断陷害万家的人，却好似销声匿迹了，不论万琦轩怎么寻找，都寻不到任何踪影。那人好似躲开了一切万琦轩能查到的事，将一切痕迹都抹去了，干干净净，连一丝气味、一滴鲜血都不曾留下。

一切都似归于太平，万琦轩与方筵渐渐觉得，该将万家医馆搬出去了。

将此想法公布前，方筵与万琦轩修书一封送往军队中，还托人给万琦富带了口信，将远在书院中的万琦志叫回，也将远嫁的万青、万松接回来。千万期盼中，给万琦晨的书信却被原路退回，只道军队中未有此人；万琦富借由生意繁忙推脱了；最后回来的，只有万琦志与万青、万松。

“重开万家医馆有利有弊：万家的医术，能够传扬得愈远愈广，但同时也惹人注意，有可能再次陷入两难境地。”万琦轩分析道。

方筵站在万琦轩身边，淡然道：“但若我们一直躲着，永远躲在这深巷中，便只能一直受人牵制，还不如堂堂正正地开在街面上痛快。只是这个事关整个万家，因此向各位求个意见，是欲继续躲藏以求稳妥平安，还是放手一搏？”

正厅内一片沉寂，各人面色都不同。稳妥一派即是蒋善与万琦志。蒋善只求一家人平平安安，她最见不得家中人再分开。万琦志前不久夺得会试魁首，一月之后将到大殿之上俯窥龙颜，自然也不想生出事端。

冒险一派则当属袁相仪与万青。这两个人在此一年中循规蹈矩，早已厌烦不已，如今有机会堂堂正正地做万家人，自然欢喜得很。

“大哥，不如待明日清明祭祀，你拜过爹的坟再下决断？”万琦志最后说道。

第七卷　自证清白

第二十五章　验尸

万守严的墓像是一尊至高无上的神佛，守护着不远处的天坑。每每方筵去天坑采药时，望着万守严的墓，心中便感到无限的安宁。建造一个如同万家当年的药材库那般宏大的医馆的目标，似乎刻在了方筵的心上，时时刻刻鞭笞着方筵，叫她不敢有一丝懈怠。

万琦轩领着到场的其他万家子女，恭恭敬敬地给万守严上了三炷香，浇了三杯酒，磕了三个响头。

末了，万琦轩问道："琦志，你说说，现下如何决断？"

万琦志正欲开口，却听见天坑那边有随身的家仆惊慌失措地大喊："骨头……人骨头！"

方筵等人皆是一愣：天坑中怎会有人的骨头？莫不是那家仆将牛骨或羊骨当作了人骨？方筵抬起胳膊将袁相仪等几个没学过医的人拦住，自己与万琦轩和蒋善往前走去。天坑中翠绿一片，花苞摇曳，清风吹拂，将层层叶片吹低，最后露出一堆白骨。那白骨散乱无常，一根又一根，均符合人骨的特征。

万琦轩下了天坑，拿布包了骨头上来，摊在方筵与蒋善面前。精通按摩之术的蒋善对人的骨骼结构十分熟悉。她逐一将骨头摆在应有的位置上，脸色渐渐变得难看起来。待蒋善拼完，她轻而易举地发现左边的腿骨上有断裂的痕迹。她将那一处指给方筵与万琦轩看。

方筵猛地倒吸一口凉气，道："这恐怕是屠安尚的尸骨。"

当年方筵在城门口张贴休书，屠安尚与嘲笑方筵之人打了一架，被打断一根腿骨。

万琦轩将她扶住，道："夫人，你可看真切了，是一样的位置吗?"

方筵还未开口，家仆又在天坑下方找到一个物件，交到万琦轩手中。方筵低头看到万琦轩手中那个用铁打铸的小玩意，重重地点了点头："是他。屠安尚当初打马蹄铁时剩了一点角料，便叫铁匠给他打了个零件随身带着。"难怪这一年来，方筵派出去寻找屠安尚的人皆是一无所获，原来他早就被人杀害了。

蒋善忽地站了起来，腰板挺得笔直。她明白，自己与方筵昨日早晨才到天坑中采过药，这尸骨，只可能是昨日辰时后被丢进来的。万家医馆即将重新开张的消息，还是传到了这背后有心之人的耳中，忽然现世的尸骨便是他按捺不住的表征。

蒋善抚了抚袖子，遥遥望着万守严的墓碑与碑前的儿女，道："既然如此，万家医馆，非开不可。琦轩，早日去选址吧!"

万家人纷纷望向蒋善。

蒋善走向墓碑，双膝跪地又磕了三个头，道："老爷，此人不除，万家再无翻身的可能。容我带着这群孩子们斗胆一试!"

随后，万琦志在万守严的墓碑后挖了一个坑，哭道："屠兄这是因我而受了牵连啊……"

万琦志跪在尸骨前，双手捧起放置尸骨的布，将其兜在一起，再将布的两角绑在一起背在背上，一步一步缓慢地往坑边走。行至坑边，他正要将尸骨放进去，却被身后的万琦轩拉住了。

"别埋，尸骨还有用。屠兄死得不明不白，我们起码得知道是何人所为。"

万琦志一愣："就凭一副尸骨，如何能知晓?"

万琦轩道："其中技巧，我并不知晓。但我在西域时见过有人凭借尸骨判断出死亡的缘由。想来，我们可以一试。"

方筵望着万琦轩微红的耳根，看出他在撒谎，但她并不揭穿。

万家医馆重新揭匾那日，方筵等人却是异常肃穆与庄重。此次扯下那块红布的还是方筵，她爬了上去，明明手已经抓住了红布的一角，却迟迟没有揭下来。她与下面仰首望着自己的人都明白，此牌匾一揭，那块红布便极有可能化作一场腥风血雨，降落在万家所有人的头上。若他们没打定誓死破开长空的决心，那便只会落得个被生吞活剥的下场。

在方筵担忧的目光下，众人纷纷出手扶稳梯子，方筵顿时信心大增，猛地一挥将红布掀开，露出了下面黑底金字的牌匾。

方筵曾设想过那人会使怎样的手段再次搞垮万家医馆，千算万算却未算到是故技重施。几年前，万家医馆就是因一张与李仲显相冲的药方获罪，以至于家破人亡妻离子散。如今，又是一个莫须有的罪名，不知怎么降临在了万家头上——东阁大学士孙子病逝的消息从应天传到北平，就在万琦轩刚将一道调整过的方子奉上后不久。不消几日，两队捕快破门而入，一如当年逮捕万守严那般，将万琦轩带走了。

方筵刚出诊归来，穿过医馆外层层的人群，只瞧见蒋善端正地坐在医馆中央，岿然不动，泪眼婆娑，却依旧坚毅地望着医馆之外。方筵一到，她长久挺直的脊背终于塌了下去。

“筵儿，上一次让我们远走他乡，逼得老爷气急身亡，这一次琦轩又当如何？”

方筵抱住蒋善，道：“琦轩定会平安顺遂、逢凶化吉。”

蒋善道：“万家两次获罪，罪名皆为以药方谋害朝廷命官的亲眷。兹事体大，若再定罪便必定满门抄斩！”

一时间，万家即将被满门问斩的消息愈传愈广，蒋善与方筵再也受不了旁人或可怜或好奇的目光，便关了医馆的门。几日后，万家的医馆再次被封，府内大门却被一人匆匆敲开了。

万琦富风尘仆仆地冲进万府的大门，一直冲到蒋善房中跪倒在地，长啸一声：“娘，儿来陪你了。”

蒋善正在缝新衣的手一抖，针扎进自己的手指，冒出颗血珠。她将手指靠近嘴唇，望着眼前一年未见的儿子，潸然泪下。

万琦富久久拜在蒋善的脚下，不愿起身。

“娘，近日来我一想起自己将要死了，就怕得要死。左思右想，唯一能宽慰我的便只有娘。我自知不是好孩儿，做过许多错事，娘不愿认我，但我却要认娘亲，免得黄泉路上迷了路，被野鬼吓得失了魂。”万琦富哭诉道。

听到街上闲人传言万家即将被满门抄斩那日，万琦富仍在外地的酒楼中推杯换盏。酒桌上客人又随口一言，却叫他当场定在原地。自此，他的灵魂好似飘走了，只留下一副等待被枭首的躯体。他渴望为自己的躯体唤回灵魂，于是追随着那灵魂一路走啊，走啊，最后瞧见那灵魂落在了北平府中的万府内。他幡然醒悟，长途跋涉走烂的一双脚传来钻心的疼痛，万琦富终于真切地觉得，只有在万府内，在家人身边，才能感受到他在这人世活着的意义。

蒋善被地上那一路的血脚印惹得心痛不已，忙叫方筵来帮万琦富诊治。说来也怪，过去方筵总与开药材铺的万琦富不睦，今日却生不出骂他的念头。她仔细地将他那一双脚清理包扎，然后拐到灶房内，对家仆道：“二少爷回来了，晚间多做些菜。”

尽管方筵叮嘱了，但到了晚上菜还是不够，因为万青万松相约着偷偷从婆家跑了回来，不打声招呼就冒冒失失地破门而入，寻见蒋善与袁相仪，各自抱了一个埋头痛哭。

袁相仪骂道：“你们回来作甚！都是嫁出去的人了，冠的是夫家的姓，不算万家人，都给我滚回去！”

万青一抹眼泪，回道：“怎么不算？之前开医馆、浣衣局要人手，就把我们当作万家人，现在倒不需要了？”

袁相仪还是头一次被人噎住话头，急得满脸通红。随后，一家人便在院中坐下，盯着明晃晃的月亮照耀着三个空荡荡的位置。

蒋善看着那三个空荡荡的位置，一一数过去：“不知琦轩在牢中可还安康？书院在山上，琦志怕是还不知晓这噩耗。琦晨……”她长叹一口气，“琦晨，久未归家，不知在军中能否撑得住……”

身侧的方筵拉住蒋善的手，道：“尚未定案，我们还有转圜的余地。”

此言一出，桌上一片寂静。大家都明白，方筵只不过是宽慰人心罢了。此案重大，不出半月便可定罪，留给他们的时日并不多了。偏偏那背后之人藏得深，方筵与蒋善、袁相仪托人查了好几日，也丝毫没有头绪。

袁相仪最见不得这种凄婉的场面，将桌上竹箸往每个人手中塞去，道：“哭哭啼啼做什么，今日还没死，就先将今日的饭吃进肚子里。吃饱了，明日才有力气四处奔走求生。”话毕，她又夹了一大块肉放进蒋善的碗中，万青也拿起竹箸，与袁相仪一起给面前每个人的碗中搛菜。

方筵站起身，道：“你们先吃着，我叫灶房再加两个菜。”

走到他人瞧不见的角落，她终于忍不住落下泪来。“你跑一趟东阁大学士府，不论用何种方法，将病逝孩童生前所服用的药渣带回来。”方筵对一个善骑术且脑子活泛的家仆道。

家仆听了方筵的话，眉毛都快皱成一座高峰。他推脱道：“少夫人，路途遥远，且高官府中戒备森严，我怎么能取得？”

方筵怒道：“往日里你与屠安尚最为交好，你的骑术便是他所教，但他身上的胆魄你是一点没学到！”

家仆甩了甩臂膀，道：“少夫人，你这话就不对了。屠兄不就是因为你所说的胆魄，死在你们对家手上了吗？”说完这话，家仆一时察觉到自己失言，便低下了头。

方筵并未说什么，她甚至觉得，家仆此话说得不错。她在身上一番搜罗，找出几个碎银子，塞在家仆手中，道：“拿了钱你总肯去了吧？”

等方筵到了灶房中，却见灶房内空无一人，灶中的烟灰也早已冷掉。空空荡荡的房中点着几根细细的蜡烛，暖光盈室，方筵心中却如冰冻三尺，冷到极致。她从案板旁拿起一根蜡烛，往庭院中其他地方走去。一星点的火光慢慢地飘在万府内，照见桌椅，照见布帘，照见花草，却照不见一个人影。若不是外面院子中还隐隐约约传来万家人的说话声，方筵便会觉得行走在一处无人之境。

方筵一直走到最里面那间药材房，才有一阵窸窸窣窣的声音传来，她执灯走近，却见一背着包裹的家仆正在翻找着药材房中的药材。家仆被那火光吓得愣在原地，手上的药也洒落下去。

方筵问道："他们都跑了，你怎么还不快些跑，来此做甚？"

那家仆颤颤巍巍道："回少夫人……我的小孙病了，就想照着夫人以前开的方子……给他带点药回去……"

方筵双睫微颤，走上前去，用火光照亮那家仆的脸，继续问道："什么症状？"

听家仆老老实实地说完，方筵将蜡烛放在一旁，在家仆身后的柜子中称了几味药，规规整整地包扎起来，递到家仆的手中："对症下药，方好得快。"

家仆"扑通"给方筵跪下了："多谢夫人……多谢夫人……还望夫人与两位老夫人珍重——珍重！"

待家仆走后，方筵重新掌起那根蜡烛，一直走到马厩中，牵出那头她有一年未骑的毛驴，好好用水梳洗了一番。方筵抚摸着毛驴的灰耳朵，道："老兄，最后陪我去趟急递社，可好？"

驴子动了动耳朵，方筵拉紧绳子将毛驴往出拉拽。驴子此刻变得倔强无比，四个蹄子死死地钉在地上，就是不愿和方筵出去。

方筵拗不过驴子，将缰绳摔在地上。她骂道："早知如此，当初就杀了你吃肉！"

如此云云，方筵骂了一堆，沉寂了半晌，却又恍若无事般站了起来，往前院走去。

此时的方筵却还没意识到，方才叫嚷声一片的前院，此刻却安静了下来。所有人都从桌上撤了下来，围在一人身旁。那人面黑如铁、壮硕如牛，与一年多前那个还只知整日享乐的万琦晨判若两人。

万琦晨望着将自己围起来的一众家人，再瞧瞧府中寂寥萧瑟的气氛，悲痛道："各位，万琦晨自来请死谢罪！"

几日前，金碧辉煌的庙堂之上，当朝皇帝肃穆威严地端坐龙椅之上，怀中的御猫却不停叫唤着欲蹿上跳下，惹得皇帝微微一挑眉，侍奉的公公立刻晓得万岁爷不高兴了，急忙将御猫赶走。那猫却躲过一众追赶之人，在大殿中穿梭而行，最后逆着耀眼的日光，端坐在门前静止不动了。

“李公公，叫他进来吧。”皇帝眯了眯眼，吩咐道。

一声尖细悠长的传唤声，唤来一位一身铠甲的士兵。士兵行至门前，弯腰将那只御猫捞起，那只御猫舒服地叫唤了两声，心甘情愿地依偎在士兵的臂膀中。

皇帝道：“这猫在你怀里，倒乖得很。”

士兵快步走近，将猫放下了，跪拜道：“回皇上，是皇上的猫看得起小的才赏脸。”

皇上继续道：“你立了赫赫战功，却不要金钱，不要将军之名，也不要美人，独独要见朕，为何？”

士兵将身子与头俯得更低了，他深吸一口气，道：“回皇上，小的见皇上，是斗胆为家人求几天活日！”

皇上面不改色，问道：“你何方人士，家中人怎么了？”

士兵道：“回皇上。我乃北平万府中人，一年前，被奸人所害，背井离乡，不得已去了边疆。如今我家人再次被污陷，我不喊冤，也不求情，但求两月宽限，容我万家自证清白。”

旁边公公脸色大变，使着眼色叫下面跪着的那士兵住嘴，但士兵继续道：“皇上可知，为何这猫如此亲近小的？多年前我爹将此猫献予师父——当朝御医焦师爷，后被皇上选中，有幸陪伴着皇上。我万家百年医学世家，身上也有些草药气。那猫在焦御医那儿闻惯了草药香，对小的便亲近许多。”

皇上意味不明地笑了笑，道：“哦，原来你是万家人！你在军中待了一年，身上是人血与黄沙的味道，哪还有草药味？”

士兵道：“小的自小便浸泡在自家医馆中，药草香早就融入血液中，经年无法消散！”

皇上这才将一只眯缝着的眼睁开了。他抖了抖龙袍，道："你从军一年，从未暴露自己的身份，就是害怕被追究当年赌局之责，如今却怎么不怕了？你可知，天子犯法与庶民同罪！"

士兵慢慢地抬起头，尽力稳住自己，道："皇上，正因我知万家罪无可恕，才特来面圣，若被斩首之时喷溅出的鲜血是清幽的药草香，那便是最好的归宿。"

御猫翘着尾巴，用头顶了顶跪在地上的士兵，又猛地跳上龙椅，伸出舌头讨好似的舔舐着皇上的下巴。"这只猫叫朕答应你，朕便答应你。两月之后，你万家拿不出证据，照例行事，满门抄斩。若拿出证据了，你那中了会元的哥哥，还能在此与朕见上一面。"

士兵叩谢不止，直到他所跪之处，亦染上额头鲜血。

"求得皇上口谕后，我便快马加鞭，日夜不停地跑，再加上路途中有些事耽搁了，用了半月之久才到了北平府。娘，我可来迟了？"

蒋善忙道："不迟，不迟。"她望着往日天真无邪的四儿子，如今却成了敢于在庙堂之上为家人求两月宽限的男子汉，心中又酸楚又宽慰。她的手在半空中颤抖着，迟迟不敢落在儿子那黝黑的面颊上，万琦晨则将脸主动贴上去，道："娘，你儿子立战功了，是大功！"

蒋善扶着万琦晨的脸颊，道："好，好，好！"

方筵结束了与那头倔驴的斗争，方才踏入前院便与刚归家的万琦晨相视。万琦晨哽咽着拨开人群，往方筵这边走来。

"嫂嫂，你再救救万家！求你了，你再救救万家！"

方筵想将其扶起，却发现对方身沉如铁，跟那头倔驴似的。她不禁骂道："我怎么不救？我的夫婿此刻哪像你这般快活，有娘亲陪伴又有甲胄覆身，他正在监牢里吃苦头，我自然要救！倒是你，一走了之，怎么算？"

万琦晨从身后卸下布裹，手忙脚乱地打开，将里头一沓又一沓的纸张全部摊开，道："嫂嫂，你看，这些够不够赔罪？"

方筵一愣，一张一张细细地看，才发现这些都是她与蒋善到了北平府后，重开医馆时在各个镖局驿站留下的买药记录。几百张，全都混在一块，新旧杂乱，远近无序。

“我猜，这回的把戏和之前的相差无几，都是在你们所开的药方中加入了乌头。若此次还是乌头，那这些药单便能证明万家医馆自出事后便再也没有开过含有乌头的药方，也再没进过乌头这种药材。”万琦晨道。

第二十六章　请君入瓮

一旁的袁相仪道："傻孩子，上次用乌头，这回怎么可能还用乌头?"

方筵捏着药单的手在颤抖："不，他一定会用乌头。上一次万家因乌头而入罪已是无可辩驳，若这一次换作他法还留有生机，若仍是乌头便是辩无可辩!"

"但这仅仅是猜测，如何能证实呢?"蒋善道。

方筵道："若是能拿到那孩子生前熬药的药渣，一查便知。只是，从北平至应天就算骑最快的马，也得十天才能到，一来一回，定然来不及。"

万琦晨道："嫂嫂放心，我向皇上求了两月期限。再者……"万琦晨手伸进怀中，从厚重的甲衣中掏出一包物件来，"我离开应天府前，早就求得了药渣。"

方筵接过万琦晨怀中那一包鼓囊囊的东西，不禁泛起泪花，道："好极了！琦晨不愧是万家儿郎，有勇有谋!"

袁相仪不禁赞叹道："果真不愧是我万家儿郎，虽一日都没学过医，却还晓得带回药渣。"

万琦晨道："嫂嫂，你能看出些端倪吗?"

方筵道："你先莫问过多，将这些药单全都收好。"她又转向蒋善，道："娘，来吧，今夜得抓紧了。"

蒋善与方筵互相挽着，捧着那一包药渣往书房走去。

拿出药渣的万琦晨感到一身轻松，连日奔波的疲劳也一霎时全部铺天盖地向他袭来，他忽然觉得胳膊腿都没劲儿了，眼前一黑，身子向下坠去。幸亏身边的万琦富眼疾手快，将他稳稳接住。

“四弟，别睡，别睡！”万琦富叫道。

万琦晨虚着声音道：“无妨，二哥，我只是太累了，睡上三日便好，合眼之前，还有一事交与二哥去做。”

万琦富急忙侧身凑近四弟。

“二哥，当年赌局之事，是有人拿着我的玉佩狐假虎威，我并未到场。借我玉佩之人，是赌场内的一对兄弟，其中的弟弟……”说着说着，万琦晨的声音越来越弱，慢慢地，他彻底合上了眼睛，不一会儿，响彻云霄的呼噜声便回荡在了万府。

万琦富见弟弟真的只是累了才宽下心来，刚平缓的心随即又悬了起来。赌场内的一对兄弟，总让他觉得有些惴惴不安。他抬头看了看时日，大概是赌场开场的时间——那便走一趟吧。万琦富摸了摸自己那圆滚滚的肚子，迈着大步走向赌场。

万琦晨果真睡了三天。第三天晚夕时分，他猛地惊醒，在窗外漫天的红霞中，终于寻回精神。自他所在的军队击退边境敌军十万后，便被大将军请到三军面前大加犒赏，再加上接连几日的劳苦奔波，身体早已透支到极限。现下，他终于回到了魂牵梦萦的家中，即使面临不可知的凶险，仍闻得满园花香，听得虫鸣蝉唱。万琦晨披着霞光起身，在家中转了一圈，望着熟悉又陌生的庭院，忽觉感慨万千。

“你醒了？”方筵端着一碗汤说道：“这是给你恢复体力的汤药，趁热喝了吧。喝完，随我去牢中见你大哥。”

万琦晨见方筵眼下一圈黑影，整个人比三日前消瘦了许多，他甚至怀疑那碗药在方筵手中是否能端得稳。

“嫂嫂，可查出来了？”万琦晨将汤药喝了，问道。

方筵望着万琦晨，眼神飘忽，道：“还记得初见你们万家兄弟四个，是那日袁姨娘将我领回来。你大哥起先死活不见我，及至见着我了，却和我密谋共同逃婚的事；你二哥说的尽是些生意场上的客套话，叫我好不厌烦；你则毫无顾忌地凑到我身边，问我‘你与我一般大，我能不管你叫嫂嫂吗?'而你那三哥，我当时没见着，他被你娘逼着去上学了。我与他初次相见，竟是我翻墙被他抓住。”

万琦晨不好意思地挠头：“嫂嫂，那时我少不更事，你别在意。”他老老实实地跟在方筵身后，出了万府的大门。

方筵带着他七拐八弯，并未去县牢而是绕到了赌场外。

“去，拿着这些钱，把你二哥赎回来。”方筵从怀中掏出一袋银子，扔到万琦晨怀中。

万琦晨疑惑着，却仍旧先照做。他进了赌场，在赌场中央瞧见二哥被五花大绑扔在地上，在他身边的是一对兄弟。哥哥看起来满脑子都是花花肠子，弟弟则迟钝许多。兴许是万琦晨那一身壮肉叫对方胆寒，他交了钱，便将万琦富原封不动地扛了出来。

赌场外，万琦富身上的绳索刚被解开，便猛地挺起身吼道：“那两个人呢，人呢？骗我，竟然骗我!”

方筵解下腰间的水囊，打开盖子，往万琦富脸上扬手一泼，道：“酒可醒了？醒了便起来，去牢中见你大哥。”

万琦富一个激灵，抖掉脸上的水渍，望着赌场，眼神中带有无尽的愤恨。

方筵道：“叫你别去，你偏要去，现在输得家底都不剩了。”

万琦富一个咕噜翻起身来，道：“走，去牢中，见大哥。”

万琦晨见二哥与嫂嫂这副模样，愈发摸不着头脑。他总觉得，自己昏睡的这三日里，他们似乎已经查出了凶手。但为何嫂嫂与二哥脸上全无喜悦的神色，反而黯自神伤？

万琦晨万万没想到，半个时辰后的自己，也同嫂嫂与二哥一样，万念俱灰。

牢狱中，万琦轩背靠木栏杆，高昂着头，从又高又窄的窗户下透进的最后一缕斜阳照在他身上。一阵熟悉的脚步声响起，那是夫人与二弟的。

“查出来了，是他？”万琦轩开口道。他的嗓子沙哑着，一如他头上乱蓬蓬的头发。

方筵与万琦富对视一眼，缓缓地，缓缓地，点了点头。

万琦轩有那么一瞬是愣住的，他只看见方筵与万琦富似乎在说话，却听不见声音。然后，他开始放声大笑，笑得极其愤怒，极其悲痛，那笑声又似哭声一般。

万琦轩万万没想到，自己苦苦寻找五六载的人，竟就在自己的眼前。

应天府城门外，一辆马车疾驰而来，激起一片尘土。马车停稳后，一个风度翩翩的白面书生一步一步悠然自得地走下来，他随手从怀中掏出钱，慷慨地全部塞给马夫。

“哎哟，客官可真大方！”马夫喜笑颜开。

白面书生笑道：“这样，我再给你些钱，你去庙里替我求一副上上签。”

马夫应允道：“行，客官要求什么？”

书生抖了抖袖子，道：“就求我殿试顺遂。”

马夫双手作揖道：“哎哟喂，好，好，好！一定求到！”

万琦志潇洒地往应天府的城门走去。他此刻仿佛已经看到了红花高挂于胸前、骑在马背上傲然游于街市的自己。

守门的将士将他拦了下来，问道：“何人，进城何事？”

万琦志道：“北平府万琦志。我乃本届会元，进城面圣，参加殿试。”

士兵一听大惊失色，定夺不下，报与一旁的将军。将军才不管什么会元还是会“方”，凑上前来，骂道：“你万家还有谋害朝廷官员亲属的案子在审，不日就要满门抄斩，你还想进应天府？放亮眼，趁早滚！”

周围人纷纷注目，并非他们故意关注，只是万琦志那一身白衣太过耀眼，将所有人的目光都牢牢地吸引住了。万琦志眨了眨眼睛，道：“谁和你说，我是万家的？”

将军怒道：“你不是万家的，莫非是我家的？你姓万，我没说错吧？”

万琦志依然如一尊石像般立在那儿，丝毫不动，道：“天下姓万的多了！更何况，万家的祠堂早已被焚毁，既然没了祠堂，自然不算一族。就说此事不算，当年万守严获罪便已揭露我的身份，我与万守严再无关系，他还亲手写下休书，将我和我母亲赶出家门，这些事世人皆知，将军随意打听便是。”说着，万琦志从怀中掏出一个布袋，将其打开露出其中的泛黄纸张。

“你可瞧好了，这上头有万家老爷亲自签的字画的押，当时休宁县无人不知无人不晓。”万琦志用两根手指捏住那纸张，将其吊在空中，飘摇着晃到将军的面前。

将军不敢接手，远远地看见上面草草书写有“万守严”三个字，他立即叫来一个自休宁县来的小兵，问道：“他所说的，可属实?”

小兵将万琦志的脸仔仔细细端详了一番，道：“还真是，你是三少爷吧！当初有人就说你不是万老爷亲生的，把你和你娘一同都赶出去了!”

万琦志对这番失敬之语也不恼，反而洋洋得意，重新包裹好那纸张放回怀中：“休要无理，暂不提我或为此届状元，即使未能金榜题名，我亦知生身父亲为何人——御医焦氏弟子——李仲显！你可知他是谁?”

“这……”小兵一时语塞，缓了半晌才谄媚着靠近，轻轻唤了一声，“原来是李大少爷，难怪李老爷终生未娶，原来早有香火了……只是，这种事难以证实，您……”

不等他说完，万琦志立即打断，狠狠地道：“放肆！有何难以证实，只看李仲显看我娘的眼神便可知一二。再者，万守严亦公开承认我非亲生，若非如此，谁会随意扣这种帽子在自己头上?”

“是是是，大少爷说得极是，可是距离殿试还有些时辰，您如此急着面圣，可有其他用意?倒不是我们碍事，只是面圣可是大事，即便少爷即将成为天子门生，也好歹说说缘由叫我们放心。若无他事，还请大少爷遵时辰面圣，免得连累我们一起受罚，那就没人如此尽心尽力地伺候大少爷了。”

万琦志盛气凌人地瞄着小兵的发梢，轻飘飘地吐出一句：“大义灭亲！万家多次私自行医，还两次谋害忠臣亲属，如此大逆不道岂能容之?我必助圣上除去奸佞，你们此刻放行也算有功。”

将军一听，万琦志所言不无道理，便将其放了进去。

北平府的县牢中，万琦轩笑到声音都嘶哑了，扯着嘴角却再也发不出任何声音，方筵心疼得滴血，却帮不了分毫。任何宽慰之词，在一个被亲弟弟陷害的哥哥面前都是枉然。

万琦轩哑着嗓子道："难怪我在李家医馆借住期间，调查的每一步都会被幕后之人清晰地掌控，原是那幕后之人，就站在我的身边。"

方筵握住他的手，问道："你何时猜出的？"

万琦轩闭上眼回想，道："我对琦志的怀疑，始于屠安尚的尸骨。"

当万琦志提出要埋葬屠安尚的尸骨时，万琦轩说仵作可以从尸骨中辨出死法，甚至查出凶手，万琦志的双手登时收紧了。后来，万琦志临走前为表孝心给蒋善熬安神的汤药，恰巧被万琦轩发现火小了，便出言提醒他，未料万琦志满不在乎道："无妨，火小慢慢地熬，药性方才能释放出来。"

几年前在休宁县，那幕后之人嫁祸甘雅观，唆使她毒死幼婴万竹时，熬药用的就是文火。但凡平日里熬过药或是见别人熬过药，就会知道文火熬不成药，而万琦志便是如此，因万守严与蒋善对他寄予厚望，希望他考取功名，他便从未被允许去过医馆，更别说干熬药的活。家中的药仆也被下令不许与三少爷说话。久而久之，万琦志便对医学没了兴趣，甚至可以说是厌恶至极。当然，这些都不足以为证。真正让万琦轩万念俱灰的，是一张桌子。万琦轩所用的桌子，是当年万守严用过的。万琦轩思父心切，便从中挑了一张万守严书写药方用的桌子，摆在了自己房中。被抓走前，万琦轩似是有预料般一夜无眠。他倚在床榻上，翻看着方筵亲笔所写下的那本书册。看到半夜三更，渐渐困乏之时，他撑不住眯了眯眼，手上的书册没拿稳，就掉在了桌子下方。

为了不惊扰早已熟睡的方筵，万琦轩只点了一只烛灯，用手挡住一半光亮，伸到桌子下去寻那卷书册。灯光还没落到书册上，却先落到了书桌底部一个小小的刻痕上。那个刻痕太浅了，原本难以发现，今夜却在万琦轩执一只烛火去寻医册时，显现出来。

万琦轩急忙凑过去，整个人都要钻到桌底下了。看清那刻痕后，万琦轩捂住嘴巴，瘫坐在地。桌底板上是潦草的一行字，写着“康洼”“乌头”“田鼠”。

此刻的万琦晨已经呆若木鸡。他丝毫无法将那个平日里温文尔雅的三哥与陷害万家之人扯上关系，于是极力争辩道：“大哥，这些都是猜测，万一我们猜错了呢？万一，是爹临死前在桌底上面写的……”

万琦富重重一拳锤在万琦晨身上，悲痛道：“四弟，我也希望如此，但你可知我按照你说的去了赌场，查到了什么？”

那夜，得了四弟线索的万琦富去了赌场。他四处寻找四弟口中那对兄弟，哥哥像只瘦猴，弟弟像个南瓜。他找寻了一圈并没收获，反而差点被赌场的人当作衙门的人给赶出去。为了继续留在赌场中，他只好拿出钱来下赌注。他赌了一夜，输了一夜，最后输到身上一毛不拔时，那一对兄弟终于出来了。

“兄弟，没钱，还出来赌啊？”那兄弟拿着棍棒慢慢逼近，却又在看清万琦富的脸时大惊失色。

万琦富也万万没想到，这兄弟俩竟是之前卖药酒的那两个人。万琦富好歹也是做生意的，比狐狸还狡猾，因此并不急着问，反而是先借着以前的交情与其熟络起来，三人约定了第二晚再在赌场来几把。那时，方筵与蒋善刚在药渣中找到乌头。万琦富便自告奋勇再探赌场。他带上几乎全部身家，还借了一些钱给那对兄弟。玩到兴起之时，万琦富透露出现在仍旧在做药材生意，还与县城里炙手可热的万家医馆有生意上的来往。这话一出，惹得兄弟俩眼红得不行，几杯酒下去，便嚷嚷着都要参上一脚。万琦富却故意面露难色推诿道：“万家树敌太多，你们参与怕有风险。你们不知道，一年前万家马夫随三少爷赶考，未料出去几日便被砍死，尸骨抛于枯山杂草中，魂断他乡恐永世不得超生！”

听闻此事后，两兄弟脸色煞白，虽端着酒杯但入不了口，酒顺着嘴角流下来。那天晚上，两兄弟突然神神秘秘地将他拉到一旁，道：“富哥，明日你来，带上钱，将我俩从赌场里买出去，我们便告知你是谁在坑害万家!”

方筵和蒋善那时正忙着调查乌头的来源，以及整理万家已有几年不曾开含有乌头的药方的证据。她们二人亲自登门，向以往去她们医馆瞧过病的人家收集之前的药方，可这谈何容易。莫说大多数人家都不会留有旧药方，即使留着恐怕也不敢奉上。万家被人设计迫害一事在北平府也算人尽皆知，尤其是万老爷因此而死，屠安尚更是死无全尸，令周边百姓无不惶惶终日避之不及，怎可能主动拿出，若未能救出万家人，反倒会搭上自家人的性命，任谁也不敢轻举妄动。既然刚开始没有行动，后面便不会再过多理会此事，否则再被定下刻意包庇的罪名，岂不是得不偿失？因此，方蒋二人忙碌了几日却一无所获。方筵更是忙得焦头烂额，无暇再顾及其他，便任由万琦富去查。

万琦富这一去，就非要那兄弟俩先说出来，再买他们的奴仆身。一番讨价还价后，两兄弟似乎极为惧怕，便道：“富哥，叫我们骗走四少爷玉佩当作信物大开赌局的，是三少爷的同窗！定是那人见三少爷仪表堂堂又卓尔不凡，义薄云天又堪称豪杰，才借此事打压三少爷。”

“是了是了，继续说，我的那张欠条又是怎么回事？”

兄弟二人一听这话，不好意思地笑笑，满怀歉意地说：“二少爷，这事真不怪我们，其实是三少爷想了这个法子逼您戒赌，才在文书下面垫了半张薄纸，人人皆知您好杯中之物，醉酒之下定看不出这玄机，因此才稀里糊涂地签了字。”

另一个人随即附和道：“没错，当时三少爷还说由他还钱，我们只消叫您签了得些教训便是。只是，后来三少爷迟迟未结账，他那同学又来唆使我们以此要挟医馆，我们想着医馆若不开了，岂不是可以继续卖药酒。于是就应下了这档子事儿。”

听兄弟二人交代清楚后，万琦富惊得脖颈已被冷汗沁得湿了一片。他心里清楚，哪有什么同窗作怪，定是万琦志本人为之，因为万家四个兄弟皆有一块贴身玉佩，可那玉佩从不示人，甚至连劳作了几十年的老妈子也未必知晓，如今万家远赴北平，除了蒋善以外只有万家兄弟才知晓这些事。

第二十七章　春风

方筵道：“万琦志恐怕早已离开北平，去应天府准备殿试了。他与赌场也仅是协约罢了。他借赌场的地方，设圈套拉琦晨入套，将第二个万家医馆毁了，作为报酬，他将万家医馆给了赌场，赌场与我们无冤无仇，只看重钱，所以并不对琦富做什么，交了钱便放人。”

万琦轩颔首苦思，偶尔以点头或摇头作为回应。

方筵与蒋善所寻到的那些乌头药渣，被袁相仪带给了县里所有的郎中去瞧，问是否有人曾用过这种药。但郎中们皆摇头说从未用过。几近绝望之际，一个被世人称作“世隐韩康”的人站出来，道：“我在应天府内见过。”

袁相仪紧紧抓住这一根稻草，又是送礼又是亲自登门拜访，皆被那“世隐韩康”婉拒了。直到一日他与赌场的赎人书一同到了万府上，且带着一小袋乌头，对方筵与蒋善道：“二位郎中，你们瞧瞧，这是不是你们所要的乌头？”方筵才知他并非有意躲闪或不愿相助，只因为人谨慎不得实证不愿妄言罢了。

方筵与蒋善立即对比乌头，发现正与当年害了万家的一般无二。

“世隐韩康”听闻事情经过后，若有所思地道：“此药是我从应天府休宁县一个名叫百家的医馆中进的，只有那处有，那家医馆垄断了所有康洼村的乌头。我还听人说，那百家医馆前身就是你们的万家医馆。如今想来……”

无须他多言，方筵自然明白那医馆的主人是谁。他继续说道："有位李仲显郎中不知可与你们相识，他经常送药方去那家医馆，直至最近才惊觉所托非人，便寻到我这儿托我寻找万家人。我寻了半年有余，却被那家医馆推说你们是假冒的，我不敢轻信，于是始终收着李仲显的药方与书信，从未打开，如今完璧归赵吧。"说罢，他将书信送予方筵。方筵立即展开书信，里面的药方果真是师父的字迹，而另附一封信函却道明了当年真相：原来田鼠吃乌头并非只因气候不佳，实则是人为饲养的结果。李仲显曾到康洼寻找，发现此地家家户户豢养田鼠，并捣碎乌头混进粮里喂食，据当地乡民称往年养田鼠的不如今时多，但价格却反而涨了三倍有余，只因一个大户人家高价收购吃食乌头的田鼠，且不论数量一并收之，才致田鼠的数量如此之多。

方筵与蒋善相对无言，却不明此事若真是万琦志所为，他何来如此多的钱财收买田鼠。此事在李仲显的书信中也有说明：万家被罚后，万琦志在万琦富烧毁祠堂前命人偷偷转移了大量资产，他不拿银两银票，反而盗走字画或瓷器，尤其是万家祠堂中以金丝楠木所制的牌位被尽数盗走，以一两楠木一两金的价钱算，莫说开一家医馆，哪怕开上十家也绰绰有余。

蒋善得知真相后不由得胸口发闷。方筵亦失望至极，悲恸不已，但她还是强装镇定地说道："在此谢过韩老爷，还未请教先生尊姓大名，若万家脱险，必定登门拜访道谢。"

"不必了，我卖了半辈子药材，走过大半个河山，不求富甲一方但求问心无愧。不论是休宁的万家，还是此处的万家，你们于世人的功绩韩某如雷贯耳，如今我也亲眼见过，这些就权当我对同门的一点心意吧。"

说罢，韩世喜留下那半袋乌头，拂袖扬长而去。

"只是，三哥为何隐藏得如此深，又为何要毁掉自己的家?"万琦晨问道。这一年血腥的沙场，早就将他磨砺得顽强了许多，也精明了许多。

"那便去应天府的堂审上，亲自问他吧!"蒋善的声音忽然响起，她让方筵取来纸笔，当场写下一纸诉状。与此同时，另一纸诉状被吴知县送了进来："这是来自应天府的诉状，万琦志状告万家有谋反之心，谋害朝廷官员，且以戴罪之身私自行医，而他则心系苍生，不得已大义灭亲。”

方筵忙站起来，道：“可笑，他真认为世间没有王法了？”

见吴知县忧虑的神色，方筵知道此事想必没那么简单，便不敢再多言，免得叫蒋善伤心，然而蒋善却淡然地道：“马车应该已经在县衙处等候了，筵儿，可否同我一起去应天府？”说罢，蒋善缓缓将那诉状卷起来，放进衣袖中。

方筵点头道：“必然。”

临行前，蒋善交代道：“袁姨娘与万青姐妹在家中，没有男眷，总归不安全。你俩留下。”话毕便与方筵携手离开，留下两个儿子遥遥望着。

万琦富终于愿意开口了，他偏头扯了扯琦晨的衣袖，琦晨连忙俯下身子去听他讲话。

“什么？嫂嫂不会触及旧伤吗？”听罢万琦富的话，琦晨惊呼出声。

万琦富浅浅笑了笑：“咱们嫂嫂没那么脆弱。”

明明是一家人，却在府衙内站在了两边，一边诉其谋反，一边诉其不孝。

知府一记惊堂木拍响，道：“你二人，各自有何冤屈？”

方筵还未开口，却被万琦志抢先道：“知府大人，谋害朝廷官员亲属的罪责，我不必多说，想必诸位都已经知晓，万家先谋害刘典簿的儿子，接着又治死了东阁大学士的孙子，两项罪责足够让他们千刀万剐！不仅如此，万家的大少爷万琦轩及其妇人万方氏，都罔顾法纪私自行医，其中行医的时间、地点，患者的名讳、住所，我皆记录在册。大人，你只需按照我所罗列的一一询问对照，便会知晓我绝无虚言。万家人理应受罚，杀无赦！”

说罢，万琦志从身后扬出一卷书卷，那书卷似滔滔不绝的洪水，顷刻间便铺满整个大堂，甚至将每个人的脚背都覆盖住了。大堂内像是忽然落了一场经年的大雪——这大雪自几年前便下开了，只是在此刻才展现在世人面前。

知府骇然，惶恐地问道：“万方氏，你们果真私下行医？”

方筵点点头道：“见别人受苦而不救，有违医德。”

知府咋舌。方筵却镇定地继续道：“大人，除了核实此书卷的真伪外，您还可调查这些病人中有多少仍未康复，有多少因药而亡的，我斗胆多言，万家治过的病人只会身体大好，绝无一例意外。”

万琦志见书卷成了方筵的自证之书，不仅不急躁，反而得意地道：“百姓可药到病除，何以官员亲属却频繁暴毙？万方氏，这还不能彰显万家故意谋害官员之心吗？”

方筵冷冷道：“万家三少爷，你陷害万家这么多年，却笨到如此明目张胆，你的心思昭然若揭……”不等万琦志插嘴，方筵向知府拱手道：“知府大人，我这儿有三个药方和一捧药渣。这第一个与第二个，乃是当年给刘典簿用的，二者看起来毫无相冲之处，但李仲显郎中所开的药中有一味白及，与万家二少爷呈上去的偏方中的田鼠所食乌头根相冲，这才导致刘典簿儿子中毒，但这药方是有心之人递到二少爷万琦富手中的，当年的案子已经断过，时日已久，或不可追查。不过，我这里有两封信件，不知可否为万家辩驳几句。还有，今日这服药是万琦轩开给东阁大学士孙子的，其中有白及，却无乌头。药渣是万琦晨用军功冒死换回来的，乃是东阁大学士孙子生前所用，我们在其中亦找到了乌头。应天府的乌头只在百家医馆中有，而百家医馆的靠山是谁，三少爷最清楚不过了。”

万琦志却淡然自若，道：“你随便拿一张药方，便说那是万琦轩开的，这如何使人信服？我这儿也还有一个他开的药方，上面明明用小字写着‘乌头’二字，你打算如何辩驳呢？”

方筵皱着眉望向知府，这便是她所担忧之处，万琦志日日出入万家，想弄得一个带有乌头的方子实在不难，哪怕万家不用乌头也必能寻到万琦轩亲笔写下的‘乌头’二字。而知府回以的犹豫眼神也让方筵明白，知府与万家有过交情，此案判得好怕只是秉公办理，一旦出现差错只怕知府也要落得包庇死囚的死罪。

见方筵似一时失了主意，万琦志更加得意地道：“此事还多亏嫂嫂相助。”

“我?”方筵疑惑道。

“正是，多亏嫂嫂素日有记录万琦轩药方的习惯，我才能轻易得此方子。”

方筵闻之浑身一震，没想到竟是自己对万琦轩的爱慕害得如此，遂忍不住率先揭了底牌：“万家当年事后再不用乌头！有沿途镖局驿站所保存的药单为证，这些药单中清晰地写明了万家在北平府时所用过的药材，请大人查验!”

“非也!”万琦志当堂高呼，似只等这一刻，“草民再诉万家购买污药，谋财害命罪加一等！嫂嫂的药单只能证明没买过药材铺中的乌头，可怎么证明没收过乡野乌头呢？我此刻便有实证，万家后庭内的石凳下便有乌头藏于其中!”万琦志字字铿锵，强劲有力。

方筵心道不妙，怕是万琦志早留下伪证，只得嘴硬道：“那——你也无法证明那乌头属于万家，你亦可随意出入万家！若非说乌头为万家所用，那么据我所知乌头早被一间医馆垄断，而那间医馆便是万琦志所有。”

“当真?”见方筵似有起势，知府立即问道。

“是，不过那医馆与我无关，我只有医馆的地契，至于此地用以作何，实在与我无关。”万琦志挑眉狞笑，一字一句皆谨慎有理，叫人难以反驳。接下来的时间里，万琦志仍滔滔不绝地细数证据，若不知情的外人听了，必以为万家是恶贯满盈。

“知府大人，民妇蒋善可否请求看一看那些字条，一张便可。”蒋善突然高声道。

蒋善拿到字条后俯下身子，一笔一画地分辨后，心中有了答案。她拍拍方筵的肩膀，站在万琦志对面，不似万琦志或方筵那般列举诸般证据，只用着如同小溪流水般的声音道：“琦志，你自小学写字时，我便说你写得张牙舞爪太过放浪。于是你问我，那大哥的字呢？我说你大哥的字随心所欲——他若开心时，便写得放荡不羁、肆意飞舞；若不开心时，则写得规规矩矩。你不服，可记得我是如何教你的?”

万琦志红着眼睛凝视蒋善，不敢有丝毫怠慢认真回答道：“记得，您说我该习得大哥的笔法，才好……”

蒋善适时地截断万琦志，道：“十几年过去了，我看你依旧未达到琦轩的境界。你大哥写的字，是人写字，人操控着字；而你写字，却是字写人，反倒生出条框来，将你束缚住了。琦志，你可知晓我今日见这字有何感受？”

万琦志低着头，不接话。

“这字条上的字，全然透露着书写者的野心与恨意。‘万琦轩’三个字，将书写者禁锢住了。”

禁锢，这个词落在万琦志耳中，叫他忽地落下泪来：“所以你以为这字条是我仿造的？知府曾验过字的真伪，您怎可轻信他人而不信我？”

蒋善望着万琦志，眼中慢慢溢出冰冷的意味，道：“没有娘亲不疼孩子，因为疼爱才十分了解，我是你和琦轩的娘，自然识得你们写字的区别。琦志，听娘的话，现在回头还不晚……”

万琦志的眼泪突然消失，他鼓着一双干红爆丝的眼睛：“你是我娘，是我的亲娘，我一个人的！万琦轩只不过是继子，哪怕他身为大少爷，也是没有母亲的野孩子！对，孽障是他不是我！”意识到自己失礼后，万琦志转而对知府道“大人，如此口说无凭也能呈堂吗？”

知府摇了摇头，对蒋善道：“可有万琦志儿时字帖？”

“万琦志，娘已经给过你悔过的机会。既如此——知府大人，万府还有一位证人此刻正在府衙外等候。”

知府大人问道：“是何证人？”

蒋善道：“此人可证实万琦志与他人合谋陷害万家。”

方筵望向蒋善，她怎么不晓得还有这样一个证人。方筵回身望向门口，却见一个女子被带了进来，只是她头上那朵芍药已经不见了，取而代之的是一支素钗。那女子不看方筵，也不看万琦志，只直直地盯着知府大人，慢慢地跪下了。

万琦志回头一瞧，脸色骤变。

知府厉声道："堂下所跪何人？"

女子趴在地上，大声道："民妇阿芜，乃北平府春香楼一名舞伎。"

知府又道："堂上所言，你可否保证无半句虚言？"

阿芜再次大声道："我敢保证，我有一子，愿以我与孩儿的性命担保！"

阿芜浑身颤抖，一字一句却又像是用尽全身力气所吼出来般说道："知府大人，民妇亲眼所见，万琦志与赌场的人在春香楼中密谋，要灌醉万家二少爷万琦富，诱骗他签下抵押医馆的字条。赌场的人当时还问过万琦志，为何诓骗四少爷办赌局，并伪造四少爷作奸犯科的证物，万琦志只道痛恨万家大少爷，即使豁出亲兄弟也要让其不得善终。"

万琦志愤然打断她道："空口无凭！"

阿芜一个激灵，往远离万琦志的方向，长呼了好几口气，继续道："知府，我所言非虚，当时与我一同听见的还有楼里的妈妈。当时我瞧见万琦志鬼鬼祟祟地进了春香楼，便藏在门外偷听，妈妈也正欲打探这些人的虚实，我二人因此同时听到了这番话语。"

万琦志几乎要扑到阿芜身上，道："你胡说，此话完全说不通，我与你素不相识，你为何见着我便生疑窦，要在一旁偷听？"

阿芜被这话问得哽咽了，她慢慢地从地上爬起来，凄切切地望着蒋善，似乎在诉说着什么。方筵却总觉得，阿芜的眼神总是瞟向自己。

蒋善及时道："琦志，县里人人皆知万家三少爷是个读书人，从不问烟花柳巷，可你却去了，别人怀疑你何错之有？"

万琦志道："可我根本就没去过，再说了，客人多，她拿到的赏赐便多，这不是一件美事？她又何故怀疑我。妓女便是妓女，何必用舞伎一词粉饰装点。知府大人，妓女的话当真可信吗？"

一旁的方筵出口呵斥道："万琦志，这就是你读书人的教养？你莫要太过分了！"

阿芜耳中听得方筵这话，慢慢直起上半身，眼神坚毅，对知府道："知府大人，不仅如此，我还要控告万琦志害我与小儿的性命！他唯恐密谋之事被我听见，便叫赌场的人将我与我儿子都投入河中，幸而被万家大少爷万琦轩救起。至于为何我会注意到万琦志，仅因我知晓他是万方氏夫君的弟弟。”

知府道：“你与万方氏又有何干系？”

方筵也一头雾水，她瞧见蒋善担忧地望向阿芜，随即那眼神便移到了自己身上。方筵困惑间，便听见阿芜说道：“我是——万方氏娘亲……”

方筵的心猛地一抽，忽觉得喘不过气来，眼中似只能装下面前这个眼角已有了细细皱纹的女子。那女子瞧见方筵恍若遭了雷击，霎时间便面色惨白，继续道：“我是——万方氏娘亲的故交……”

阿芜望着方筵，泣泪道：“二十年前，我们姐妹逃到了应天府，被一个背炭郎救下。我姐姐见他忠实可靠，便嫁他为妻生下了方筵。不久后，姐姐生了大病，症状十分凶险。有个郎中要了天价，说可以帮姐姐治病，姐姐轻信了，偷走家中钱财，人却还是死了。她临死前嘱托我们姐妹，日后若是碰上方筵，便帮着……”

阿芜再不忍看方筵，她满含热泪，转而对知府说：“事实便是如此，知府大人，任凭论断，若对万琦志之事有半句虚言，叫我与我小儿曝尸街头，被野狗叼去！”

阿芜之情深意切，无不令在场人动容，却听见一旁的万琦志对蒋善道：“娘，你自始至终都只相信大哥，即使二哥、四弟做错事，你也会原谅他们，迎他们进门；只有我自始至终无半分过错，却连你与爹爹的一个肯定都不曾得到。”

蒋善摇了摇头，道：“琦志，我给过你悔过的机会。自小我就对你说，人可犯一次两次错误，犯到第三次且丝毫无悔改之意，便不值得原谅了。琦志，娘最后问一次，你可承认自己的所作所为？”

万琦志将双眼一闭，笑出声来。那笑声瘆人，在南国春日里倒叫所有人都出了一身冷汗。

他猛地睁眼，眼睛红彤彤的，犹如两个红日，吼道：“我才不要你的机会，我自始至终都没错，错的是你们万家人，口是心非的万家人、阴险狡诈的万家人、恶贯满盈的万家人、贪心龌龊的万家人！我为当朝当代有你们这般狼心狗肺的人而感到痛心疾首，感到怒不可遏。既如此，我别无他言，唯以死明志，警醒世人！”

话毕，不容他人阻拦，万琦志从袖中掏出一把匕首，插进自己脖子中，将那修长的脖子割成两半，鲜血喷溅而出……方筵立刻奔过来，脱下外衫捂住那伤口，尽力想要堵住那源源不断冒出的鲜血。她离得近，瞧见万琦志的眼珠子还在转动着，嘴巴还一张一张。

“快叫郎中拿药来，快！”方筵吼道。

堂上的捕快迅疾跑了出去，带倒了呆住的蒋善。倒地的痛楚将她唤醒，她爬到了万琦志身边。万琦志的眼珠子便转向她，嘴巴也开合得更加频繁。

郎中很快带着药箱赶来，但已起不了多大作用。万琦志仅剩最后一口气，嘴巴仍一张一合不知要说些什么。蒋善急忙俯下身子，道：“娘在，你要说什么？”

万琦志望着亲娘的耳垂，忽然记起很小的时候，二哥或四弟与娘玩耍时总会拽着娘耳朵上的坠子，娘亲昵地拍着他们的背，叫他们不要拽疼了，但娘却不曾与自己如此亲昵地玩耍过，娘留给他的只有读不尽的书卷。如今那双耳垂已有好几年不曾挂过东西，上面的小洞也渐渐愈合了。万琦志长成了大人，不再需要与娘玩耍，却反而离这耳垂如此之近，近到仿佛能嗅到万琦轩的乳臭。想到万琦轩，他不想再多说一句，默然地转过头去。

“你是对娘失望了，其实你不想害人，只是对娘太过失望才如此，是不是？”蒋善道。

万琦志终在蒋善一句句的“都怪我”中死了，而他临死也未曾多看蒋善一眼，只是借由铡刀认真记下方筵的背影。方筵何尝不知他这份感情，却不知他从来不是会掩埋深情的人。蒋善抱住万琦志号啕大哭，止不住地捶打胸口。方筵无助地望着她，深知她生下万琦志不久便去医馆帮忙，生起了对白衣少年的向往，亦生起成为女医的愿望。她守着两种念想不甘苟活着，才未能对万琦志悉心照料。

回程的马车摇晃着，蒋善遥望着窗外，无力地念叨着：“我早该发现的……”

二十七年前，一个婴儿自休宁县的万家呱呱坠地，带着满身的红疹，同时也将自己的亲娘折磨致死。婴儿身上的红疹叫万守严揪心，他与婴儿的奶妈遍寻山川，寻找治病药方，却一无所获。等到婴儿可以走路时，奶妈成了夫人，也诞下了她与万老爷的第一个孩子，但此时万琦轩的病症愈发严重，他们只能再次出发，而将幼子留在家中未曾亲自管教。再过三年，三子降世，大儿子的病情也逐渐稳定。意识到二儿子已经难成大器的万老爷与夫人痛定思痛，决心对第三子严加管教。兴许是管教过了头，三子变得愈发沉闷。四子诞生之际，万家到了鼎盛时期，长子虽不再发病却不可劳累，次子浑浑噩噩不得志，仅剩第三个儿子可好好调教，恰逢此时小儿子出生，几乎未曾亲养过婴孩的蒋善对其极其用心，又因爱护幼子而忽视了对万琦志的关心。久而久之，万琦志发现自己是万家最辛苦，却最不得疼爱的孩子，尤其得知万琦轩并非母亲亲生后，他更加难以忍受。当然，方筵揣度得不无道理，当时蒋善正是意气风发的年龄，却在该得情爱时不得，该习所长时难成，因此便忽视了万琦志的这种念头。难怪万琦志初见方筵时便将她视作知己，看见她翻墙逃家却以为其勇敢聪慧。想来方筵融入万家，嫁于万琦轩，以及重开万家医馆，对万琦志来说都是背叛。

万家众人感叹着造化弄人，皆悲痛于万琦志之死，又痛快于大仇得报，心情好不复杂。而同行的阿芜则呆呆地坐在马车上，始终不敢对上方筵的眼睛。她深深明白若是与方筵待久了会忍不住告诉她，根本没有不治之症一事。世人都说那卖炭郎老实，却丝毫不知他竟逼其他姐妹共行苟且之事，还多有辱骂、贬损她们，在接连几个姐妹受辱后，她们大失所望这才愤然离去。

万琦志已死，乌头一案本该了结了，然而万琦轩却迟迟未归，直到应天府传来快报称万家一案双方各有确凿证据，万琦志一死便无法对证，且他死前言之凿凿似有冤情，还需提请大理寺继续细细审查。

不消他人多言语，方筵与蒋善已明了于心，万琦轩大抵是放不出来了，两案互相牵扯已成为死局。万琦志死后，万琦轩也得处死才能平息流言蜚语，况且判万琦轩死也不算冤枉，仅私自行医便可治他重罪。得知万琦轩将死的消息后，全城百姓纷纷前往探望，更有不少人常与万琦轩隔窗对饮，各家各户则早早地备上了祭品和白布，只等着为恩人尽一份心意。倒是蒋善和方筵看似毫无波澜，日日正常出诊，正常说笑谈心。唯一不同的是，医馆新增了几个药库，虽不及万家原先的金料库，却也平添了许多名贵药材，据说少夫人几天内便将附近的山川寻遍，哪里有何种药材都要统统告知周边住户，一来万家的药材能有长期供应，二来住户也算谋了个靠谱的营生。

没过几日，天上飘起鹅毛般的白雪，蒋善与方筵常挨着暖炉彻夜畅谈，仿佛要将一生的话全部说完似的。待“斩立决”的帖子正式贴在城门上，她们二人便不再多谈，而是各自收拾起衣装首饰，然后赶在某一日的清晨，趁着天刚刚萌生的光，顶着连下了一夜的漫天大雪，步于茫茫大雪之中。她们轻笑着拉住彼此的手，留下两串脚印。

“筵儿，你真要随我而去？”蒋善问道。

方筵笑道：“不算随娘而去，若此次能见得圣上，便为了夫君活命，若见不成，便嫁鸡随鸡，陪他去了便是。天下如此之大，有几个女儿家能有我这般福气嫁给顶天立地的男子汉，若我还不知珍惜，岂非——岂非要遭天打雷劈。”

“你见过阿芜了？”

方筵淡然道：“见过，也猜到了。”

蒋善伸手接住这六月飞雪，道：“我该偿还的。我没将孩子教导好，致使他害死一条又一条鲜活的生命。”

蒋善将手心中那化不成水的雪花伸到方筵面前，道：“正如你所说，若见得圣上洗刷琦轩的冤屈，便是我用了心偿还；若见不成，便是我死了心抵命。”

说完，二人笑着牵起手，走着走着便脱了鞋，赤足踏在雪地中。翩翩飞雪落在婆媳二人的长发与赤脚上，落在二人胸膛中的那颗赤诚之心上。

“娘，你方才唱的歌谣，教教我吧。”方筵请求道。

“春风和煦满常山——”蒋善轻声唱道。

“春风和煦满常山——”方筵一字一调地学着。

“芍药天麻及牡丹——”

“远志去寻使君子——”

“当归何必找泽兰……”

走出北平地界后，大雪落得漫山遍野甚是好看，如玉石般的洁白雪地却在太阳升起时耀出金光，晃得二人不由自主地挡住双眼，咯咯发笑。待她们放下手臂，却见皑皑白雪中是跪倒一片的百姓。他们默不作声，任由白雪覆盖睫毛与鼻翼。

“华佗在世，扁鹊降临。一朝蒙冤，泣血百代……”

方筵与蒋善愣在原地，只听得百姓一声声地高呼：“我们愿与二位神医共赴京都，为万神医洗刷冤屈！我们愿与二位神医共赴京都，为万神医洗刷冤屈……”

雪下得愈发大了，在如荧如玉的雪地上，在山里、乡间、院落内、城门外，处处一片清灵的洁白颜色，处处弥漫着那首歌谣：

春风和煦满常山，
芍药天麻及牡丹；
远志去寻使君子，
当归何必找泽兰。

端阳半夏五月天，
菖蒲制酒乐半年；
庭前娇女红娘子，

笑与槟榔同采莲。

秋菊开花遍地黄，
一回雨露一茴香；
牧童去取国公酒，
醉倒天南星大光。

冬来无处可防风，
白芷糊窗一层层；
待到雪消阳起石，
门外户悬白头翁。